梨花雪後 上

東籬菊隱 著
游素蘭 繪

從梨花雪後到好景良天

寫這樣一個女人其實並非我的專長，這也是那些熟悉我風格的讀者們的疑惑，最開始連載的時候她們常在私下裡Q我，為何寫了這麼個狠心腸的女人？跟妳以前的風格根本不一樣嘛。

面對這樣的問題，我說，想換一下風格啦。

總不能說，作者我某個深夜聽到了一首淒美的歌兒，腦內小劇場便立刻浮現出一位傾國佳人身著嫁衣舉火自焚……然後作者便變態似的執著於這個結局了吧？

但是，我不得不承認，這個女人就是在那一刻在我腦中定了型的，於是開始給她編織一段合理的人生。美麗女人的一生多數不會平凡，決絕而心狠的美麗女人的一生註定波瀾起伏，於是，有了她的故事。

這是個並不怎麼討喜的主角，她看起來很自私，心機很深，報復心很重，又很會耍手段，但這一切卻根源於她在孤兒院時候的遭遇，小時候的糟糕經歷往往會決定一個人的性格走向。

從穿越開始，辛情便不是一個受到上天眷顧的寵兒。但是，她設計為原來的蘇朵「報仇」，到設計離開王府，最後離開南朝，她是獨立的，不需要同情與憐憫，但是，她卻是需要關懷和愛護的。於是，有了蘇豫，為她一路護航，拋下她厭棄的，走向她嚮往的——平凡安定幸福的生活。

蘇豫之於辛情，從開始到最後，都是特別的存在，他是她認為可以託付終身的，而且，我想，在不短的一段時間裡，那是關乎情愛的。

水越城是辛情找到的理想中的烏托邦，在那裡，有愛她關心她的老爹和魚兒，那是她穿越以來第一次有了生活的感覺，因為有了她在乎的家人，可以讓她感覺到「家」。只是好景不長。

與拓跋的相遇，對於拓跋而言或許是幸，但對於辛情，實在是不能單純說幸或不幸。開始時，應該是徹頭徹尾的禍從天降。好好的生活被打亂，陷入北朝皇宮這片爛沼澤，親人離散，甚至生死別離。周旋於各種女人與拓跋這個皇帝之間，辛情有的最多應該是無可奈何，她本什麼都不想去做，可是一切卻不得不去做。

也許，她是可以活得好的，順從點，認命點，但那恐怕就不是辛情了。於是，一幕幕的悲劇便接踵而至。辛情的所做所為，除了為了生存逼不得已，還是有點報復的成分在裡面。平靜的生活被攪和，自己在乎的人死的死散的散的，心裡有氣是必然的。

拓跋的欲與辛情的氣，沒有真心與情愛的錯誤的開始，就註定了悲劇的過程與分手的中場。在這悲劇的過程中，辛情也許有過唐琬的慨嘆吧？不過更多的，辛情恐怕也只能仰天長嘆——我真倒楣！

兩隻小粉團應該說是轉折的重要原因之一。在拓跋明白了自己和辛情，在辛情又一次擁有新生時，兩個小粉團的到來，給他們之間帶來了希望。孩子應該是愛情的結晶，那麼孩子有時候，是否也可以結晶愛情呢？

在一切重歸平靜的時候，當辛情從自己的寶貝們身上看到拓跋的影子的時候，他們之間的牽扯便是永遠都剪不斷的了吧。

拓跋的又一次到來，又一次結束了平靜平凡的生活，也又一次給辛情帶來了新的生活，不過這一次，卻是好景良天。

一家六口的生活，喜怒哀樂自然是必不可少的，不過總體來說，還是幸福的吧！拓跋與辛情經歷了年輕時的種種，最終還是體會了老來才是伴的生活。拓跋與陸遊不同，辛情與唐琬不同，最終，兩首釵頭鳳是不能完全道出拓跋與辛情的心緒的。

桃花落，人離散，曲未終。

目次

壹之章　巧計下堂

死了之後會看到什麼？那得看你是上天堂還是下地獄。

可是目前是什麼狀況？辛情四處望著，雕花的巨大床鋪，吊著一看就知道是價值不菲的紗簾。地上鋪著雪白的羊絨地毯，視力所及之處能看見的還有古樸的家具、熏香銅獸、怒放的鮮花，以及幾個美貌的小丫鬟，穿得都跟天仙一樣。看來不是天堂也不是地獄，這是到了中國的天庭了。

但主管天庭的不是玉皇大帝嗎，為什麼窗邊背對著她的人感覺像是地獄來的閻王？玉皇大帝和閻王爺的關係很好嗎？好到可以互相拜訪的地步？沒聽說——那現在是什麼狀況？

「喂！」辛情聽見自己沙啞的聲音。看見窗邊那個轉過身的男人的臉，頓時瞪大了眼睛，真是難得一見的美男子啊，眼睛是眼睛，鼻子是鼻子。他從窗邊走過來，辛情看清他身穿繡著團龍的——應該說是朝服吧，不過他的臉就沉得像灌了鉛，與那暗紫色的朝服倒是保持了色調一致。

辛情不自覺地嚥了下口水，不是因為那美男子的美貌，而是他那刀子一樣冷的眼睛，就算再遲鈍的人也看得出來那是野獸嗜血的表情。

「你……」辛情想說：「你不要過來。」可是發現喉嚨像是被掐住了一樣，發不出聲音來。那美男修羅剎已走到床邊，辛情只好瞪大眼睛與他對視，輸人不輸陣。

美男修羅剎瞪了她半天，然後開口了：「妳不要以為仗著你父親和姊姊就可以為所欲為，本王這次絕不會放過妳。」

辛情把眼睛瞪到了最大——驚訝過度。這人在說什麼？她認識他嗎？照她的想法，她生前沒做什麼壞事，死了應該也不會淪落到地獄去，而且就算淪落到地獄去，又關她老爹和姊姊什麼事？雖然她還不知道自己的父親和姊姊到底是誰。就算報應也該她一人承擔吧，這地方難道還有株連不成？

美男修羅剎看到她瞪大的眼睛，冷笑了一下，「妳也會害怕？蘇朵。不過，晚了，本王決定的事情不會改變。」

害怕個屁呀？看來美男的美貌和智商絕對不成正比，辛情挑挑眉毛，說道：「都沒法改變了，你還告訴我幹什麼，放屁還要脫褲子嗎？」

然後她的脖子被扼住了，他的表情像噴火恐龍一樣，聲音也森冷無比：「死到臨頭還嘴硬，真是妳蘇朵的作風。」

「過獎。」辛情想也沒想地說道，「如果你不想掐死我的話就放手，免得我父親和姊姊找你麻煩。」不是說她有個厲害的父親和姊姊嗎？利用一下。

美男修羅剎放開了手，瞪著她的眼神依舊是惡狠狠的，片刻轉身離開。

辛情長長地出了一口氣，亂了亂了，重頭理理：下班——過馬路——接電話——然後……然後——車禍！情不自禁地顫抖了一下，她記得，記得那個被撞得血肉模糊的自己，一大群人圍著，然後救護車來了，她被送往了醫院……接下來的事情就沒有印象了，那她是怎麼來這裡的？這裡又是哪裡？這些人是誰？自稱「本王」的男人看起來不像是唱戲的，這些物件也不像道具那樣粗製濫造，那些小美女臉上的驚慌失措看起來也不像是裝的，那麼，歸根結柢，她借屍還魂了？

正在整理自己的思緒，那群小美女就圍了過來，一個個泫然欲泣的表情。辛情決定以不變應萬變。

「王妃！」口氣是恭敬的，帶著一絲恐懼。看起來不是電視裡演的那種貼身丫鬟。不過，這蘇朵是個王妃？來頭不小啊！

「我怎麼了？頭有些疼。」辛情問道，這麼問應該不會引人懷疑吧？如果裝失憶，應該可以糊弄一下吧？

「王妃，您……您撞柱子上了。」有一個丫鬟小心翼翼地回答道。

辛情又睜大了眼睛，撞柱子上了？她怎麼沒撞樹上？就算不太會腦筋急轉彎也不至於睜著眼睛撞柱子吧？難道這個蘇朵是撞柱尋死？古代人就是愛自虐，死都不選個舒服的死法，難道她認為把腦袋撞成爛瓜比較美？等等，好像有什麼不對。辛情想著剛才那「王爺」的話，聽那意思，這蘇朵可是目中無人得很，這樣的人撞柱子尋死？開玩笑，她讓別人撞柱子尋死還差不多，那麼就只有一種可能了，蘇朵不是自願的——那麼敢讓蘇朵撞柱子的就只有兩種人了：王爺和刺客。

微微冷笑了一下，她用腦袋打賭，把蘇朵扔去撞柱子的百分之一百二十是那個王爺。如果是刺客，百分之一百二十是那個王爺請的。

「王爺用的勁兒還真大呀，差點把我腦袋摔碎了！」辛情說道。

一屋子的丫鬟都跪下了，不敢抬頭看她。看來猜對了，不過還有個問題，那個王爺為什麼這麼對付結髮妻子？兩口子弄得生死對頭一樣。

「把鏡子拿來。」辛情吩咐道，額頭上一顫一顫地疼，難道真是摔裂了腦袋？看來她該休息休息，好好想想對策。

「妳們都起來吧，該幹什麼幹什麼去。」一群小丫鬟撒腿就跑，生怕跑慢了被吃掉。辛情皺皺眉，看來這蘇朵人緣差得很呢！

腦袋疼得睡不著，辛情乾脆穿鞋下地，看看自己的居住環境。屋子裡她看過了，踏出門，原來已是黃昏時分了，這院子很大，除了主屋之外，左右各有偏房，都是建立在台基之上，樣子像是漢代的宮殿，富麗堂皇，朱欄玉砌。辛情暗暗地咂舌，這才是有錢人呢！

走上偏房的臺階，幾扇門都是敞開的，裡面的陳設也都極其豪華鋪張，東面是琴室，西面是客房。可這麼大個院子怎麼一個人都沒有？剛才那群丫鬟像是憑空消失了一樣。

下了臺階，辛情看到主屋旁邊還有條小路，便順著那路慢慢走過去，那路是沿著主屋修的，繞到主屋背後有個小小的僅容一人通過的門，輕輕推開，原來後面有一排低矮的房子，與主屋一比，這房子更像是倉庫。
一個剛推開門要出來的丫鬟見到她愣了一下，馬上跪下說道：「王妃。」
原來是下人房，但為什麼這個丫鬟見到自己會這麼惶恐？
「誰在屋裡？」辛情試探著問道，難不成是下丫鬟私會情人？
「王妃，是蘇綢……在、在。」那個小丫鬟答道。
蘇綢？怎麼不叫蘇繡？直覺地，辛情覺得應該見見這個蘇綢，按電視劇裡演的，一般陪嫁的丫鬟都是改姓主家的姓，那這個蘇綢可能就是隨著蘇朵嫁過來的丫鬟。
「在什麼？我要見她。」辛情說道。
「可是，王妃，蘇綢……她、她……」那小丫鬟不知道怎麼說，都快急哭了。
「我說的話妳聽不見還是聽不懂？」辛情特意放低了音調。
那小丫鬟正哆嗦著，最東邊的小門開了，一個臉色蒼白得像鬼的丫鬟披散著頭髮扶著門框，撲通一聲跪倒地上。
「王妃，這不是您該來的地方，您回去吧，奴婢這就過去服侍您。」那丫鬟說道。應該就是蘇綢了。
辛情倒吸了一口氣，那丫鬟的嘴角還帶著血跡，衣服上似乎也有星星點點的血漬。
「自己都要死了還說什麼廢話？」辛情快步走到她身邊，扶了她起來，蘇綢受寵若驚地抬頭看她：「王妃，奴婢……」
「妳住在這裡？」辛情問道。蘇綢點點頭，辛情便扶著她往裡走，那屋子極小，對著門是一張簡易的床，靠窗是一張木頭桌子，上面放著兩個茶杯、一個水罐以及一個盆。
辛情皺皺眉，這是人住的地方嗎？扶著她走到床邊，想扶著她躺下，卻見蘇綢搖搖頭說：「王妃，奴婢躺不下，您別管奴婢了，奴婢沒事。」

「躺不下？」辛情重複道，然後看向蘇綢的身後，只見她臀部的褲子已被血染紅了，而且那血似乎沒乾。

「誰打的？」辛情心頭冒起了火，把人打成這個樣子，還有沒有人性。

蘇綢眼睛裡淚光閃閃卻不肯說，只是搖頭：「王妃，奴婢過幾天就好了，倒是您，傷了額頭還是不要出來走的好，傷了風就不好辦了。」

「什麼時候了還管我，怎麼沒人照顧妳？」辛情扶著她趴下，「沒有大夫來看過吧？讓我看看傷口。」

「王妃，不要，您不要看，您不可以看。」蘇綢激動地說道。王妃怕髒，怎麼能讓她看。

「少廢話。」辛情看了她一眼，褪下她的褲子，然後目瞪口呆，強忍住嘔吐的衝動，接著說道：「妳別動，我去找大夫。」

「王妃，您別去了，王爺不准的。」蘇綢的腦門上有細密的汗珠，看來剛才弄疼她了。

「我不是還沒被廢嗎？妳別動，老實躺著。」辛情囑咐道，然後走到門口，見剛才那群丫鬟都斂聲屏氣地低頭站著，提提氣，說道：「妳們誰去請個大夫來？」環視一圈，果然沒有一個敢動。

「果然都是王府忠心的奴才，既然不聽本王妃的話，就都給我滾出這個院子。」辛情表情有些狠，沒見過這麼輕賤人命的。

「王妃，是王爺的命令，奴婢們不敢違抗。」其中一個丫鬟說道，聲音裡居然沒有顫抖，似乎還有些幸災樂禍。辛情走到她面前站定，抬手給了她一個耳光，「忘了規矩了？敢和我頂嘴，妳也配？在這院子裡，我就是主子，我說的話就算，少給我提什麼王爺。」那個混蛋男人，白長了一張桃花臉，原來是個禽獸。

那丫鬟撫著臉，不說話了，眼睛裡卻有不服氣。

辛情勾起她的下巴，「不服氣？不服氣就怪自己生得低賤吧？」收回手，看看其他丫鬟瑟縮了肩膀，說道：「還有不服氣的嗎？沒有的話，就去燒些熱水，我自己去請大夫。」

那群丫鬟立刻作鳥獸散。辛情沿著來時的路繞到院子裡往大門口走去，可是出了門口，兩個侍衛面無表情地攔下了她，口中說道：「王妃請回，這是王爺的命令。」

又是王爺的命令？

「王爺的命令？如果本王妃今天一定要出去呢？」辛情說道。

「那就請王妃恕屬下無禮。」兩人又說道。

「怎麼個無禮法？」辛情接著問道，她都聽見了自己磨牙的聲音。

「這……」兩個侍衛一時語塞，不知道該怎麼回答。

「要我不出去也可以，去給我找個大夫來。」辛情說道。

「這……」兩個侍衛猶豫著，王爺吩咐不准請大夫。

「這什麼這？你們如果不去，別怪我不客氣。」趁著他們猶豫的空檔，辛情一把抽出右邊侍衛的佩刀，「你們說，這刀要是砍下去會怎麼樣？」

「如果王妃不出去，您想砍屬下就砍吧！」那個侍衛說道。

「我說砍你了嗎？」辛情後退兩步，將刀橫在自己的脖子上，然後看看兩個人，「本王妃今日一刀砍下去，你說會有什麼結果？」

「王妃不可。」那兩個侍衛向前欺近。

「站住！」在辛情的恐嚇下，兩個人不敢動了。

「我看出來了，這個府裡希望我死的人不少，可你們王爺都不敢一掌打死我，我相信你們也明白是為什麼。如果我今日橫屍王府，你們猜猜明日這王府會不會血流成河，為我償命？」辛情慢慢地說道，那個厲害的父親和姊姊應該還管用吧？不管了，只能賭了。

「屬下這就去回稟王爺。」其中一個侍衛馬上說道。

「好啊，但你最好快點，本王妃一向沒什麼耐心。」辛情笑著說道。看來電視看多了還是有好處的。

剩下一個侍衛與辛情對峙，辛情就微笑著看他。

不一會兒，不遠處一群人快步往這邊來了。為首的是一個年輕男子，走到門口見到辛情，他臉上明明白白地寫著厭惡。

「大夫來了，妳可以把刀放下了。」那年輕男子並不用尊稱，辛情看了看他，衣著尊貴，看來不是普通人。辛情把刀遞給侍衛，道了聲「謝謝」，然後掃過人群，目光落在一個長著山羊鬍子、背著藥箱的老頭身上。

「大夫請跟我來吧！」轉身往回走。

「我勸妳別再耍什麼花招。」年輕男子說道，帶著輕蔑。

「耍花招？聰明人是不怕別人耍花招的，除非是笨蛋。」辛情回過頭直視他，見他明顯一愣，便微笑了，「我沒說你，別對號入座。」

辛情帶著大夫一路向下人房來了。大夫處理好傷口，留下創傷藥膏，又開了方子，寫了服用的方法。如此一折騰，半個時辰過去了。

「這些日子傷口最好不要沾水，還好沒傷了骨頭，月餘也就能好得差不多了。」山羊鬍子恭謹地說道。

「謝謝大夫。」辛情拿著藥方，親自送了大夫到門口，卻見那一群人還在，一個都沒少，她扯扯嘴角笑了，說道：「這麼興師動眾的大陣仗，真是受寵若驚啊！」

「藥方拿來。」那年輕人不耐煩地說道。

「為什麼？」辛情問道。

「難不成妳以為妳能出去抓藥？」那年輕人說道。

「我憑什麼相信你不會耍花招，不會在藥裡給我多加些東西？」辛情問道。

「我沒有妳那麼卑鄙。」那年輕人說道。

「既然你這麼說，給你——」辛情把藥方給他，然後說道：「你多加東西也沒關係，反正不過是個丫鬟吃，死了也沒什麼，丫鬟我有的是。」

「妳根本不配做王妃。」那人冷冷地說道。

「對於自己說了不算的事大放厥詞只能更證明你的無力。」辛情冷冷地反擊，「給他捎個話，有什麼不滿衝著我來，若是男人就別跟小孩子鬧脾氣似的，別真的以為這麼幾個人就關得住我。惹急了我，拆屋燒房子的事我也幹得出來，反正蘇朵已經沒什麼好名聲了，不差這一筆，不過到時候王府丟了人……哼！」

「妳——」那年輕人有些氣結。

「不送了。」辛情翻翻眼睛，笑著轉身走了。

蘇綢上了藥膏，喝了藥，似乎好了些，昏昏沉沉地睡了。辛情一直在旁邊看著，也看見蘇綢臉上的兩道淚痕了。

回過身，見一群丫鬟都擠在門口張望著。見她回頭，又都規規矩矩地低了頭。

「妳們留下兩個人專門照顧她，剩下的各司其職。」辛情說道。丫鬟們齊聲答道：「是。」辛情這才回了主屋，往床上一靠，只覺得渾身沒有力氣。借屍還魂也不選個好地方，這麼個烏煙瘴氣的王府真是讓人受不了，比以前的辦公室還讓人壓抑，真是個讓人喜歡不起來的地方。

「王妃，奴婢幫您換藥吧！」一個丫鬟平靜地說道。辛情抬頭看看她，是那個挨打的丫鬟，辛情上上下下地打量她，發現她的手輕微地顫抖。辛情便看她的眼睛，那丫鬟低了頭，眼珠卻四下裡轉。

「把藥拿來。」辛情說道，那個丫鬟顯然沒料到王妃會有這個要求，愣了一下。

「我說把藥拿來。」辛情加重語氣，心裡肯定這個丫鬟有問題。

那丫鬟把藥雙手奉上。辛情拿著藥瓶，故意打開聞了聞，做思考狀。餘光卻見那丫鬟不自覺攥緊拳頭。笑了笑，辛情站起身，到梳粧檯前找了找，拿了一把金簪回來。

「抬起頭來。」辛情命令道。那丫鬟抬起頭，看到她手裡的簪子，臉上現出了迷惑。

「這藥是治什麼的？」辛情隨意問道。

「回王妃，這藥是治您的額頭，用了這藥便不會留下疤痕。」那丫鬟答道。辛情點點頭，笑著說：「原來這世上還有這麼好用的東西呀？」忽然，她將手上的簪子橫到那丫鬟的臉頰上，「妳說我先劃花了妳的臉，再抹上這個藥，是不是也不會留下疤痕？」辛情依舊笑著。

「王妃……」那丫鬟的聲音裡有驚恐。

「妳怕疼啊？那我用小點力，妳忍著點。讓妳幫我試這麼珍貴的藥，可是妳的福氣。」辛情邪邪地笑著，故意用簪子在她臉上輕輕劃來劃去，還問著：「妳說，劃成什麼樣才好呢？如果藥不管用或者藥裡有毒治不好，什麼樣的傷口才不會影響美貌呢？」

「王妃饒命，如果王妃劃下去，奴婢這輩子就完了……」那丫鬟忽然哭著說道。

辛情仍舊笑著，繼續輕輕劃著：「怎麼會呢？本王妃額頭上不會留下疤痕，妳的臉上應該也不會才對，妳怕什麼？」

「王妃，奴婢錯了，奴婢不敢了。」那丫鬟驚懼地看著她。

「錯了？哪裡錯了？妳這麼關心本王妃的臉，怎麼會有錯呢？等哪天我見著了姊姊，一定跟她說說妳這個丫鬟對我多好，讓她賞妳些東西。」辛情搬出姊姊，剛才她想到，在這個男尊女卑的社會裡，能讓一個王爺忌憚的女人，恐怕只有皇帝的寵妃了。

撲通！那丫鬟跪在地上，哭著說道：「王妃，奴婢以後再也不敢了，請您別告訴貴妃娘娘，您饒了奴婢吧！」

辛情也蹲下身，用金簪抬起她的下巴：「說，誰指使妳的？別把屎盆子都扣自己頭上，妳沒那個資格。」仍舊笑著。

「是、是、是韻側妃讓奴婢……給您上藥的。」那丫鬟說道。

媽的，原來是大小老婆爭寵！用這招？估計這蘇朵以容貌自負，那韻側妃便趁機毀了她的容貌，真是狠毒啊！

「紅嘴白牙的，妳說說我就信啊？給我一個讓我信服的理由。」辛情說道。

「王妃，其實這藥韻側妃早已交給奴婢了，讓奴婢伺機下手。本來韻側妃的意思是把藥摻在大夫開的藥裡，再找機會傷您的臉，可是這次您把水側妃推下樓梯，害水側妃差點流產，王爺大怒，失手打了您，也不讓請大夫來看。韻側妃說，王爺這次肯定會休了您，就算直接給您上藥，您一心要讓王爺回心轉意一定沒工夫照顧自己的臉蛋，所以……」那丫鬟說道。

「說得不錯。可是妳能不能告訴我，妳打算怎麼找機會傷我的臉？妳不怕傷了我的臉，我會要了妳的命嗎？韻側妃給妳什麼好處，讓妳連命都不顧了？」辛情閒閒地問道。

「這……奴婢也知道如果傷了您的臉，您一定不會放過奴婢，可是，韻側妃說，如果奴婢不按照她的話去做，她不會放過奴婢的家人。」那丫鬟說道。

「哦……這樣啊！看得出來，本王妃嚇唬嚇唬妳，妳就什麼都招了，韻側妃這招還真是用對了。」辛情說道，那丫鬟的表情放鬆了些。

「奴婢說的都是實話，請王妃顧念奴婢家人，饒了奴婢一命，奴婢不敢了。」那丫鬟磕頭說道。

「饒了妳和妳的家人不是不可以，可妳不跟我講真話，我為什麼要放過妳？」辛情的表情冷了。

「奴婢沒有一句假話，王妃明察。」那丫鬟磕頭如搗蒜，直到額頭上出現了殷殷血跡，辛情才說道：「好了，我信妳，妳起來吧！不過，從現在開始，妳最好想清楚了要站在哪一邊。」

「奴婢——」那丫鬟剛開口說了兩個字，辛情就打斷了她：「不用這麼快回答我，回去考慮一下，免得做了讓自己後悔的決定。妳要知道，有些決定是開弓沒有回頭箭的。」

「謝謝王妃，奴婢知道了。」那丫鬟站起來，辛情看了看她的額頭，便拿了絲帕親自幫她擦拭：「回去好好上點藥，這麼漂亮一張臉，要是有了瑕疵可就毀了。」

「是，謝王妃關心。」那丫鬟眼淚流個不停。

「好了，妳下去吧。這幾天不用過來伺候，好好養傷，順便——也好好做個決定。」放了她出去，看著她的背影，辛情無聲地笑了。這幾天留心看了，這個叫映月的丫鬟可不簡單呢！

丫鬟們端來了熱水，辛情低頭藉著水看清額頭上的傷勢。額頭左邊有乒乓球大的傷疤，可即使帶著傷，也不難看出蘇朵的美貌。從這張臉上看應該還不到二十歲，臉上還有些稚氣，眼睛大大的，眉毛彎彎的，鼻子雖然不那麼挺直，但在這張臉上更凸顯了可愛。小小的櫻桃小嘴，這是辛情最滿意的地方，她自己的嘴雖被稱為性感，卻稍嫌闊大。

看完了自己的臉，辛情讓丫鬟們拿了些鹽溶在水裡，那個混蛋王爺不給請大夫，她怎麼著也得自己消毒吧？萬一真的感染了，毀了這張臉，還是挺恐怖的。

鹽水洗傷口的時候有些疼，辛情咬著牙堅持了，讓丫鬟們拿了嶄新的白帕覆上。等都收拾好了，晚飯時間也到了。她看看桌子上擺著的簡單飯菜猶豫了，雖然飢腸轆轆，卻不急著吃，每當心裡有事的時候，她寧可餓著也要把事情都想明白了，然後才安得下心。

現在她想的是：以後怎麼辦？頂著蘇朵的身分活下去？不，她不要！她是辛情，她不是蘇朵，她做不到活在別人的影子下！而且最重要的是，她絕對不會跟別人共用一個男人。況且就算她肯，那個混蛋王爺也不肯，剛才那丫鬟不是說了嗎，蘇朵一定會被休掉。看那個混蛋男人也不是個容易說話的主兒，敢放這種話而不顧忌蘇朵的父親和姊姊，一定是因為有堵住他們嘴的最好藉口。

綜合以上兩點，不久之後她就要隨著蘇朵的身體被趕出去了，可是這個「不久」到底是多久她不知道，只能等著看，那麼在這段時間內做什麼？

當然是攢錢——她可不想以後被餓死，也不想被休了回娘家去，天天被人指指點點，這樣活著還有什麼意思？再說蘇朵的家庭肯定是愛面子勝過愛裡子，會不會重新接納她回去還是個問題。所以，總而言之，言而總之，她得想方設法用盡手段多弄點錢以防萬一。

既然如此，她想走，他想讓她走，她就幫幫他吧，讓兩個人都儘快擺脫對方——救人亦自救。

想明白了，辛情便站起身，一把掀了桌子，大聲說道：「敢把這種東西端上來給我吃，妳們不要命了？」

立刻就有丫鬟跪下了，「王妃，這是……」

「又是王爺的命令是吧？」辛情雙手插腰——她以前見的撒潑的都這動作，「王爺在哪？帶我去見他。我倒要看看，是哪隻狐狸精挑撥王爺給我吃這種東西，哼！」

「王妃，王爺是不會見您的，您還是……等過幾天王爺氣消了……」有個丫鬟試圖勸說她。

「他生氣？我還生氣呢！我蘇朵從小到大，想要什麼得不到，誰敢這麼對我？」辛情大聲說道。應該沒錯吧？看看這蘇家人把這孩子慣的。

「妳願意吃就吃，不願吃就餓著，大哥不會見妳的。」門口一個聲音傳來。是那個年輕人，原來他是王爺的弟弟。

「喲，我當誰呢，誰准你進來的？你當我這院子裡都是死人嗎？」辛情擺好表情，轉過身，挑著眉毛說道。

「請我我都不會來，我只是送藥來。」那年輕人將藥扔在桌上，看也不看她一眼，轉身欲走。

「請你？做夢呢！告訴你哥，我知道他說的不過是氣話，他難道還真的敢休了我？哼，最好不要難為我，否則，我就讓他不好過！」辛情衝著他的背影說道。

嗯，加把火，男人不是禁不起刺激嗎？她就偏偏要刺激他。果然，那個身影頓了頓，然後邁著大步走了。

辛情笑了，轉回身，看看滿地的飯菜，故作嫌惡地揮了揮手說道：「愣著幹什麼？還不收拾了，難道讓我動手嗎？」

一干丫鬟立刻手忙腳亂地收拾了。雖然沒東西吃，但沒關係，為了革命成功，忍忍吧。等她出了這個鬼地方，就有大魚大肉了。

看看桌上的藥，辛情叫了一個丫鬟過來，讓她拿去熬了。

第二天早上，桌上擺著的是白粥和幾個小菜。辛情聞了聞，一抬手掀了。為了早日自由，餓死也值得。上午吃了一個蘋果，去看了看蘇綢，把那孩子感動得一把鼻涕一把淚的。

中午，兩個菜加一碗白米飯，辛情差點被那青翠欲滴的炒青菜勾引了，還好意志夠堅定，最後痛下殺手——掀桌子，吃了兩個蘋果。

晚上，菜裡加了點肉絲，辛情的口水就在唇邊徘徊，不過掐掐大腿，還是掀了。吃一個蘋果，有點反胃。

剛清洗完傷口，映月進來了，辛情遣了其他人出去，看看她的傷口，問道：「傷口好些了？」

「謝王妃關心，好些了。奴婢昨天想了一個晚上，奴婢從進府就是服侍王妃的，王妃待奴婢不薄，奴婢雖然被迫屈從於韻側妃，但是奴婢並不忍心害您。請您看在奴婢不得已的分上，原諒奴婢這一次，奴婢給您當牛做馬，絕無怨言。」映月跪地說道。

「妳能這樣想就好，我也不會虧待了妳，雖然這些日子我跟王爺之間有些誤會，但很快就會沒事了，明白嗎？」辛情說道，從手上褪下早上戴上去的道具——鐲子，親自放到她手裡，柔聲說道：「那妳知道該怎麼辦了吧？」

「奴婢知道，奴婢就跟韻側妃說已經給王妃用藥了。還有，王妃，這鐲子太貴重了，奴婢不能要。」映月說道，眼睛看也不看那鐲子。

辛情親自把鐲子給她戴上，然後說道：「這麼美麗的手腕正配這個鐲子，真好看！妳放心戴著，以後不止鐲子，還有妳想不到的，呵呵。」假笑了兩聲，「好了，妳出去吧！妳這麼聰明，該怎麼做我想妳心裡一定有數了。」

「奴婢明白。」映月走了出去，辛情在後面笑了。等屋子裡沒有人了，辛情拿出那藥粉，輕輕敷在額頭，然後又將紗布覆好。

吹熄了燈，安穩地睡了。

絕食堅持了三天，辛情看到蘋果就想吐，一點食慾也沒有。去看蘇綢，她的臉上有了血色，看到她來，抱歉地笑了。

晚上沒有人的時候，映月來了，告訴她，水側妃的身體好多了，王爺的氣也消了一些。不過，韻側妃不是很高興，還說：「居然沒事，真是——」

辛情笑著聽她講完了，點點頭說知道了。

第四天，飲食待遇恢復了，辛情沒有掀桌子，卻對飯菜百般挑剔，不是鹹了就是淡了，故意找丫鬟們的毛病，搞得丫鬟們見了她就躲，除非必要，否則絕不出現在她面前。

辛情這才有機會察看自己所有的家當，只首飾就裝了三大盒，櫃子裡的衣服絕對不輸給現代社會購物狂的衣櫥，只是顏色都過於鮮豔，不小心會晃花了眼睛。她不知道首飾的行情，可一件件仔細看過了，絕對都是高檔貨。想想也是，蘇朵的爹應該是權傾朝野的大人物，再加上個寵妃姊姊，她的嫁妝肯定全是高級貨，只當這些首飾應該就夠活一輩子了。看看那些衣服，估計也值不少錢，與其等她離開之後被別的女人燒掉，還不如拿去當掉，反正她不嫌錢多。

接下來就是怎麼賣了，自己去賣肯定被人家騙，可是到哪裡找個懂行又不會騙她的人呢？

吃過中飯，辛情來到下人房看蘇綢，蘇綢的傷口有的已經結痂了，但還是沒有辦法躺著。看到辛情額頭上的紗布，蘇綢有些擔心。

「王妃，您的傷看過大夫了嗎？」蘇綢問道。

「看過了，上了藥，大夫說不能見風。」辛情倒了水給蘇綢，蘇綢又是一驚，「蘇綢，妳想回蘇家嗎？」

「王妃？您怎麼這麼問？」蘇綢問道。

「沒什麼，隨便問問。」辛情說道。

「王妃，您跟王爺解釋啊，水側妃不是您推下去的，是她自己沒站穩掉下去的。奴婢跟王爺解釋，可是王爺不聽，還說奴婢教唆您，教壞了您……」蘇綢的眼淚滑了下來。

「我現在連門都出不去，跟誰解釋啊！蘇綢，妳怎麼那麼傻，明知道解釋了他不聽，妳幹嘛還說？招來這無妄之災。」辛情問道。

蘇綢直搖頭，「王妃，蘇綢從七歲開始就伺候您，您雖然有時候脾氣不好，可是您從來沒害過別人。蘇綢不能眼見著您受了委屈。」

「我脾氣不好的時候，是不是對妳也不好？」辛情試探地問道。

「不，您對蘇綢很好。」蘇綢笑著說道。

「我對妳好，怎麼會把妳的胳膊都掐紫了。」那兩隻胳膊上的掐痕很明顯。

「王妃……蘇綢沒事……」蘇綢安慰她說道。

「唉，現在我才知道，真正對我好的就只有妳一個。不管我怎麼對妳，妳都對我那麼好。」辛情聲音低了下去。

「不是的，王妃，您別這麼想，老爺、夫人、貴妃娘娘和二少爺對您都好啊！您出嫁前，老爺夫人和二少爺還不停地囑咐蘇綢好好照顧您呢！」

「二哥？」一般的大家小姐肯定有幾個很勇猛的，甚至有些戀妹情結的哥哥。

「是啊，是二少爺。」蘇綢肯定地說道。

「可是，我現在身邊只有妳了，也見不到二哥，所以——妳最好。」看來還有個蘇家二少爺可以倚靠，不知道他是什麼樣的人，「妳好好養著，快點好起來。」辛情囑咐道，蘇綢點點頭。

絕食之後，辛情看看傷口，是該做點文章了。

這天早起之後，洗過臉，照了照鏡子，辛情拿起鏡子就扔門外去。丫鬟們又跪了一地。

「為什麼我的臉這樣了？怎麼沒人告訴我？妳們成心的是不是？」辛情仍然做出茶壺的姿勢。

「王妃，奴婢們以為您知道……」丫鬟們戰戰兢兢的，不知道王妃今天又吃錯了什麼藥。

「以為？我又看不到自己的臉，怎麼會知道？妳們恨我是吧？平時我對妳們嚴厲些，妳們便記恨在心，明知道我不能容忍臉上有一點傷口，還故意不告訴我是吧？妳們安的什麼心？滾，都給我滾出去跪著！如果過幾天我的臉還不好，我就把妳們每個人的臉都劃花！」辛情大吼，丫鬟們便聽話地到外面跪著去了。

辛情暗暗地嘆了口氣，演戲還真不是容易的事，還好以前在辦公室裡戴面具戴久了。

雖然還沒入夏，但天氣也熱了，辛情雖然於心不忍，但是為了自己的自由，只能默默地在心裡對這些丫鬟們說對不起了。

從那天早上開始，辛情手不離鏡，隨時查看自己的傷口，然後大喊大叫。伴隨著這種情緒，不得不隔三差五地掀個桌子、剪個衣服、踹個凳子什麼的。這種惡行持續了四天，不只丫鬟們，辛情自己也快崩潰了，心裡把那個王爺臭罵了上千遍。

這天正吃晚飯，桌子被掀了，不是辛情幹的，是那個多天沒露面的王爺，據說叫唐漠風的花樣美男。辛情愣了一下，馬上就抬頭瞪著他，「我還沒吃呢！」

「誰給妳權力虐待我府裡的人？」聲音裡冒著火。

「不就是讓她們跪一下嗎，有什麼好大驚小怪的？」辛情故意用不以為然的口氣說道。

「妳還要劃花她們的臉？」繼續噴火的聲音。辛情低著頭差點笑了，要不是功力深厚還真撐不住。醞釀了一下情緒，辛情抬起頭，做泫然欲泣狀，看向噴火的王爺，上前拉住他的袖子，用可憐兮兮的口氣說道：「你看，人家的臉傷成這樣，她們居然故意不告訴我，還說是王爺您不讓請大夫，我知道惹您生氣了，可我也知道您不會這麼狠心，您知道我最在意的就是這張臉了，如果花了不好看了，我也不要活了……不要活了……」辛情準備把鼻涕抹在他袖子上。

沒想到被一把揮開了，「沒錯，是本王不讓請大夫的。」

辛情瞪大眼睛看他，把眼睛眨得跟進了沙子似的，然後說道：「為什麼？你想讓我這張臉毀了嗎？」

「這是妳自找的。我今天來就是告訴妳，我已經跟皇上、太后回稟了一切，我會休了妳。」那個聲音冷冷的。

太好了！辛情直想跳起來，但是戲還沒演完。

「你說什麼？你騙我？我爹和貴妃娘娘不會同意的。」辛情提醒他，自己也想知道他用什麼理由堵住了那兩個大人物的嘴。

「同意？輪不到他們說話了。」聲音裡帶著恨意。

「你騙我的是不是？你以前也說過會休了我，可是每次你都是騙我的！我錯了，我知道錯了，我跟你道歉，我保證以後再也不犯了，我保證乖乖的，不跟她們爭了，你願意喜歡誰就喜歡誰，我再也不打她們了！你要是喜歡水側妃，我也會同意你把她扶正……」辛情哭著說道，說著說著，覺得這蘇朵也挺可憐的。

「晚了。妳收拾吧，妳的東西都帶走，一樣都不准留。過幾天聖旨下來，妳就離開本王府。」然後轉身走了，不帶一點留戀。

辛情坐在椅子上，太快了，她還沒完全計畫好呢，接下來要怎麼辦？

「王妃！」一個聲音在旁邊說道。

「王妃？妳看我笑話嗎？我就不信他真敢休了我！」辛情抬頭看了一眼說道，「哼，讓她們重新上飯菜，我還沒吃完呢！」

「王妃，王爺把她們都帶走了，奴婢這就給您準備去。」映月說道。

「哼，帶走就帶走，我還不希罕呢！妳去吧，快去快回。」

等了好一會兒，映月才拎著食盒進來。辛情因為心情好，吃了飽飽的一頓。吃完了飯，辛情問道：「妳不是說王爺的火氣消了些嗎？」

「王妃，本來王爺的火氣是消了些，可是王爺知道您這樣責罰下人，所以很生氣。」

「哦，沒有人火上加油嗎？」辛情斜睨她。

「這——奴婢就不知道了，奴婢這些日子一直沒有機會出去。」映月說著，眼睛看了看周圍，壓低了聲音說道：「王妃，剛剛韻側妃身邊的小婢趁著送東西給奴婢，傳了句話。」

「哦，說了什麼？」

「說讓奴婢加大藥量，千萬不能讓您的傷好了。」

「這個韻側妃——等我翻身了，我一定要扒了她的皮。」辛情惡狠狠地說道，然後起身，「走吧，跟我去看看蘇綢，也不快點好，天天還得勞動本王妃去看她。」

到了下人房，辛情看看蘇綢的狀況，見她能起身了，便讓她下地走動走動，說多走動能活血。蘇綢聽說她身邊的人都被調走了，便堅持要回去伺候。辛情也不多推拖，同意了。

第二天，辛情剛把鏡子摔出去，有個人出現在了門口。辛情也不看，以為是丫鬟，「滾，別來煩我！」她讓蘇綢收拾首飾，所以知道罵的不是蘇綢。

「小妹。」一個好聽的聲音說道。不知怎的，辛情忽然眼淚就流下來了。抬起淚眼，看向來人，一動也動。心裡想著：這是哪個哥哥呀？

「小妹不認得二哥了。」好聽的聲音接著說道。

這回認識了。辛情跑過去直接撲進人家懷裡，眼淚鼻涕擦人家衣服上。心裡還念著：脾氣真好，要不是哥哥，也許可以拐來當老公。

「二哥知道小妹受委屈了。乖，不哭了。」蘇豫拍拍小妹的後背，輕聲說道。

「二哥，他要休了我，怎麼辦？」辛情決定先摸摸情況，看看這個哥哥持什麼意見。

「乖，沒事了，二哥帶妳回家。」蘇豫心疼地說道。

「二哥，你會不會瞧不起我？」辛情哭著問道，吸吸鼻子，再抹一把。

「怎麼會，小妹永遠是二哥最疼的小妹。」

「嗯，二哥最好了。」辛情這句話是真的。想想，在古代，被休了之後還有個家人這麼說，絕對的大好人哪！

「小妹不哭了，過幾天二哥就來接妳回家。」

「好！二哥，我還有件事要求你，你幫幫我好不好？」辛情從他懷裡抬起頭，用小狗般的眼神看著他。

「好，小妹有什麼事？」蘇豫幫她擦了擦眼淚，看到她額頭上的紗布，皺了皺眉，輕聲問道：「疼嗎？」

「疼，好疼！」辛情順嘴說道，博得他的同情心，「二哥，這些首飾、衣服都是我在王府裡穿的和用的，你幫我賣了吧？」

「為什麼？小妹。」蘇豫有些不解。

「二哥，我知道他這次是真的生氣了，我也知道我說什麼他都不會原諒我了。我不想再看見這些東西了，看到會傷心。」辛情低著頭說道，蘇綢在旁邊也陪著掉眼淚。

「好，二哥答應妳。回家之後，二哥再買新的給妳。」蘇豫看著妹妹憂傷的表情，很難拒絕她的請求，再說她說的也在理。

「謝謝二哥，就知道二哥最疼我了。」辛情叫了個丫鬟進來把東西都收妥，交給蘇豫。

「小妹……」蘇豫總覺得小妹有些不對勁，可是又說不上來。

「二哥，我知道你要說什麼，我會好好的，我會撐過去，誰讓我是蘇朵呢！」辛情說道。

「小妹真是長大了。」

兄妹倆又坐了一會兒，蘇豫一直在勸著辛情要想開。

送了蘇豫到門口，發現門口的兩尊門神已經不在了，辛情扯了扯嘴角，一路拉著蘇豫的袖子到了王府的門口。

「二哥，你會來接我回家的是不是，你一定要來……」辛情有種被拋棄的感覺，這個男人是她來到這個世界之後第一個可以倚靠的人。

「二哥答應妳。」蘇豫不忍心再看她，上了馬車走了。辛情直看到馬車消失才往回走。

「王妃。」身邊跟著的是那個丫鬟。

「回去吧！」辛情沒啥心情。

一路上遇見的人都躲躲閃閃的，辛情嘆著世態炎涼果然在哪裡都一樣。

她為什麼不走？她在等允許休妻的聖旨。聽蘇豫的意思，她有權有勢的爹和姊姊也沒有辦法挽回局面了。那是，誰家養了這麼個倒楣女兒，哪還好意思說啥呀！

在等待的兩天裡，她喚來了管家，說貴妃娘娘賞的鐲子丟了。管家不敢怠慢，立刻展開地毯式的搜查，結果在那丫鬟的箱子裡找到了。管家將鐲子原封不動地還了回來，將那丫鬟鎖在下人房裡。

又等了兩天，辛情正坐著發呆，有人進來了都不知道。

「明日午後，皇上召見。」那個聲音說道。

「知道了。」辛情回過頭，想看看來人的表情，心裡暗嘆，果真是狠角色，這種時候都能忍住喜悅，要是她早就放鞭炮慶祝了，「明天？明天是嗎？我能問你個問題嗎？」

「等著皇上問吧。」那個聲音說道，然後轉身邁步。

「我就想問問，休了我，你真的不會後悔嗎？不用著急，明天再告訴我。」辛情問道，前面的人影沒有給她答案，走了。

晚上，辛情打開衣櫃，那裡面掛著一件禮服，華麗而典雅，應該是蘇朵生前極愛的一件衣服吧。辛情摸摸衣服，這裡面不知道藏了那個少女多少的夢呢，可惜，夢這麼快就醒了，公主和王子不是都有快樂結局的。

「王妃。」是蘇綢的聲音。

「蘇綢，明天我們就要離開這裡了，這裡有妳捨不得的人嗎？」辛情問道。

蘇綢沒答。

「蘇綢，妳有喜歡的人在這裡對不對？」辛情問道。

「蘇綢會永遠跟著王妃的。」蘇綢低聲說道，聲音裡有壓抑。

「告訴我，妳喜歡的是誰。也許，我能幫妳的就這一件了。」

「王妃，蘇綢會忘了的。」

「睡吧。」辛情打發蘇綢去睡了，自己推開門到院子裡。蘇綢有喜歡的人在這裡，她應該幫她，畢竟也欺負人家這麼多年了。

輕輕走到院門口，迅速拉開門，對著一個正要離去的身影喊道：「站住。」

那人影站住了，迅速轉過身說道：「王妃，夜深了，請您回去。」

「反應很快嘛！不過，我記得這守衛已撤了好幾天了，我可不認為你是因為忠於本妃才守在這裡的。」

「屬下是巡夜的。」

「巡夜的？巡夜的聽見異動不進反退，這是王府裡的規矩嗎？」辛情看了看他，「我只問你一句，你能不能保護好她？」

那人沒動靜。

「別告訴我沒聽懂。若你給我一個保證，我便留下她。若不能，我便帶走她。」

「我答應妳。」那人終於說道。

「好，我成全你！不要虧待她，否則——你知道我的性子。」辛情說完轉身欲回去，只見蘇綢站在那兒。一時三人僵在那兒。

「晚了，回去睡吧。」

「王妃，蘇綢發誓永遠陪在您身邊，您不要把蘇綢留下。」蘇綢跪在地上。

「何必呢！留在我身邊挨打挨罵，妳沒那麼傻吧？」

「王妃，蘇綢說的是真的，蘇綢什麼都可以放下，只是不能離開您。當年，若不是您開口留下我，蘇綢早已成了白骨了。」蘇綢哽咽著說道。

「八百年前的事誰記得？要是欠，妳也還清了。妳不過是我的一個丫鬟，我把妳賞給他了，別跟著我。」辛情冷冷地說道。唉，她還挺喜歡這個小丫鬟的，不過，寧拆一座廟不毀一樁婚，棒打鴛鴦太殘忍了。

「王妃，蘇綢這輩子只伺候您一個人，如果您不要我了，蘇綢只有死了。」蘇綢抬頭看著她，很勇敢也很真誠。

「死吧！妳死了，我就讓他給妳陪葬。」辛情看也不看兩個人，逕自進去了。

一想起明天就要開始的自由生活，辛情有些激動。一時睡不著，沿著小路又來到下人房，在一扇鎖著的門前站住。

「映月，我來跟妳道別。」辛情輕聲說道。

「王妃，您陷害我。」映月在門內惡狠狠地說道。

「對呀，我就是陷害妳。妳算計我，難道還想全身而退嗎？」辛情呵呵一笑，反正借了蘇朵的身體，不管她以前是多麼頑劣不堪，在自己看來是要回報蘇朵的，而唯一能做的就是替她除掉陷害她的人，這個映月是第一個。

「我沒有，我沒有算計您，我是被逼的，王妃，您冤枉映月了。」映月說道。

「冤枉？哦——那只能算妳倒楣了。這鐲子在我手裡，妳說，我要是把它弄出一條裂縫，妳會是什麼下場？」辛情笑問。

「王妃，奴婢錯了，奴婢錯了，奴婢不該自作聰明，您要奴婢怎麼做，奴婢都聽您的。」映月說道，帶著哭腔。

「很簡單，妳讓人去告訴韻側妃，我明天要去跟她道別。」辛情笑著說道，打開門見到門內跪著的人，扶了她起來，「記住，別傳錯了話，我是要和韻側妃告別，不是水側妃。」

第二日一早，辛情平靜地坐下來吃早飯，雖然她興奮得直想跳，但是她知道，離完全的自由還有一天——只要過了今晚，她就是辛情，而不是蘇朵了。

「蘇綢，給我梳個漂亮的髮髻，我今天要去見皇上。」

蘇綢的眼睛霧濛濛的，但還是手腳麻利地為她梳好了髮髻，又將她特意留下的簪子、釵子一一插好，拿了衣服在旁邊等著。忙了一刻鐘左右，總算都穿戴整齊了。

「王妃，您真漂亮！」蘇綢低著頭說道。

「是啊，我是蘇朵，什麼時候都應該是漂亮的。」穿上戲服戲才能更有看頭是不是？

「蘇綢，妳陪我在府裡走走吧，恐怕以後再也沒有機會了。」辛情看看蘇綢，「映月，妳留下來收拾一下東西。」

映月看了她一眼，點點頭。

蘇綢陪著辛情慢慢地走出大門，一路穿過小橋、走廊、甬路，辛情一邊欣賞著這個美麗的王府，一邊接受著下人們目光的「洗禮」。

「蘇綢，水側妃住在哪？」

「王妃，您、您要去？」蘇綢有些吃驚。

「去看看她啊，畢竟是她把我害得這麼慘，我蘇朵可不能背著冤枉離開。」辛情平靜地說道。

「可是，王妃，您……還是不要去招惹她了，她很壞。」

「蘇綢，妳覺得我是好人嗎？其實我也不是好人，不過是妳總記著我的好罷了。妳放心，我不會動她一根手指頭。」辛情輕鬆地笑了。

「好，蘇綢帶您去。」蘇綢想了想，終於還是點了點頭。

轉過一座竹橋，蘇綢說道：「王妃，這條小路的盡頭就是碧竹館了。」

「真是個清幽的所在，當冷宮還真不錯！」辛情笑著說道。慢慢走著，到了小路盡頭，有一扇小小的竹門，幾個青衣小婢正在裡外忙著。看見出現的主僕二人都明顯地愣住了。

「愣著幹什麼？不認識本王妃了嗎？」辛情笑著說道。

「不，不是，給王妃請安。」幾個小婢慌忙地說道。

「好了！本王妃是來看水側妃的，她在嗎？」辛情問道。

「這……」那幾個小婢不知道怎麼回答，王爺吩咐過的，王妃來了不准入內。

「王爺又有吩咐？」看到幾個小婢點頭，辛情接著說道：「去問問你們主子吧，我只是來跟她說幾句話道別的，今時今日，我哪裡還敢動她。」

一個小婢忙回身去了，不一會兒，她折身回來，恭敬地說道：「水側妃有請。」

辛情隨著她踏上了青石臺階，進了門，卻不見水側妃，辛情逕自在主位坐了，悠然地品茶，半天才見兩個青衣小婢扶著一個孕婦出來了，辛情看向她，掛上微微的笑，「看來妳恢復得不錯，孩子也沒流掉。」

那清冷的女子也不向她請安，逕自在她對面坐了，「我不覺得王妃今日還有登門的必要。」

辛情並不回答她的問題，自顧自地說道：「前些日子我丟了一只鐲子，是貴妃娘娘賞的。唉，虎落平陽被犬欺，我這個廢妃也沒人放在眼裡了，我的東西也敢拿。」

水側妃不說話，只是靜靜地聽著。

辛情從手腕上褪下鐲子，放在水側妃面前，「這鐲子是貴妃娘娘初封時皇上賞的，天下僅此一只，妳覺得怎麼樣？」

「皇上賞的，自然是至寶。」水側妃平淡地說道，似乎對鐲子不感興趣。

「至寶？我倒沒覺得，在我看來，跟其他的鐲子差不多，所以前些日子隨手把它賞給我屋裡的一個丫鬟映月了。前兩天，總管卻忽然來還我這鐲子，說是搜查的時候在映月的箱子裡發現的，映月說是我賞的，可總管不信，說這麼貴重的御賜之物王妃怎麼可能賞給一個下人，為此還將映月關了兩天。想想，也實在是我不對，沒看清楚對方是什麼人就隨便賞了東西。若是賞她一個銀的，也不至於給她招來麻煩。」

「王妃出手一向出手闊綽。」水側妃秀氣的眉毛微微動了動。

「出手闊綽是一回事，沒有考慮周全是另外一回事。」辛情笑著說道。

「王妃來就是和臣妾說這些的？那麼……」水側妃的話被打斷。

「在下棋的時候，如果考慮不周全，往往會導致全盤皆輸。在王府這局棋中，妳覺得我輸得很慘吧？灰溜溜離開王府，為天下所恥笑，給父母兄弟臉上抹黑——其實，這些日子以來我一直在後悔。」辛情看著水側妃一字字說道：「我在後悔，如果當初知道要枉擔這個冤枉的罪名，我何不親自將妳推下臺階，反而中了妳的計。」辛情淡淡地說道。

「王妃還想狡辯嗎？這可是王爺親眼看到的。」水側妃平靜地說道。

「可是眼睛有的時候也會騙人。」辛情笑著說道。

「王妃到底想說什麼？」水側妃帶著嘲笑看著她。

「妳覺得，到底是妳輸了，還是我輸了？雖然我將面臨那麼多難堪，可我還是覺得我贏了，妳想聽聽為什麼嗎？」看到水側妃握著杯子的手有些用力，辛情站起身，推開一扇窗戶，「聽說雲夢那個地方有種竹子叫湘妃竹，傳說當年娥皇、女英在尋夫途中聽到了丈夫的死訊，兩人抱著竹子大哭，因為太過傷心，她們的眼淚灑在竹子上化成了斑斑淚痕，後來人們為了紀念她們對丈夫的深情，便把那沾染她們眼淚的竹子稱為湘妃竹。水側妃這裡也有許多竹子，不知道什麼時候妳的眼淚會把它們化為湘妃竹？其實，我覺得叫水妃竹也很美，妳覺得呢？」

「恐怕要讓王妃失望了，我沒有機會。」

「機會？如果妳輸了，輸得比我還慘便有機會了。」辛情笑著說道，很開心的樣子。

「要離開的是妳。」水側妃仍舊是淡淡的。

「沒錯，是我。可是妳以為是因為妳的設計和陷害我才離開的嗎？錯了，是我厭倦了，是我自己要走了。很失望吧？若妳知道我一心求去，便不會再讓映月毀我的臉吧？」辛情回頭看看水側妃，從袖子裡拿出那個藥瓶，「我聽說，韻側妃是個不怎麼聰明的莽撞人，趁著我跟妳鬥得兩敗俱傷來這麼一招也像她那種笨蛋做得出來的，於是妳便順著這個思路讓映月說是韻側妃指使的。真好，一石二鳥。可是，妳選錯人了，映月雖聰明但不忠心，比我的蘇綢可是差遠了。」

「王妃的故事編得不錯。」

「其實我告訴妳映月藏下了這個鐲子的時候，妳就後悔了吧？她背叛了妳，因為她明白了，我走了，她根本不需要借助妳的力量。她有美貌有心計，這樣的女人從來都不甘屈居人下，於是她故意頂撞我，引起我的注意，故意在幫我上藥的時候露出馬腳，故意在說辭上前後矛盾。這麼多線索，難道我還會僅僅看到她告訴我的韻側妃而忽略了後面的妳嗎？畢竟我蘇朵是要殺了妳的孩子。呵呵，如果妳不趁機再給我一刀，那就太不像要做母親的人了。也不怪妳大意，若是以前的蘇朵，一定會相信是這樣的，可我不是以前的蘇朵了。」辛情坐下喝了口茶，說道：「妳總算成功了一件事，就是毀了我蘇朵自負的美貌。」

水側妃瞇著眼睛，不說話。

「不過，我是知道藥有毒之後才抹的，也不算妳成功了。呵呵，說實話，水側妃，若我是妳，我絕不會去設計陷害蘇朵。要知道，有一個驕横跋扈的蘇朵在，妳得寵的時日會長得多。可是，妳不滿足，是妳自己毀了這一切。我猜現在妳一定在想，這次我的父親和姊姊都保不住我了，只要我被休了，這個位置就一定是妳的對不對？」

水側妃還是不說話。

「我的父親和姊姊雖然保不住我，但是妳想想，皇上和太后同意王爺休了我就是那麼容易的事嗎？想當初我也是皇上賜婚的。如果沒有交換條件，我父親和姊姊怎麼會忍受這個奇恥大辱？而我猜，這個交換條件便是下一任靳王妃仍由蘇氏一族選出。妳辛辛苦苦，卻是為別人做嫁衣裳，值得嗎？常言道：新不如舊。朋友是這樣，對手也是這樣，兩人做對手的時間長了，彼此瞭解，熟悉對方的路數，就算不能次次取勝，卻也可保生命無虞。但若換了新對手，雖然有一擊斃敵的機會，可被人擊斃的機會也是一樣的。與其這樣提心吊膽，還不如和老對手慢慢地玩，妳說呢？」

「我不明白妳在說什麼。」水側妃冷冷地說道。

「妳當然明白，否則我又何苦特意來找妳說！我蘇朵自認不是什麼好人，別人對我好，我尚且能以怨報德，妳說別人若對不起我，我會怎樣？」辛情直視水側妃，「我會十倍百倍地回報。所以這個府裡沒有人喜歡我，我想除了蘇綢之外，大概都希望我滾蛋。我這些天甚至在想，等我走了，王府會不會放鞭炮慶祝。我這麼招人討厭，馬上就要被趕出去了，但我還是很開心，起碼有一件事你們永遠永遠都比不上我。」

「什麼？」

「唐漠風他這輩子都忘不了我蘇朵！妳信嗎？」辛情笑著問道。

水側妃的眼睛裡充滿了怨毒。

「我不知道這些年來他對我蘇朵可曾有片刻的愛戀，可是，就算是個毒瘤也好，我蘇朵溶進了他的血裡，扎進了他心裡，拔不掉切不斷。這種程度，夠了，我蘇朵知足了。」辛情拿起那個藥瓶，「知道我為什麼明知道它有毒還要用嗎？」

「為了讓王爺愧疚而不休掉妳。」

辛情搖了搖頭，「妳覺得死過一回的人，還會在意自己的美醜嗎？」

「妳不是哭著求王爺不要休了妳嗎？不是摔了很多鏡子嗎？」水側妃嘲笑地說道。

「妳果然沒有多聰明，我那樣做不過是自救，順便救人而已。我要鬧，鬧得不成體統，給他足夠的休妻藉口，否則皇上如何答應？我父親姊姊如何答應？」辛情笑著說道：「唉，時候差不多了，我也該走了，以後我們就沒有機會再見了。呵呵，我很希望妳這胎生下的是男孩。」

「妳應該詛咒他生不下來。」水側妃淡淡地開口。

「不，我希望他是男孩，那樣妳以後的漫漫歲月才有個盼頭，盼著唐漠風看在他的面上想起妳。」

「即使不是男孩，我還有機會，可惜妳就沒有了。」水側妃摸著自己的肚子。

「我的生活從明天才真正開始，而妳的生活──到今天結束了。」辛情平靜地說道。

「那就等著看好了。」水側妃有些笑意。

「妳真的以為妳做的事情只有天知地知你知我知嗎？」辛情擺弄著淨瓶裡的竹枝，「妳這個人成不了大事，在沒有完全勝利的時候，怎麼可以露出這種輕狂的表情？不過，我想妳以後也沒什麼機會再算計別人了。」

「反正我的對手不會是妳了。」

「沒有人會是妳的對手——因為妳將在這裡孤獨終老，也許等那竹子都化成湘妃竹的時候，唐漠風會原諒妳。」辛情笑著說道。

「我會成為靳王妃，搬進妳的宮殿。」

「看來妳不是很瞭解男人。唐漠風那樣的男人，喜歡掌控所有的事情，因此最不喜歡的事就是被別人耍，如果他知道妳耍他會怎麼樣？如果他知道妳害他誤會了我，甚至休了我，又會怎麼樣？」

「王爺永遠不會知道。」

「妳猜映月會去告訴誰？妳真的以為唐漠風會在韻側妃那裡等著我去拜訪？還是妳以為一個背叛者會對妳有最後的忠誠？別天真了！」辛情慢慢地說道：「知道我為什麼拖到今天才來見妳嗎？只要我早來幾天，我便會保住一切，王妃的位子、父母的顏面，甚至可能還包括唐漠風的心。可是我今天才來，妳想知道為什麼嗎？」

水側妃的臉色有些白。

「我要離開，不給任何人阻擋我的機會，但我是蘇朵，不會背著冤枉離開。」辛情平平淡淡地說道，然後推開門，「水側妃，如果妳以為再陷害我一次會成功的話，妳儘管去喝藥或者摔倒，不過，我提醒妳：一屍兩命，而且不會得到唐漠風一絲憐惜。」

「昨天的問題，你有答案了嗎？」辛情問站在門外的男人，然後從容地從他身邊走過，下了臺階，蘇綢正等著她。

「走吧，我沒動她一根手指頭。」辛情笑著向蘇綢說道，「只是講了個故事給她聽而已。」

辛情步履輕快地走著，這種感覺就像是在辦公室的陰謀中又一次勝利了一樣。不過還好，馬上就結束了，現在她可是有錢又有閒，不用為了每個月那幾個銅板拚命了，是該籌畫籌畫怎麼玩了，心靈大休假——可能是一輩子的休假，用一個字形容就是：爽；用兩個字形容就是：巨爽！

直到被蘇綢扶進轎裡，辛情的臉上還是掛著抑制不住的微笑。

偷偷掀開轎簾向外看，一派繁華景象，還好還好，太平盛世，治安好，不用擔心有人搶她銀子。想到這兒，她又開始盤算了，把蘇綢留下，自己又不想回蘇朵的娘家，那以後不就是她一個人闖蕩了嗎？雖然以前也是一個人，可是這可是古代，書上不都寫了嗎，除了朝廷，還有個地方叫「江湖」呢，可是也沒寫清楚界線啊，萬一不小心走錯地盤站錯隊，別說銀子了，腦袋都跟著報銷了。還有那麼多開山栽樹搞綠化的好漢……唉，不是藝高人膽大，還真是不太好混呢！到哪裡招聘個保鏢呢？

轎子落了地，辛情掀開轎簾自己出來，發現左右人發愣的表情，這才想起來：忘了端架子了。轉而想想，還裝個屁呀，大家都知道她要下堂了。

抬頭掃了一眼，原來轎子已到了宮門口，也是大紅牆，跟故宮的顏色差不多。蘇綢拉拉她的袖子，引著她上了另一頂小轎，又忽忽悠悠地進了宮門。辛情從縫隙裡往外看，這皇宮的建築比故宮還古樸，戒備倒是一樣森嚴。除了空中，四處都是守衛，而且一個個都是僵屍表情。

她都忘了穿越幾個大門了，轎子終於停了下來，這回她可是等著蘇綢掀轎簾。蘇朵即將卸任的老公正在一旁面無表情地等著。調整一下表情，辛情走到他身邊。

「皇上有旨，請靳王爺和王妃到壽寧宮見駕。」一個太監說道。

壽寧宮？聽起來像是老太婆們住的地方，難不成是太后的地盤？是了，休個女人實在算不上啥大事，還是在後院解決算了。

旁邊的人已邁步前行，辛情端端肩膀，端莊——端著架子裝人，誰不會啊！辛情極力忍住笑，在勝利沒有完全掌握在手中的時候不能輕狂，而且按蘇朵的性子，這個時候似乎應該表現出怨婦的嘴臉吧？要被休了還顯得興高采烈，好像不大正常？

七繞八繞終於進了一個大院子，她不動聲色地看了看，發現來看戲的真不少，當然了，也不排除是為了看男色的。愛美之心人皆有之，何況是在後宮這個雄性極端貧乏的鹽鹼地裡。

撇撇嘴，發現自己撞著人了。抬頭對上他的臉，她仔細看了一遍，可惜，以後不知道能不能再碰著這種極品美色了。

正想著，晴空一個霹靂響了：「皇上有旨，宣靳王。」

切，直接把她省略了？

深深吸了口氣，到了劇終的時候了。

進了殿，隨著美男走了幾步，他跪下，辛情也忙跪下了。古人為五斗米尚能折腰，為了自由，捨了膝蓋吧。

「臣唐漠風叩見皇上、太后、貴妃娘娘。」美男的聲音挺嚴肅的。

「蘇朵叩見皇上、太后、貴妃娘娘。」她不是不知道宮廷裡有「臣妾」這個名詞，可是這馬上就下堂的時候了，還是謙虛點好。另外，蘇朵驕橫跋扈，估計也不愛用這個詞。

「平身。」一個很威嚴的聲音輕輕地飄過來，跟她們的頂級大老闆有得拚。

站起身，辛情迅速掃了一下大環境：正前方不用說了，那個男的肯定是老大，面無表情的老太婆肯定是太后。左邊那個大美女應該是蘇貴妃，那右邊那個老頭是誰？瞧瞧他那表情好像要吃人一樣。對了，蘇朵的爹呀！怎麼忘了？這麼重大的場合，比賽雙方少了誰都不成啊。

「靳王，你的摺子朕和太后看過了，也有了決斷，朕今日再問你一句，你當真決定了？」皇帝問道。辛情聽著卻聽不出他話裡的意味，他是希望還是不希望呢？

「皇上，臣有個不情之請。」美男的聲音裡有些猶疑。

辛情立刻繃緊了神經，不情之請？帥哥，我都放過你了，你就別節外生枝了！

「說。」簡單的一個字。

「皇上可否再給臣一些時日考慮。」美男說道。

辛情沒忍住，直接側頭看他，眼睛瞪得銅鈴那麼大。考慮個屁呀！考慮一個月了，臨了這是唱哪齣啊？腦筋迅速轉動，難道這帥哥相信了早上的話？可是相信歸相信，看他那個表現，對蘇朵的不滿也不是一天兩天了，估計是巴不得休妻呢！就算知道真相不也應該裝聾作啞，再狠點就把知情人都咔嚓掉才對，畢竟這機會跟火星撞地球的機率一樣難得呀！

「這是為何？難道靳王還沒想清楚？」皇帝估計也懵了。

「這……因為今日一早，王妃告訴臣，當日之事並不是她所為。臣當日雖然目睹，但是臣亦不想冤枉任何人，所以請皇上再給臣一些時日查清楚。」

看看左邊的美人和右邊的老頭四隻有些發光的眼睛，辛情勾勾嘴角，想壞她的事？開玩笑，都撕破臉了，以後的日子怎麼過呀？再說，她可沒興趣和一個有暴力傾向的男人生活，就算他帥得能當空氣也一樣。畢竟這血肉之軀不能和那磚泥木頭石頭比硬度。

還沒等皇帝大人開口，辛情馬上開口說道：「皇上，蘇朵有話可以說嗎？」

「說。」皇帝開口道。

「我只是想請問王爺一件事，一個月的時間還查不明白的事，您如何在幾天之內查清？」辛情挑眉看帥哥，不過這回沒心情欣賞美色，只是要看看他如何作答。

「靳王。」顯然有人也想知道答案。

「皇上，」他當然有理由，不過辛情可沒心情再回去「待些時日」，惡俗的電視劇裡，再「多些時日」總會導致惡俗的「大團圓」結局，「皇上，我想王爺想說的一定是重新審問當日在場的丫鬟奴僕，或者設計讓側妃說實話，因為除此之外別無他法。但是，蘇朵想問問王爺，這些丫鬟奴僕王爺當日就審問過了，也聽信了她們的眾口一詞，若重新審問，王爺是信還是不信？若信，這冤枉從何而來？若不信，蘇朵便認為這冤枉是王爺強加給我的，不知道皇上和太后娘娘會怎麼想，不知道貴妃娘娘怎麼想？」辛情抬頭看兩位大老闆，發現那皇帝還挺年輕的，雖然沒有身邊這個帥，但是那氣勢就夠瞧的了。此刻他正瞇著眼看她，不知道在想什麼。

「皇上，臣當時的做法確有不當之處，不過在當時的情況下，臣親眼所見，加上王妃之前就曾當面對臣說過：她絕容不下側妃的這個胎兒，皇上應該也知道王妃平日的所作所為，臣認為，任何人都會得出一樣的結論。」美男說得合情合理。

「王爺，蘇朵當時用哪隻手推了她？」辛情忽然問道。

「這……」美男有些遲疑。

「其實王爺所見的只是她摔下去的時候，我蘇朵在她旁邊而已吧？」辛情心裡感慨，猜得還挺準的。

「皇上，老臣有話。」右邊的老頭起身說道。辛情心裡哀嚎，又來一個擋道的，怎麼著？以為這是田徑跨欄呢！

「蘇卿請講。」皇上說道，不疾不徐的口氣，似乎並不著急。

「是，皇上、太后，老臣請皇上答應王爺的請求。」蘇鎮源沉穩地說道。

「為何？」這次問話的是老太婆。

「太后，老臣是有私心，蘇朵是老臣最小的女兒，難免溺愛了些，她素來是有些刁蠻任性。老臣剛剛聽到這件事的時候，也認為是小女的所作所為，所以即使王爺作出了休妻的決定，老臣亦無話可說，歸根結柢，錯在老臣的溺愛。不過，老臣知道，若被休回家，小女的下半輩子就完了。雖然小女頑劣，但是為人父母者，最大的心願便是兒女的幸福。如今王爺願意給小女一次改過自新的機會，老臣十分感謝王爺，也懇請皇上和太后看在老臣愛女心切的分上，答應王爺的請求。」

蘇鎮源的話音剛落，左邊的大美人立刻跪下說道：「懇請皇上和太后答應。」

辛情偷偷攥緊了拳頭，愛女心切？蘇朵會信，可她是辛情。又抬頭看皇帝，發現他正看她，眼睛像是探照燈。

「蘇朵，妳覺得朕該答應嗎？」果然，皇帝問道。

「皇上。」這會兒辛情又跪下了——這樣方便掐自己的大腿而不被人看見，不過，真疼啊，「皇上，若是一個月前皇上這樣問，蘇朵一定會感恩不已，可是，皇上，就算皇上答應了王爺的請求，就算王爺真的會查明真相，對於蘇朵來說已經沒有什麼分別了。」

「朵兒——」吃驚的聲音發自蘇朵的父親和姊姊。

「皇上，蘇朵自知行為蠻橫跋扈為所欲為，按七出之條也早就該被休了。王爺容忍了這麼多年，給過我無數次的機會，可是我卻依然如故，直到撞上柱子的那一刻我才終於明白，王爺的忍耐到極限了。醒來之後，沒有大夫來看我，我的貼身丫鬟因為替我辯護也被打得血肉模糊丟在下人房裡自生自滅。到了這個時候，我知道，蘇朵不會再被原諒了。於是，我開始反省自己這麼多年的所作所為，我想明白了，對於王爺，蘇朵不止應該沒有怨恨，還應該有深深的歉意，就算被休了也是我自找的，怪不得任何人。可是，皇上，蘇朵的嫉妒、刁蠻、狠毒也不過是一個女人想要抓住丈夫的心罷了，即使被宣判死刑，依然期盼著丈夫能夠瞭解自己的心。不過，蘇朵用錯了方法，還是讓一切都到了不可挽回的地步。其實，在這一月裡，我無時無刻都在期待著王爺會瞭解真相，會還我清白，可是我一直等到了今天……」

「妳也算是等到了。」皇帝說道。

辛情搖頭，又掐了一把大腿，眼淚接著奔流不息。

「皇上，就算是等到了，也不過是王爺為了顧全大局而已。王爺做得到，蘇朵做不到。蘇朵也知道這樣做，不僅會讓自己被天下人恥笑，也會置父親和姊姊於不利的境地，但蘇朵沒有辦法回頭了。」

「小妹，妳那麼喜歡王爺，真的要放棄嗎？」蘇貴妃走到她身邊。這姊姊知道人的軟肋在哪，看來在這宮裡沒白混。可惜了，誰讓你們不好好教導自家孩子走正路呢，蘇朵的罪，她辛情可沒心情替她擔著。

「姊姊，還有父親，對不起，你們一直那麼疼我，我卻讓你們失望了。」辛情低著頭說道。

「小妹，只要妳改過，王爺也會原諒妳的。」

辛情抬頭看她良久，忽然問道：「姊姊，代替我的人，選好了嗎？」

蘇大美人的表情明顯僵住了，不過她馬上說道：「小妹，妳胡說什麼？」

「父親和姊姊在意的，真的是蘇朵的幸福嗎？在這一個月裡，父親和姊姊在忙什麼？」辛情的臉上帶著笑意，「只有二哥來看過我、安慰我。他說會帶我回家，卻沒有告訴我是誰讓他帶我回家。我想是他不忍心，因為他真的心疼我。姊姊，妳告訴我，若我被休了，父親真的歡迎我回家嗎？還會像以前一樣疼我嗎？」

「當然。」蘇大美人說道。

「這樣就好了，起碼我知道，不是所有人都拋棄了蘇朵。」辛情哽咽著說道，這哭戲也太長了吧！

「皇上，蘇朵自請下堂。」辛情坦然地看著皇帝。

「蘇朵，妳應該知道這樣做的後果。」皇帝說道。

「是。所以蘇朵還有一個請求。」

「說。」

「皇上，蘇朵知道若是不想令蘇家蒙羞，最好的解決之道是回去王府，其次是蘇朵自盡於朝堂之上。在王府裡，蘇朵已經死過一回了，現在想來仍心有餘悸，所以蘇朵不想再死一次。不過，蘇朵亦是為人子女，不希望讓父母丟臉，所以蘇朵想請皇上在聖旨中寫上蘇朵自愧於君親，所以自盡謝罪，以此來稍稍保全父親的顏面。至於蘇朵，從此以後會隱姓埋名，此生絕不踏入京城半步。」辛情說完，看著在場的大人物們都化成了雕像。

「朵兒，為父的白養妳了嗎？」蘇鎮源冷冷地看過來。

「養而不教，誰之過呢？蘇朵有今天，父親沒有責任嗎？若您傷心，就當從來沒有養過這樣一個女兒吧，或者當蘇朵真的死了。」其實蘇朵是真的死了，她是辛情。

「靳王，你意下如何？」皇帝問道。

「臣……謹遵聖裁。」美男說道。

「蘇卿，你呢？」皇帝又問道。

「老臣慚愧，無話可說。」蘇鎮源氣得發抖。

「好！」皇帝說道，叫了一個小太監囑咐了幾句。那小太監便來到辛情旁邊，低聲說道：「王妃請入內說話。」

辛情想了想，抬頭看看皇帝，他面無表情，瞧不出什麼端倪，可是他總不至於真的殺了自己吧？因此便俐落地起身，隨那小太監去了。

從後門出了大殿，辛情小跑步走到小太監身邊，問道：「這位公公，不知道您要帶我去哪兒。」

「王妃不必問，到時自會知道。」小太監仍然快步疾行。辛情摸摸鼻子，只好跟上。

結果，小太監把她帶到了一處偏殿，不知道從哪裡拿了普通衣服來，讓她換上。辛情雖然不解，也知道這小太監的嘴跟無縫鋼管似的，所以什麼也不問，自顧自拿了衣服入內換了。又拔下首飾，用手帕小心包好放進懷裡，然後坐下來等。

可直等到太陽快落山，也沒人來理她，小太監也不知道跑哪裡去了，門外只有侍衛。她餓了，早上吃的那一頓早消化沒了，這戲又演得驚險不斷，真是耗費心力和體力，所以也不能怪她餓。還好皇宮裡到處都有吃的東西，她便左手糕點，右手茶水，開始祭五臟廟。正吃得高興，只聽一聲：「皇上駕到。」手一哆嗦，茶水撒了一桌，自己也被嗆到了。鬧鬼了，忽然來一嗓子，連個提示都沒有。

「咳咳咳咳……叩見皇上……咳咳咳咳……」辛情咳得臉通紅地跪下。

「起來。」皇帝的靴子和半截袍子從她眼前晃過去了。辛情站起來，好不容易喘勻了。

「妳知道這是什麼地方？」皇帝問道。

「皇宮。」她不明白皇帝為什麼這麼問。自家的地方自己都不知道，她哪知道啊。

「蘇朵，妳知罪嗎？」皇帝的聲音在不遠的前方。

「蘇朵不明白皇上的意思。」知罪？她已經夠倒楣了，借屍還魂不算，一天好日子還沒過上呢，就得流浪去了。

「不明白？這一切可是妳設計的？」皇帝的聲音更近了，「這是欺君之罪。」

「唐漠風出手之前，我是被別人設計的，我醒了之後，不過是順他們的意繼續演下去罷了，蘇朵並不認為這是欺君。」她一向不跟強權者和聰明人對著幹，眼前這個人既有強權又聰明。

「戲演得不錯，靳王到今日才明白。」

「皇上，不是蘇朵演得好，是靳王爺情願相信那是真的。」

「沒錯，不只是他，朕也相信那是真的。」

「既然如此，就更無欺君之說了。只是，不知道皇上要如何處置蘇朵？」辛情冷靜地問道。

「若朕殺了妳，誰也不會知道。」皇帝已走到她面前。

「沒錯，誰也不會知道，恐怕除了蘇豫之外，也不會有誰關心。」辛情笑著，不知道蘇豫能不能找到她，「不過，我猜您是不會殺我的。」

「為什麼？」

「因為相國和貴妃的勢力似乎大了些，相信皇上不喜歡這一點。」辛情說道：「我雖然不是故意的，可也算小小地幫了您一個忙。」

「靳王妃還是姓蘇。」皇帝的聲音裡有點笑意。

「您幫了靳王，就算王妃還是姓蘇，但是靳王和蘇家卻是兩立了。靳王站在您這邊，蘇家也不能輕舉妄動，若不收斂，您可以找藉口除掉他。」辛情平靜地說道。

「妳真的不關心蘇家？」皇帝抬起她的下巴，眼睛冷冷的。

「基於報恩的立場，我可能會關心蘇豫。」

「妳最後求朕保全蘇家的顏面？」

「在我不想死，又想離開這裡的情況下，順便而已。」辛情老實地說道。這是為了絕後患，萬一哪天唐漠風真的瘋了，又拉她回來做王妃怎麼辦？

「妳真的很自私。」皇帝笑了。

「有因才有果，既然您不會殺我，請問您打算什麼時候放我走？」

「這麼美麗的臉毀了，不在乎嗎？」皇帝的手在她傷口上輕撫。

「死過了就會知道，活著最重要。」

「朕忽然不想放妳走了，怎麼辦？」皇帝輕聲問道。

辛情立刻後退兩步，瞪大眼睛看著皇帝。屋裡有些暗，但還是可以看清皇帝的長相。怎麼說呢，除了是個美男子之外，這人長得有點邪惡，絕對有當昏君的潛質可他的眼睛很深很深，即使他對著你笑，你還是不知道他是高興還是不高興。

「那我就留下來，等您膩了再走。」這種男人是不能刺激的，他屬於那種你越反抗他越有興致的極端變態類型。

「後宮的女人除了死，是走不出去的，妳不知道嗎？」皇帝仍舊笑著。
「我不要任何名分，做宮女就可以了。」
「若朕永遠都不膩呢？」皇帝輕撫她的臉，辛情沒動。
「那我就只能祈禱比您長壽了。」「那就毒死你。哪有這種人，也太缺德了吧？
「哈哈哈哈哈哈，難怪靳王會後悔！蘇朵，和朕做個約定怎麼樣？」
「我不認為自己有說『不』的權利。」辛情瞪著他。
「好，聰明！三年，三年之內，妳隨便去哪裡，隨便做什麼朕都不會干涉，如果三年之內妳沒有嫁人，便入宮為妃，如何？」
「好！不過，皇上，您所說的嫁人，是不是只要拜過天地就可以了？至於之後我有沒有被休、他有沒有死掉，這些都不在約定之內吧？」這皇帝腦袋短路了吧？這樣他必輸無疑。
「嗯。」皇帝點點頭。
「好，我答應。我還有一個問題，皇上，青樓女子可以入宮嗎？」
「妳說呢？」皇帝又抓著她一綹頭髮。
「明白了。請問，我什麼時候可以離開？」這個人絕對是瘋子，所謂的祖宗規矩在他眼裡一定跟廢紙一樣。
「現在。」皇帝說道：「朕很期待三年之後妳是什麼樣子。」
「我說過，不會踏進京城半步。再見。」辛情轉身走了，一個小太監早已等在殿下了。
出了宮門，辛情有點暈。這下子走投無路了，首先的一個問題便是她今天晚上要怎麼辦。這天都黑了，總得先找個吃飯睡覺的地方吧？還好記得把首飾收起來，只能先當點錢，然後再去找蘇豫拿回自己的錢了。打定主意，辛情選了往南走。剛出了皇宮警戒線，有個身影忽然橫在面前。

「你要打劫？後面有很多侍衛，你跑不掉。」不會這麼倒楣吧？這美好生活第一步還沒踏出去呢！早知道還不如回王府，要不，現在跑回宮裡還來得及嗎？

「小妹。」那人說道。

「二哥！」辛情高興得要跳起來了，直接撲進蘇豫懷裡——令人懷念的溫暖啊。

「小妹，妳——很高興嗎？」蘇豫有些納悶，按他所想，小妹應該哭得稀里嘩啦才對，那個她比較擅長。

「二哥，我真的很高興，因為你在這等我。」辛情真心地說道，蘇豫讓她覺得很溫暖。

「走吧，二哥帶妳回家。」蘇豫拉著她的手。

辛情抽出手，不動。蘇豫抬頭看她，「怎麼了，小妹？」

「二哥，妳沒有聽到聖旨嗎？」蘇朵都是死人的身分了，現在回去還不嚇死一批人。

「聽到了，蘇朵自盡了。」

「對不起，二哥，我太自私了。」

「妳開心就好。走吧，回家。」蘇豫又過來牽她的手。辛情不抗拒了，她知道不會回蘇家去了。

「二哥，你不回家嗎？」按理說，蘇家現在應該在辦喪事吧？

「先把妳安頓好啊，總不能讓小妹流落街頭。」蘇豫笑著說。

「謝謝你，二哥。」辛情笑著上了馬車。

蘇豫帶她到了一處小小的院落，院子雖然小，但是很乾淨，被褥窗簾一看就是新的。蘇豫叫了一個老媽子進來，說是暫時找來伺候她的，讓她先委屈幾天，等忙過了這幾天再好好安頓她。蘇豫還給了她一疊銀票，是賣首飾和衣服的錢，共有十萬零二百兩，然後蘇豫匆匆走了。

辛情吃過飯，長長地出了口氣——終於自由了。躺在床上，憧憬著美好的未來，腦海裡忽然浮現出一張邪惡的臉，她猛地睜開眼睛。

這個人絕對不是那種頭腦簡單的傢伙，怎麼會提出這樣簡單的約定？總覺得有什麼不對，到底是什麼呢？不管了，這種傢伙都是那種說風就是雨的人種，而且身邊環肥燕瘦、春花秋月的，估計就是說說而已，不必當真。三年？三年她什麼樣誰知道呢！就算皇帝真的記得，她也可以花錢請人跟她拜天地啊！實在沒招，就再死一次，蘇朵不是死過了嗎，辛情也可以死一次。

想明白了，辛情呼呼大睡，這一個多月的日子實在過得累了。這一覺一直睡到了日上三竿，老媽子也不進來叫她。

起了床，隨便洗了洗臉，把頭髮束住，攥著頭髮看看長度——這以後要怎麼打理呀？她一個人在外晃蕩，可不想把時間都花在侍弄它上。再說，洗一次頭髮得多麻煩啊，還是剪短一點好了。打定主意，她四處找了找，翻出了把剪刀，剛要動手，就聽「啊——」的一聲。

「怎麼了？發生什麼事了？」辛情回頭，原來是那老媽子。

「小姐，您有什麼想不開的，何必非得……」那老媽子一臉緊張。

「您誤會了吧？我就是想把頭髮剪短一點，太長了，我不會梳頭髮。」辛情笑著說道。

「這麼好的頭髮剪了多可惜，您不會梳，我幫您梳啊！」老媽子聽說她不是尋短見便放了心。

「您也不能幫我梳一輩子啊！再說，這頭髮礙事！」辛情拿起剪子，哢嚓哢嚓幾個起落，已經把頭髮剪到僅過肩了。晃晃腦袋，覺得清爽了許多。回頭見老媽子驚訝的目光，她摸摸頭髮，「太短了嗎？」

老媽子點點頭。

「沒事，過一段時間就好了。有東西吃嗎？我有點餓了。」

「準備好了。」

吃了午飯，辛情搬了凳子和老媽子在院子裡聊天——主要目的是套取有用的資訊。一直到把太陽都聊回家吃飯了，老媽子還意猶未盡，辛情也如飢似渴，便跟著老媽子準備晚飯，招呼她一起吃，然後接著聊。

這樣的狀態持續了兩天，她終於把要打聽的都打聽出來了。大體就是當今天下南北對峙，她所處的是南方的偃國。兩百多年前，身為大臣的奚氏篡位改了如今的國號，傳至現在是第九位皇帝，天奉皇帝奚祁。北方的北戎國建國近百年，國主原是拓拔部落首領，後來靠鐵騎統一北方，現傳至第四位皇帝。當然了，老媽子對北方的瞭解不是很多，還不及她對京城蘇家瞭解的多。

比如蘇家的老爺蘇鎮源如何一步步走上丞相的高位，蘇家的大少爺定遠將軍蘇向如何勇猛殺敵，蘇家的大小姐蘇棻在宮中如何得寵，最多的還是蘇家的四小姐蘇朵，比前幾個加起來都多。比如蘇朵當年如何追著唐漠風跑，如何尋死覓活地要嫁給唐漠風，當年蘇朵出嫁的排場多麼的壯觀，流水宴就三天三夜，還有蘇朵如何驕橫跋扈，靳王如何可憐諸如此類的。辛情邊聽邊可憐唐漠風，這可憐的男人沒被蘇朵折磨死還真是命大。看看她做了一件多麼偉大的事情。

「哎喲，這位蘇王妃呀，也是太折騰太作孽了，不過總算還有點羞恥心，自己死了，要不這蘇家的面子可丟大了。聽說呀，這蘇王妃到了皇上跟前還撒潑放賴呢，最後不知怎麼覺得自己太不像話，就死了。」老媽子作了總結陳詞。

「是嗎……其實這樣的人死了也就死了，沒啥可惜的。」

「話是這樣說，可是蘇王妃一向是最得蘇老爺和蘇貴妃的寵愛。看著吧，這蘇家也不會善罷甘休。」老媽子預言蘇、唐兩府會為了蘇朵大火拚，辛情嘿嘿笑了，火拚？估計蘇鎮源會第一個把她火拚掉。

不過這蘇朵可真是夠出名的，從生到死都是新聞哪，絕對的炒作高手。

「那您看誰家會贏啊？」辛情問道。

「這可不好說，靳王再怎麼說也是個王爺，從建國不降爵的世襲到現在，蘇家也不容易扳倒他。而蘇家除了宰相，還有個貴妃，一門大大小小在朝為官的不下二十人，勢力也大著呢。」老媽子從兩方面作了全面分析之後，結論是：不一定。

「那您覺得如果蘇王妃沒死會怎麼樣啊？」辛情接著問道，反正也無聊。

「哎喲，那還用說嗎？蘇王妃沒死的話，蘇府和王府可是姻親，哪能打得起來呀。」老媽子笑她沒常識。

「也是啊！」辛情笑著應道，「安媽媽，這天底下您覺得什麼地方好玩啊？」

「我這輩子啊都沒出過京城，什麼好玩的地方我還真不知道。不過，咱偃國占的地方好，山清水秀的地方多了，怎麼，小姐打算去玩啊？」

「反正我也沒出去過，挺想看看的。」

「年輕人出去看看挺好，你們小夫妻到處走走也長長見識。」安媽媽笑著說道。

「安媽媽，那天那個不是我相公，是我哥哥。」這誤會也太大了吧。

「知道知道，是哥哥。」安媽媽那表情上寫著：別說了，我知道，我不會說的。估計把他們當私奔的小情侶了。

辛情明白再解釋也沒用，就讓她想著吧。

過了三四天，蘇豫再次出現在黃昏時分，雖然看起來仍舊溫文爾雅，但是辛情卻覺得他看起來似乎很累。蘇豫看到她的頭髮也愣了一下，然後溫文一笑：「怎麼把頭髮剪了？」

「因為太長洗起來很麻煩。她……她的事處理完了？」

蘇豫點點頭：「葬了！」

「祝她快點轉世投胎到好人家！」蘇朵的那一縷芳魂不知道現在魂遊何處，不過，她總算為蘇朵做了一點事情，也算沒有白白占了人家的身體。

「嗯！」

安媽媽將飯菜佈好，然後笑著說道：「少爺、小姐慢慢吃，老身就不打擾了。」滿臉的「我迴避」表情。

蘇豫點點頭，「有勞安媽媽了。」

「少爺客氣了，少爺好幾天不來，還是和小姐多說說話，有什麼事叫老身一聲就行了。」然後退出去了。

「呵呵……那個，安媽媽似乎誤會什麼了！」辛情說道。安媽媽表現得連傻子都看得出來。

「小妹，妳真的不回家了？」

辛情的筷子停了一下，「怎麼回去？以什麼身分呢？」

「爹和大娘……他們捨不得妳走！」

「那——也只能怪今生沒有緣分了，也許以後有機會我會回去看他們。」

「有機會？妳要離開這兒？」蘇豫微微皺了皺眉。

「還沒想好呢，再說吧！」辛情催促蘇豫吃飯，不怎麼說話。言多必失。

吃過飯，月亮已升起來了，安媽媽早準備了水果放在院子的石桌上，邊收拾碗筷邊勸兩人出去看看月亮，難得那麼亮。

辛情笑著看了蘇豫一眼，他臉上有些不自在，不過還是跟著辛情到外面坐下了，吃水果看月亮，很少交談。

蘇豫待了小半個時辰，起身要走，告訴辛情他這些日子也會很忙，不能常來看她，她要是有什麼想要買的用的玩的，讓安媽媽去買就好。辛情點頭答應，送了他出院門，目送他上馬離去。她愣了會兒神，感慨古代的男人貌似比現代男人好。

等蘇豫再次出現的時候，辛情已走了，只留了一封信給他，告訴他，她去雲遊天下了，讓他好好保重。但是沒告訴他她到底要去哪裡。

從那天開始，辛情失蹤了。

貳之章　毒舌米蟲

辛情出了帝都，決定往南走，看一看所謂的山清水秀，如果能找到一個世外桃源，她會考慮定居的。她沒有換男裝，只是換上了普通人家女子才會穿的粗布衣裳，順便在臉上點了些雀斑，再加上她額頭上那塊疤已成功地將她劃入醜女的行列了，所以不必擔心有什麼登徒子之類的覬覦。

這偃朝的風物和她在電視裡看的差不多，老百姓穿的都是粗布衣裳，顏色也單調。大的城市裡各行各業俱全，為了一睹青樓的真面目，她還曾買了男裝進去走了一趟，結果……只能說失望，根本就沒有電視裡演的那樣開放，起碼沒有人穿幾小塊布就跑出來溜達，這裡的青樓姑娘比較內斂。

她唯一沒有去過的地方是賭場，可能是香港的賭片看多了，她總覺得那裡面不定時會開殺人比賽，既然都死過一回了，當然對再死一次沒興趣。另外也是因為秉著財不外露的原則。雖然她在出京之前已經將大部分的錢都存入了銀號，身上僅帶的五千兩也都換成了小票額及碎銀子，可是難保不會有人輸紅了眼為了一文錢犯罪。

相對於城市，辛情更喜歡在城外的感覺。走了兩個多月，雖然夏天快要過去了，但是偃朝地處南方，仍舊繁花盛開，一派欣欣向榮的景象。她心情好，聞著的空氣彷彿都飄著香氣。目前還沒有一個地方讓她想定居下來，後來她遇到了一條江水，忽然來了興致，打算順水漂流，便雇了一艘小漁船。

老船夫和他的女兒正在準備飯菜，辛情盤腿坐在小船的船頭看周圍的景色。這是在江邊，黑夜中顯現出的黑色巨大輪廓是水越城。

「姑娘，進來吃飯吧！」老船夫叫道。辛情應了一聲，站起身來，彎腰鑽進小小的船艙，桌上擺著兩盤菜和三碗飯。

「船上剩的東西不多了，只能做這兩樣，真是對不住了，姑娘。」老船夫有些不好意思，畢竟這位姑娘給了不少的船費。

「吃飽就好了，富伯，麻煩您費心了。」辛情叫了他們父女二人坐下一起吃。

「這魚是江魚，今天才抓到的，還新鮮得很。這個蘆蒿是在江邊採的。」老船夫的女兒魚兒說道。她是個臉色紅潤的姑娘，當然，那紅大部分歸因於江風的長年吹拂。

「很好吃啊，魚兒，妳的手藝真不錯，將來誰娶了妳可真是福分。」辛情說得真心，幾天相處下來，她很喜歡這對樸實的父女。

「辛姑娘，妳要去哪裡呀？」魚兒問道。

「雲遊，走到哪算哪吧！」辛情笑著說道。

「妳父母不會擔心嗎？」魚兒有些訝異。

「我父母？」辛情愣了一下才說道：「我沒有父母。」

「對不起，辛姑娘，魚兒這丫鬟不會說話，妳別介意。」老船夫一臉憨厚的笑。

「沒關係，反正說的也是實話，沒什麼的。」辛情笑著安慰富伯，看他滿臉的滄桑，忽然問道：「富伯，你們長年在水上跑，不會厭倦嗎？」

「呵呵呵，辛姑娘，我們是靠著水長大的，跟這水親，離了它還真是不習慣。」富伯呵呵笑著說道。

「可是，富伯，你年紀也大了，這水上不總是風平浪靜，為什麼不到城裡或鄉下過安穩的日子呢？」辛情有些納悶，這麼大年紀還能跑幾年船呢？

父女倆低了頭，一時沒說話。

「辛姑娘，我們離了水就沒有別的活路。」魚兒的聲音低低的。

「對不起，我不知道。」辛情有些抱歉，提了人家的傷心事。

「辛姑娘，妳別往心裡去。沒事兒，在水上也挺好的。」富伯說道。

辛情點點頭，忙轉移了話題，問起了這水越城的事，氣氛才不那麼壓抑了。吃過飯，魚兒幫她收拾了地方，辛情卻毫無睡意，又跑到船頭盤腿坐著。江風雖然涼，但她覺得很舒服，仰頭看看星星，每一顆都亮晶晶的。

「辛姑娘，進去吧，入了夜，江風太硬。」魚兒在她身後說道。

「好，也該睡覺了。」辛情伸伸腰，站了起來。

躺在狹窄的床上，蓋著帶補丁的薄被，耳邊響起鐘聲，果真是「夜半鐘聲到客船」哪！耳邊傳來魚兒平穩的呼吸聲，江風吹打著艙上的竹蓆，似乎想衝進來。辛情忽然想到，剛入秋，江上已經這樣冷了，冬天這對父女是如何過的？如果還是跑船，富伯每晚在船尾守著，年紀大了如何受得了？

輕輕坐起來，將簾子掀開一條縫隙，見富伯披著厚厚的棉衣和蓑衣正在打瞌睡，辛情一夜沒睡。

次日，辛情早早地出了船艙，用盆從江裡舀了水，冰冷的江水讓她一下子清醒了。早上的風很涼，太陽剛從天邊露出紅線，在早上的霧中被擴大成了紅暈。富伯聽見動靜早已醒了，對她笑了笑，說道：「辛姑娘怎麼不多睡會兒？這大早上的，天涼得很。」

「富伯，您對水越城熟嗎？我今天想進城去看看。」

「您要進城啊？」

「嗯，您和魚兒陪我一起去吧，我會算工錢給您的。」辛情笑著走到富伯身邊坐下。

「說什麼工錢，辛姑娘給的船費已經很多了。正好，我們也進城買些米鹽，天冷了，給魚兒添件衣服。」富伯笑呵呵的。

「好，那我們吃完飯就去吧，今天我來煮粥。」辛情笑著說道。

「我叫魚兒起來。」富伯剛要喊，被辛情攔住了，「富伯，您是信不過我嗎？放心吧，我雖然不會做飯，可粥還是會煮的。」然後拿了米，蹲在船邊洗米。富伯點著了小灶，辛情洗了米便在旁邊看著，聞著鍋裡漸漸冒出的米香。這會兒，魚兒也起來了，見她在煮粥，先是一愣，馬上說道：「辛姑娘，我來吧。」

「妳洗臉吧，一會兒就可以吃囉。吃完了飯，我們就進城。」辛情回頭笑著對她說道。發現魚兒有些愣愣的，便問道：「怎麼了，魚兒？」

「辛姑娘，妳真漂亮。」

「啊？呵呵，魚兒，我這樣子算漂亮嗎？」辛情歪頭笑著。

「我說的是真的，辛姑娘，我沒騙妳，妳是我見過的最好看的人。」魚兒著急解釋，臉有些紅。

「魚兒，其實我也覺得我是最好看的人！」辛情笑著說道，魚兒也笑了。

富伯蹲在那抽著水煙，聽到她的話，也憨憨地笑了。

辛情煮的粥還算可以，這也是她獨居那麼多年唯一會做的飯。吃著魚兒做的鹹菜，辛情也覺得很開心。吃過了飯，富伯說城裡的店家可能還沒開門，還是晚一點去的好。魚兒在船邊洗碗，辛情便在旁邊坐著看江面，江邊還停了許多船，都比這一艘好，不遠處還有一艘畫舫，一看就是有錢人家的船。不過，那船上此刻一片寂靜，估計船裡的人還沒起來。

等霧散了，太陽的光線開始晃眼，三個人下了船，待富伯把船繫好，幾個人便一路往水越城裡去了。

等他們走了，遠處畫舫的船艙裡走出一位白衣公子，懶懶地伸了伸胳膊，不文雅地打了個大哈欠，然後深深地吸了一口氣。

「少爺，您起來了。」一個小童笑著問道。

「是啊，剛才聞到了飯香，餓醒了。」

「是那邊的船上傳來的，他們起得好早啊！」小童指著江邊那艘破舊的小船。

「早起的鳥兒才有蟲吃啊！墨煙，咱們去城裡看看？」白衣公子狀似無意地說道。

「是，公子。剛剛那船上的三個人便是進城了。」墨煙邊說著，邊弄了溫水服侍白衣公子洗臉。

水越城很繁榮，比起江北的城市，這個城裡面有許多小橋流水，更富有詩意，也讓辛情倍感親切。走在街上，魚兒很高興的樣子，一會兒便走在了前面，剩下富伯和她並排走著。

「富伯，我想在城裡找一間院子，您知道該怎麼辦嗎？」辛情問道。

「辛姑娘，妳的意思是？」富伯看著她，有點訝異。

「水越城和我的故鄉很像，我喜歡這兒，反正我也是一個人，住在跟故鄉相似的地方也不錯，您幫幫我好嗎？」

「這……好吧！在這城裡我也認識幾個人，讓他們幫忙找找看吧。辛姑娘，您想要什麼樣的房子？」

「安靜一點兒就可以了。」

然後，富伯留了錢給魚兒讓她們買米和鹽，自己則去幫辛情找房子了。

辛情不著急買米和鹽，不緊不慢地和魚兒逛著，看得出來，魚兒對那些胭脂水粉和漂亮衣服都很喜歡，可是當辛情看她時，她總是不好意思地轉過頭去故意不看那些東西。辛情想了想，便追上魚兒。

「魚兒，我想買點胭脂水粉，妳幫我挑一挑行嗎？我不知道什麼樣的好。」辛情拉著她的手，魚兒點點頭，認真地一個個挑選，然後拿給辛情看。雖然那香得過頭的劣質胭脂水粉刺激得辛情犯噁心，可她還是裝作認真的樣子，每樣挑了兩盒。

等她們買好了米和鹽，便在鬧市那邊的越女橋等富伯，可是左等右等也不見人來，看看日頭已快中午了，辛情有些餓了，便拉著魚兒去吃飯。在魚兒的堅持下，兩人來到一個麵攤前要了兩大碗麵。

在等待的時間裡，辛情的目光隨著老闆的手移動，雙眼餓得放光。

「哇哦，好香啊！」辛情大大地吃了一口，一臉滿足，「魚兒，跟妳的手藝有得比！」邊說著邊抬頭看魚兒，這才發現，四方形的桌子上又坐了兩個人，一個看起來像書生的文弱白衣公子，一個小童，他們都看著自己。辛情也不由得低頭看看自己，這衣服沒扣子，應該不是儀容的問題吧？然後她抬頭與他們對視，直到兩個人的目光轉向別處，才又低頭接著吃麵。

「魚兒，一會兒我們也買些麵，晚上妳也做麵好不好？嗯，咱們釣條魚做醬料怎麼樣？」辛情看著被自己消滅的一大碗麵。心情好，吃得都多了。以前要是吃這麼多，非把同事嚇死不可。

「好啊。」魚兒笑著說道。

付了錢，兩人買了包子，回到越女橋等富伯。人流熙熙攘攘，辛情站得累了，便拉著魚兒靠著橋欄杆，坐在石階上。坐得累了便一會兒靠著欄杆，一會兒靠著魚兒，一會兒又雙手托著下巴，直到黃昏富伯才回來。

看到富伯在黃昏裡走來的樣子，辛情想到了「父親」這個詞。

斜對著越女橋的茶樓裡，墨煙托著下巴，時不時斜眼看少爺。真是不明白，少爺居然會帶著他去麵攤吃，他們少爺在吃食上，可是相當的挑剔。現在竟然又在茶樓裡坐了一下午，喝了三壺茶，再喝下去，他都要水腫了。可少爺卻是悠閒地看著窗外，悠哉地喝著茶，直到太陽變成紅彤彤的大圓盤。

「墨煙，走啦！」南宮行雲愜意地站起身，墨煙馬上跟進。

「魚兒，妳的手藝真是太好了！」辛情深深地聞著手裡的麵。

「辛姑娘，妳別誇我了，我也沒吃過什麼，就是隨便做做的，妳喜歡吃就好。」魚兒很開心地說道。

辛情吃了一口麵，然後衝著魚兒伸出大拇指，「魚兒，不是我誇妳，妳的手藝……要是妳開麵館的話，這城裡的麵館都得被妳比下去。」

「辛姑娘，妳別說笑了，哪有女子開店的呀？」魚兒吃著麵。

「沒試試怎麼知道啊！」辛情邊吃麵邊說道，然後忽然想到，「富伯，房子有眉目了嗎？」

「他們說幫著找找看，這幾天就給我回信，辛姑娘恐怕還得等兩天。」

「富伯、魚兒，我想問你們一件事。」辛情放下碗，看著他們父女。

父女倆對視一眼，點點頭。

「富伯、魚兒，如果，我是說如果，如果我在城裡開一家店，你們便來幫我的忙，好不好？」辛情看著兩人。

「辛姑娘，我們父女倆粗活幹慣了，可能幫不上妳的忙，恐怕還會給妳添麻煩。」富伯說道。

辛情搖搖頭，「這些天吃魚兒做的飯，我覺得真的很好，尤其是魚兒做的麵，比今天在城裡吃的都好。如果我開個麵店，魚兒就可以發揮她的長處了，而富伯你對水越城又熟悉，知道哪裡賣東西便宜，店裡需要的材料您可以幫我的忙啊。」

「辛姑娘，妳真的打算開店嗎？」魚兒睜大了眼睛。

「是啊，如果我打算在這兒住下去，總不能坐吃山空，趁著現在手裡還有點錢可以做本錢，開店也不指望著發財，只要能維持下去就可以了。怎麼樣，富伯、魚兒，可以幫我嗎？」

父女二人沉默了半天，最後富伯說道：「辛姑娘，我們願意幫妳。如果我們父女沒幫上忙，我們再來跑船就是了。」

「那就這樣說定囉。富伯，明天我們再進城，我們去找一間靠街的店面。」

父女兩人點點頭，三人接著吃晚飯。吃過飯，辛情照例到船頭坐著，不一會兒，魚兒到她身邊坐下了。

「辛姑娘，妳真是好人。」魚兒輕聲說道。

「好人？」辛情看看魚兒，搖搖頭，「以前從來沒有人對我這麼說過。不過，我應該不算太壞。」

「謝謝妳，辛姑娘。」

「謝什麼？是你們幫我的忙呢！」辛情笑著說道，「呵呵，以後我扣妳工錢可不要怨我喔。」
「辛姑娘，只要不讓我爹再這麼辛苦，我可以不要工錢的。」
「那妳就要努力了，只要生意好，工錢不會少了妳的。除了給富伯養老，妳還可以攢嫁妝。」辛情笑著說道。
「謝謝，我會努力的。辛姑娘，我爹今天也很高興呢。」
「好，我們一起努力吧！」辛情看著天邊昏黃的月亮，忽然想起了蘇豫，不知道她的不辭而別有沒有讓他失望，不過，如果以後覺得孤單了，也許她會回去看他的。
第二天幾個人又一起進城去，雖然走得辛苦，但是看著富伯和魚兒開心的樣子，辛情還是很滿足。他們這樣早出晚歸地跑了四五天，終於在一條不算太熱鬧的街上找到了一家兩層樓的店面。經過討價還價之後，最終以三百兩的價錢盤了下來。
這個店裝修得很簡單，簡單的木頭桌子、長條凳子、方磚地面，靠左邊的牆邊是櫃檯。辛情人致看了看，決定先只開一樓，二樓隔出四個房間作為住處。接下來就是請工匠重新裝修了。
折騰了一個多月，終於完工了。整個一樓看起來明亮了許多，四方形的桌子也重新訂做成了長方形的，這樣就多擺了五張桌子，空間也大了。二樓的幾個房間都隔好了，雖然不大，可都整潔明亮。魚兒的房間，辛情特意買了她喜愛的粉紅色做床幔，被子床單也都是粉紅色的。富伯的房間則偏暗。辛情自己用了米色的床幔和米色被子，靠窗的地方放了一把搖椅，旁邊的木几上，擺了兩個綠色的瓷瓶。
富伯和魚兒都很興奮，這天晚上，三個人坐在一樓吃麵。
「明天我們的店就要開業了，可能會很忙，今天要多吃點，明天才有力氣幹活。」辛情努力地吃著麵。
「辛姑娘，妳說我做的麵會有人喜歡吃嗎？」魚兒有些擔心，那碗麵沒吃下去多少。

「當然了，相信我吧！我可是吃過了很多地方的麵，魚兒，妳做的最好吃。」辛情拍拍她的肩膀鼓勵她。

「真的嗎？」魚兒睜大眼睛。

「真的，我沒騙過妳吧？」辛情笑著看魚兒，「再說，就算開始沒有多少人來吃，等日子長了，知道的人多了就好了。」

「嗯。好。」魚兒開始放心地吃麵。

飯畢，魚兒主動去收拾碗筷。辛情站在地中央，看著富伯裡裡外外地檢查門窗、桌椅，魚兒收拾廚房，忽然有一種很充實很溫暖的感覺，他們全心全意地相信著她，不會算計她。

第二天，富伯放了一串鞭炮，辛情把牌匾上的紅綢拉下來就算開張了。那牌匾上只有兩個字──麵店。

正如那個毫無特色的名字一樣，辛情的店剛開張的一個月內，沒有多少客人。算下來，還賠了本。可是開張一個月後的十月末晚上，辛情早早讓富伯關了店門，讓魚兒做了幾個拿手好菜。

「你們猜猜，我們這個月賺了多少銀子？」辛情笑著問道。

兩人搖頭。

「除去成本，我們賺了五兩八錢銀子。」

「真的嗎？」魚兒的臉上漫著笑意。富伯也笑了。

「是啊，開心吧？都是魚兒的功勞呢。」辛情說道，「所以呢，我決定每個月給富伯和魚兒每人二兩銀子的工錢，可以嗎？」

兩個人立刻露出吃驚的表情，辛情便看著他們，「太少了嗎？那三兩好嗎？」

這回兩人一起搖頭，富伯說道：「不不不，辛姑娘，是太多了。別家的店裡只要二兩銀子就能請到人了。妳肯讓我們父女幫忙，我們已經很感激了，怎麼能讓……」
「富伯，如果沒有您和魚兒，我一個人根本開不起店。雖然別家店只要二兩銀子，可是我相信，他們肯定沒有把店當成自己的家一樣去費心費力。富伯、魚兒，你們為這個店付出的努力比我多，所以應該多拿錢。」辛情誠懇地說道。她不缺錢，她還有九萬五千兩存在銀號裡，只要沒有通貨膨脹到銀子當銅錢花，那些錢夠她花一輩子了。
「不，辛姑娘……我們……」富伯有些著急，一著急卻說不出話來。
「富伯、魚兒，以後別叫我辛姑娘了，好嗎？以前他們都叫我小情，魚兒可以叫我辛姊姊呀。」辛情笑著說道：「我一直很想有個妹妹呢。」
「可是……」魚兒看看富伯。
「叫啊。」辛情看著她，然後故意皺眉，「還是魚兒覺得我不配做妳姊姊？」
「不不不，可是，我能叫妳姊姊嗎？」
「當然，有妳這樣的妹妹我會很高興的。」辛情看看富伯，「富伯，您叫我小情啊！」一臉小狗要骨頭的表情。
「小情……」富伯聲音不大。
「辛姊姊。」魚兒的聲音很愉快，有些緊張。
「嗯，富老爹、魚兒，以後我們就是一家人囉！」辛情笑著說道，富伯和魚兒也笑了。
手拄著下巴，辛情看著店裡吃麵的人，快到年底了，生意也好些了，現在店裡有了一些回頭客。
「掌櫃的，收錢。」靠窗的一桌有人喊道。辛情走過去，「十文錢，謝謝。」等顧客起身，辛情馬上走到門邊替他開了門，「謝謝光臨，歡迎再來。」

剛把麵碗送回廚房，擦了桌子，門被推開了，「歡迎光臨。」等看清了來人，辛情皺皺眉，「請坐。請問您二位要吃什麼麵。」

「排骨麵和魚丸麵。」白衣公子說道。

「好，請稍等。」辛情倒了熱茶給兩人，然後進廚房吩咐魚兒。

廚房的大鍋裡正煮著麵，旁邊幾個並列的灶上溫著調鹵，富伯正在清洗碗筷。

「老爹，可能還要燒一點熱水！」辛情看著沒有什麼需要幫忙的便出了廚房，到櫃檯邊站著、看著。過了一會兒，看到魚兒在廚房門口招手，她快步走到廚房，用木托盤端了兩碗麵出來了，還有兩小碟魚兒親自做的鹹菜。

把麵放到桌上，「請慢用。」然後送托盤到廚房，順便幫富伯揉了會兒麵。這個時候人不多，富伯和魚兒總是抓緊這個時間把明天要用的麵準備出來。外面人不多的時候，辛情也會進來幫忙。

「魚兒，還有肉和菜嗎？」

「嗯，我都弄好了，明天早上做就可以了。」魚兒在收拾灶台。

就在這時，外面傳來一聲：「掌櫃的，收錢。」辛情洗了手，擦乾淨了才出來。

「一共三十文。」辛情送他們到門口，拉開門，照例說：「謝謝光臨，歡迎再來。」然後關了門。收拾好桌子，又進廚房去了。

晚上，關了店門，三個人正在吃飯，忽然店門被拍響了。魚兒一驚，辛情轉轉眼珠，看看富伯，朝他搖了搖頭，然後問道：「請問是哪位？」

「客人。」門外的聲音說道，冷冷的。

「對不起，關門了，吃麵明日請早。」

「這附近沒有其他麵店。」那個聲音說道。

「有其他的店。」辛情說道。

「我家主人今天想吃麵。」那個聲音還是冷冷地堅持著，「我們可以付十倍的價錢。」

富伯和魚兒看著辛情，眼裡是對她的信任。

「魚兒，還可以做嗎？」辛情問道。

「可以，火還沒熄，東西也有。」

「那好，魚兒，麻煩妳了。」辛情說著，便去開門。門外站著三個人，最前面那個身穿著棕紅色斗篷，後面兩個身穿藏青衣袍。掃了一眼，辛情說道：「歡迎光臨。」

找了個較溫暖的桌子讓他們坐，卻只見那個棕紅斗篷坐下，其餘兩人站在他身後。

「請問要吃什麼麵？」辛情問道。

「最貴的麵。」棕紅斗篷說道。

「好，請稍等。」辛情進了廚房，用托盤端了茶壺和茶杯出來，倒了三杯茶，然後轉身進廚房。

這個棕紅斗篷看起來邪邪的，帶著陰狠，看體型似乎不是南方人。後面的兩個侍衛面無表情，不過他們身上有著明顯的「生人誤近」的氣息。

「辛姊姊在想什麼？那幾個人看起來不像好人呢。」魚兒小聲說道。

「沒事，放心。」辛情笑著說道，然後招呼富伯，「老爹，咱們先去吃飯吧，要不就該涼了。魚兒，妳一會兒多下點麵，吃點熱的。」然後拉著富伯回到外面接著吃飯。看出富伯有些擔心，辛情對著他笑了笑，夾了塊魚肉給他，「老爹，你吃啊，要不一會兒都被我吃光了。」

富伯點點頭。

不一會兒，廚房傳出了爆鱔的香味，辛情不自覺地吸了吸鼻子，朝著富伯笑道：「香啊，老爹，要不咱們一會兒也吃麵吧，我饞了。」

「我吃飽了，小情，妳要吃就讓魚兒再多做點吧。」

「算了，明天再吃吧，魚兒估計已經做完了。」辛情吃完飯，富伯幫著她收拾了桌子，兩人進了廚房，魚兒已經把麵撈出來了，正要淋上調鹵。

辛情拿了兩個托盤，自己端了一碗麵，讓魚兒端了兩碗，一起出了廚房。走到那桌邊，辛情將托盤放好，說道：「請慢用。」

「這就是最貴的麵？」棕紅斗篷看著麵問道，聲音沒有起伏。

「沒錯，這就是小店最貴的麵。」辛情回答道，「請慢用。」拉著魚兒走了。

「魚兒，妳去吃飯吧，我來收拾。老爹，您去歇著吧，一會兒我關店門就行了。」

「沒事，我再燒點熱水，一會兒妳和魚兒也泡一泡，暖和暖和。」

「謝謝老爹。」辛情笑著舀了熱水洗碗。最近這一個多月，她洗碗已經越來越熟練了，而且看著碗變得乾乾淨淨覺得很開心。她不討厭洗碗，也不介意手會不會變粗糙。魚兒和富伯攔了多次未果，便隨她了。

「啪」的一聲傳來。

辛情忘了擦手，急忙跑出廚房，見那三人都站了起來，眨眨眼睛——這吃飯的速度……屬狼的？還是餓了好幾年了？

「錢！」其中一個侍衛拍拍桌面。辛情看過去，一錠銀元寶，應該有二兩吧？幾個人剛要走，辛情馬上說道：「請等一下。」

「不夠嗎？」那個侍衛皺著眉頭，一副不耐煩的樣子。

「不，是太多了。小店的麵沒有那麼貴，不需要這麼多。」

「我們主人對你們的麵很滿意，算是賞錢。」那侍衛臉上明顯的不悅。

辛情覺得自己的丹田正在升騰一股怒氣。有錢了不起嗎？賞錢？當他們是乞丐嗎？

辛情笑了笑，說道：「謝謝您的讚賞，不過，小店從來不要客人的賞錢，請等一下。」快步走到櫃檯邊，找出碎銀，然後叫道：「老爹，您來幫我秤秤這個錢好不好？我不會。」

富伯幫她拿了要找回的錢，辛情便把碎銀拿到那侍衛面前：「這碗麵是二十五文錢，這是找您的銀子。」那侍衛卻不接。辛情看他，又看看銀子，「對不起，小店每日收的多是銅錢，這些碎銀雖然不好拿，但請您多多包涵吧。」

「我們說過會付妳十倍。」那侍衛說道。

「小店童叟無欺。」辛情把碎銀放到他手上，拉開門，說道：「謝謝光臨。」卻沒說「歡迎再來」，她可不想他們再來擾人吃飯。等他們出去了，辛情便俐落地關上門，落了拴。

「啊，終於可以泡泡腳啦！」辛情邊伸展著胳膊邊說道：「魚兒、老爹，可以休息了，晚安。」然後吹熄了店裡的燭火，上樓去了。

門外。

棕紅斗篷聽著裡面傳來的聲音，稍微愣了一下，回頭看了看小店，卻發現店裡已一片漆黑，「走吧！」幾個人快速消失在深夜的路上。

辛情看著又來吃麵的白衣公子和他的朋友，大冬天的穿白色，也不照顧別人的視覺感受。這傢伙已經連續好幾天來吃麵了，有的時候是一個人，有的時候帶著書童，有時候帶這個和他年齡相仿的年輕人。看看他的穿著和舉止，不像是吃不起高級飯店的人，可是卻天天來吃麵……為什麼呢？

托著下巴，辛情收回視線看著櫃檯上那個大大的廣口瓷瓶裡插著的幾株梅花，是她和魚兒買東西路過越女橋的時候折的，然後又花了兩文錢買了這個像是燒壞了的瓷瓶。這麼襯著，有種樸實的感覺。

這時門開了，辛情看向門口，一個年輕的小夥子探頭進來了，看見辛情便憨憨的笑了。是糧店老闆的小兒子。

「小福，又來吃麵啊？」這小夥子自從她們在他家買麵開始，就常來吃麵。

「是啊，辛老闆。」小福目光向廚房那邊飄過去。

「坐吧，我讓魚兒給你煮麵，今天吃什麼麵啊？」辛情笑著問道。

「隨便。」小福有些緊張。

「隨便？小福，魚兒好像不會做這種麵吧？你會嗎？要不，你教教魚兒？」辛情倒了熱茶給他。

「辛老闆，我是說……隨便哪一種麵都好。」小福的臉有些紅。

「哦，這樣啊！沒想到你這麼愛吃我家魚兒做的麵啊？我代魚兒謝謝你。」情竇初開的少年啊，真是好玩。

「是……是魚……是你們廚師做得好。」小福的臉更紅了。

「等一下吧，先喝點水暖暖胃。」辛情拿著茶壺走進廚房，用不太小的聲音說道：「魚兒，有人要吃魚丸麵。」

「好的，馬上就好。」

「魚兒，我上樓拿些東西，妳一會兒把麵送出去吧，小福要的麵。」辛情說完，沒等魚兒答應便跑了。等她再下樓，就見小福正在一臉幸福地吃著麵。

有人吃完了麵，辛情跑過去收了錢，送走客人，收拾了桌子之後，又到櫃檯邊看梅花。這樣的日子，跟做蘇朵那一個多月簡直是天上地下，就是跟以前相比也差了好多。以前的她是十指不沾陽春水的白領，住的是四十坪的精裝小套房，吃的喝的用的都是在電視上出現過的品牌，從來沒想過自己會過這種日子。

可是她現在每天都覺得很高興很舒服，早上不會賴床到中午，不會隨便喝點咖啡吃個麵包應付早餐，晚上不用吃安眠藥也能睡個好覺。看到富伯和魚兒開心的臉，自己也覺得開心。

一句話，就是：滿足，相當的滿足，甚至希望這種日子一直持續下去。

門又開了，富伯買魚回來了，辛情跑過去幫忙。

「我來就行了。」富伯笑著說道。

「哇，老爹，還有金魚啊！」辛情納罕地看著活蹦亂跳的魚。

「妳不是想養一條嗎，我今天看見就買了。」富伯把小缽交給辛情，自己拎著魚簍子進廚房去了。

「老爹，要不要換點溫水啊？牠會不會凍壞呀？」辛情捧著小缽追進廚房。等她再出來時已是小心翼翼滿面笑容了。她把魚放在櫃檯上，歪著腦袋看。

「辛老闆，錢。」小福站在櫃檯前，靦腆地笑著。

「吃完了？謝謝光臨，小福，歡迎下次再來。」看誰都順眼，就是她這一個多月來的心情。

因為沒什麼客人了，辛情就叫了魚兒出來看魚。

「妳也是魚兒，牠也是魚兒，總得分別一下才好。」辛情看看魚兒，魚兒也抬頭看她，「可是，辛姊姊，妳叫魚兒的話，只有我會答應吧？」

「呵呵，可是我覺得給牠取個名字牠會比較高興。嗯……就叫小魚兒吧！」

「老闆，算帳。」一個聲音說道。辛情走過去，也不看兩人，只是禮貌地說道：「一共三十五文，謝謝。」收了錢，剛要轉身，那個身穿雪青袍的年輕人開口了。

「辛老闆，請等一下。」他的聲音很好聽，不過比蘇豫少了些溫柔的特質。

「有事？」辛情看他，英俊的青年，不過比蘇朵的下堂老公差遠了。

「是，有一件不好開口的事。」宗馮似乎有些不好意思。

「既然不好開口，那就不要說了。」辛情轉身走了。

宗馮愣住，他以為她至少會客氣一下，誰知道她居然一點都不感興趣。看看南宮行雲，後者正面帶微笑看著他。

「我想請貴店的師傅。」宗馮開口，辛情站住了，走了回來，歪著頭看他——把他當神經不好的那種眼神。

「請問您會去人家的廚房買鍋嗎？」辛情問道。

「不會。」宗馮搖頭。

「那就行了。」辛情聳聳肩。

「我會付足夠的錢。」宗馮說道。

「足夠的錢？」辛情裝作考慮的樣子，「我考慮看看。不過，你說的足夠的錢是您認為足夠的，還是我認為足夠的？」

「這……」宗馮沒料到她會有這麼一問。

「如果是您認為足夠的，那肯定與我要求的相差甚遠。如果是我認為足夠的，您付不起，所以——沒得談。」

「辛老闆真的認為貴店的師傅奇貨可居？」宗馮皺皺眉頭。

「對需要的人來說，有的時候一碗水也可以是奇貨。」

「妳要多少錢。」宗馮直接問道。

「魚兒願意跟你走，我分文不要；她不願意，我千金不換。」

魚兒已走過來，拉著辛情的胳膊說道：「辛姊姊，我不願意，我一輩子就給妳做麵。」

「不好意思，客官，另請高明吧！」辛情說完，拉著魚兒走開，小聲說道：「魚兒，一輩子都吃麵是很恐怖的事。再說，妳嫁人的話，我還能跟過去嗎？傻丫頭。」

「那我不嫁了。」魚兒也小聲說道。

「不嫁可不行，妳不嫁，哪有小孩兒叫我阿姨呀！」辛情笑著說道。

「辛姊姊，那我就只要小孩兒就好了！」

「不錯不錯！」辛情拍拍她的肩膀，然後小聲說道：「千萬別讓老爹聽到，他會暈過去的。」

「哦！」魚兒點點頭，端著托盤，進廚房忙去了。

辛情送走了兩人，看看天已黑了，風又大，街上沒什麼人，應該不會有客人了。她掩上門，跑進廚房纏著魚兒做魚麵吃，自己邊幫忙添柴邊烤火。

正當香味撲鼻的時候，門口傳來聲音，辛情馬上站起來往外走，心裡祈禱著千萬不要再是那個棕紅斗篷了。果然不是棕紅斗篷，他換成白斗篷了！身後依舊跟著那兩個生人誤近的「立牌」。

「歡迎光臨。」辛情任他們自己找位置坐了，才走到桌邊問道：「請問要吃什麼麵？」

「正在做的麵。」白斗篷說道。

「不好意思，那是我們的晚飯，不外賣。」

「五十倍的價錢。」

「好，請稍等。」辛情走了兩步，又轉身說道：「請問要幾碗？還有，這麵十五文一碗。」

「一碗。」

「馬上來。」辛情快步走進廚房，不一會兒就端出來一碗熱氣騰騰的麵，「請慢用。」然後跑進廚房，又端了兩碗麵放在她們自己吃飯的那張桌子上，魚兒拿著三雙筷子和一個空碗進來了。

「老爹，您趁熱吃，吃完了就睡吧，今天您受累了。」辛情把大碗麵端給富伯，然後把剩下一碗一分為二，一碗給魚兒，自己也開始吃。

「小情，老爹吃不了這麼多，分妳一些。」富伯笑著看辛情。

「老爹，其實我打算等您睡著之後和魚兒做消夜吃的，被您發現了？」辛情鼓著腮幫子，然後對魚兒說道：「魚兒，看來以後咱們消夜得多做點了，被老爹發現了。」

「嗯！」魚兒點頭。

「老爹，我們以後晚點開店，去買年貨吧！」辛情說道。

「我去買就行了，外面冷，妳和魚兒看店吧！」富伯邊吃著麵邊說道。

「可是，老爹，看店很沒意思！再說，我和魚兒還要買些小玩意兒呢！老爹，您就答應了吧？」辛情咬著筷子看著富伯，一臉的渴望。

「好吧！」

「老爹，您是最偉大的老爹！」辛情接著吃麵，和魚兒商量著要去哪裡逛集市。雖然她沒什麼太大的興趣，可她就是想讓富伯和魚兒都開心。

看著三個空碗，辛情看看魚兒，說道：「魚兒，我沒吃飽。」

「我去做給妳。」魚兒起身，順便收拾了碗筷往廚房走。

辛情擦著桌子，推了富伯上樓休息去。

下了樓，見白斗篷還在，辛情有些納悶，難道他今天是吃飽了才來的？這速度相差太大了。走到櫃檯收拾了下，試了試瓷盆裡的水溫，便捧起瓷盆去廚房了。

「魚兒，怎麼辦？水這麼涼，牠會不會凍死啊？」廚房傳來的聲音雖然不大，但是因為店內很安靜，所以聽得很清楚。

「這種魚不怕冷的，沒事。」

「是嗎？把牠放廚房吧，廚房不會冷得那麼快。」

「好。辛姊姊，麵快做好了，麵要吃什麼調鹵。」

「隨便，魚兒做的我都愛吃。」辛情笑瞇瞇的。等魚兒加好了調鹵，兩個人便一人端著一碗出來，挨著坐下開始吃麵。麵條冒出的熱氣徐徐上升，然後消失。

兩個人吃得專注，沒發現自己成了別人觀察的對象。

等她們吃完麵，也收拾乾淨了，白斗篷還沒有走的意思，辛情便拉著魚兒回來坐下，擺了一個小泥火盆在桌上，邊烤火邊聊天。

「烤熟了烤熟了，可以吃了吧？」辛情拿著小鐵棍撥著炭火。

「差不多了，在廚房烤好久了。」魚兒快速把兩個燒得黑乎乎的小馬鈴薯拿出來扔在桌上。

「明天咱們烤個胡蘿蔔怎麼樣？」辛情邊吹著馬鈴薯邊問道。

「那不好吃吧？」魚兒懷疑地說道。

「試試就知道了。呵呵，可以吃了。」辛情咬了一口，被燙得直抽氣，「好燙！」

「辛姊姊，妳別那麼急，我這個也給妳。」

「不行，要胖一起胖，吃啊！」辛情說道，魚兒便也跟著吃。

正吃得高興，只聽門板發出了「砰」的一聲，似乎有什麼重物撞在門板上了。魚兒馬上站起來，辛情拉住她的手，兩人一起走向門口，慢慢打開門，魚兒「啊」的一聲叫了起來。店內的一個侍衛也快速地來到門口，看了一眼之後又回去了。

「老闆，錢！」一個聲音說道。

「放桌上好了。」辛情說完，蹲下身看倚在門板上的人，確切地說，是個女孩。「喂，小姑娘，妳走錯了吧，我們這裡不是客棧。」

「我知道，我只是想借妳的門靠一下。」那個女孩虛弱地說道，聲音裡卻有驕傲。

「借妳靠一下是沒什麼問題，可是如果妳今天晚上凍死了，我就麻煩了。如果妳想死，可以換個門口靠一下。」辛情說道。

「如果有力氣，我就不會在這兒了……」那個女孩說道。

「妳可以吃些東西，然後就有力氣了。」看這個女孩的裝束，肯定不是普通人，說不定就是那種所謂的「武林女俠」。天知道她惹了什麼麻煩，如果再把麻煩惹到她身上可就不好玩了。

「世態炎涼！」那女孩嘆道。

「沒錯。」辛情抬頭看看魚兒，「魚兒，給她煮碗麵吃，免得死在咱們門口。」

「可是，她好可憐……」魚兒猶豫。

「可憐？死了還要拉墊背的人怎麼會可憐？」辛情站起身，「如果妳還有力氣進來吃麵的話就進來吧！」她拉著魚兒去煮麵，卻見白斗篷還坐在那兒，「請問還有事嗎？小店要關門了。」

「找錢。」一個侍衛開口。辛情看看桌上的一錠銀子，「一共七百五十文，麻煩等一下。」拿了銀子到櫃檯找了碎銀秤了，又拿回來放在桌上，「請收好。謝謝光臨。」

「十倍的價錢不賣，五十倍就賣了？」說話的是白斗篷，臉上似笑非笑。

「店裡的商品自然是原價，可我自己的東西我說了算。」辛情說道，「沒事的話請走吧，小店要關門了。」

白斗篷站起身，走了。

看著暈倒在門口的女孩，辛情一動也不動，魚兒就在旁邊拉著她的胳膊，用可憐的眼神看著那女孩。最後，辛情說道：「把她弄進來吧，留她一個晚上，明天就讓她走，但願她別死在這兒。」

辛情和魚兒一起扶她上了樓，安置在空房間裡。魚兒幫她蓋好了被子，看了好半天，說道：「辛姊姊，她哭了。」

「嗯，魚兒，睡吧！」

「萬一她有事怎麼辦？」

「應該不會有事，看樣子，她是餓的。」辛情說道。

魚兒放了心，跑下樓，端了煮好的麵上來放在桌上，兩人這才出去。

等魚兒進了房，辛情輕手輕腳地回到那個房間，披著厚衣服在椅子上坐下。等天濛濛亮的時候，那女孩睜開眼睛，對於自己的處境迷茫了片刻。

「妳醒了。」這一夜可真是夠累的。

「是妳？怕我死嗎？」那女孩的聲音飄緲。

「不，如果妳死了，我可以把妳埋了。我是怕妳害我們。」

「妳一點兒也不善良。」那女孩笑著說道。

「彼此彼此。」

「可是妳對魚兒很好。」

「跟妳沒關係。如果能走，妳一會兒就可以走了。」

「我知道。」女孩並不說謝。

「那就好。妳……」正說著，門開了，魚兒進來了。見到辛情愣了一下，問道：「辛姊姊，妳什麼時候來的？」

「剛剛，看看她醒了沒有。魚兒，妳起來這麼早幹嘛？」

「我也來看看她醒了沒有。」魚兒往床上看去，高興地說道：「妳醒了，想吃東西嗎？我煮麵給妳吃吧！」

「好！」那女孩說道。魚兒便急忙下樓去煮麵了。

「兩碗麵，三十文。」辛情說道。

魚兒很快做好了麵，還特意加了個荷包蛋。女孩掙扎著坐起來，看著熱氣騰騰散發著香味的麵——哭了，邊吃邊無聲地流淚。魚兒和辛情在旁邊看著。女孩的飯量很小，吃了三分之一就放下，抬頭對著魚兒點點頭，臉上帶著歉意，「很好吃，謝謝妳。」

「不用謝，妳喜歡吃就行。」魚兒笑著端了空碗出去了。

「我沒有錢。」女孩看著辛情，表情淡淡的。

「知道。有錢也不會餓暈。」辛情扯了扯嘴角。

「不過，我以後一定會還妳。」

「如果過了今天妳又餓死了，我管誰要錢去？」

「妳要怎麼樣？」女孩的口氣有著微微的倔強。

辛情知道，這孩子以前肯定沒欠過人家東西，「做工抵債囉。難不成妳還有別的辦法嗎？」

「我什麼都不會做。」

「沒關係，我們會教妳的，我以前也什麼都不會。」辛情想了想，「不過，看妳的樣子，也許應該請個大夫看看。說好了，請大夫看病、買藥的錢都要妳做工來抵。」

「好！」女孩應得乾脆。

「妳不問問工錢嗎？」

「無所謂，多少都無所謂，反正我也無處可去。」女孩的口氣淡得不像她這個年紀該有的。

「就算妳無所謂，我還是要說清楚。一個月二兩銀子，吃住免費。」辛情說完，站起身，伸了伸懶腰，「一會兒我就去請大夫，妳再睡一會兒吧。」然後扭著脖子出去了，靠著椅子睡覺果然很痛苦。

那女孩兒看著她的背影，若有所思。

大夫來了，女孩也不避諱，大方地伸出手腕讓大夫診脈。辛情在旁邊看著，魚兒和富伯在樓下看店。

「這……」大夫似有猶疑。

「大夫，她沒得絕症吧？」看那女孩的氣色不過是蒼白了些，應該不會是什麼大毛病吧？

「恭喜夫人，您有喜了。」大夫說道。

「是嗎？」女孩的臉上露出苦笑，伸手摸了摸肚子，低頭想了半天，然後看向大夫，「這個孩子……好嗎？」

「您脈象平穩，沒什麼問題。不過，夫人的身體似乎不是很好，要好好調理才成，否則將來生產之時怕會不容易。」

「大夫，請您開些安胎補氣的藥吧！」辛情說道。

「好！」大夫到一邊寫藥方，註明服用方法。辛情在旁邊看著，不明白的地方就問。付了診費，等送走了大夫才又上樓來。

那女孩似乎在等她回來。

「妳不問問我是怎麼回事嗎？」女孩看著她問道。

「怎麼回事跟我有什麼關係？」

「我沒有成親。」女孩這句話說得艱難。

「哦！」

「我沒有成親卻有了孩子，妳不覺得奇怪嗎？」女孩有些激動。

「成親和有孩子是兩回事吧？成了親不一定有孩子，有孩子也不一定非得成親，有什麼奇怪的？」辛情看著她，「別激動，好好養著吧。養好了，還得做工抵債呢。」

「妳果然不是善良的人。」女孩看著她，居然笑了。

「一句話不用說兩遍，首先我不是聾子，其次我能聽懂話。我上來就是告訴妳，診費一錢。」辛情轉身欲走，到了門口站住了，回頭說道：「妳要買什麼東西的話可以告訴我，我幫妳買，記帳。」

等她關了門，女孩放鬆地靠在床頭，輕輕說道：「謝謝。」

店裡的人和以往一樣多，不過因為富伯去買年貨了，所以辛情和魚兒比平時忙碌，忙得午飯沒時間吃，但魚兒還是記得給樓上的女孩煮了一大碗麵送上去。好不容易過了中午，店裡人少了，富伯也回來了，辛情便出門去抓藥。

藥房的師傅見到藥方時，看了辛情好幾眼，辛情不理會也不躲閃，只是悠閒地站在那等。

拿了藥匆匆往回趕，進了店把藥放進櫃檯，抬頭看看，又見那白衣公子和他朋友在，卻不是吃麵。

「兩位還是為了昨天的事嗎？我想我已經說得很清楚了。」

「辛老闆，能否讓我同魚兒姑娘談談？」宗馮問道。

「不行。」辛情拒絕，「你剛才不是談過了嗎？很明顯，魚兒不想跟你談。」辛情之所以肯定，是因為知道他們這樣的人一定不會讓機會白白浪費掉，也因為魚兒不在廚房，她躲出去了。

「辛老闆，我們不是壞人。」

「好人壞人跟我們沒關係。」

「辛老闆到底要怎麼樣才能答應？我請魚姑娘不是為了賺錢。」

「你要怎麼樣才能不打擾我們？既然不是為了賺錢，難道非魚兒不可嗎？我可不認為我家魚兒對你來說那麼重要。」

「是為了我母親。」宗馮的口氣有些無奈，「我母親離開家鄉二十幾年，思鄉情切，抑鬱成疾，魚姑娘做的麵是我母親家鄉的味道，這些年來我母親一直惦念著，我也請了許多廚子，可是沒人能做出那種味道，只有魚姑娘。我母親身患重病，我想……」

「明白了。」辛情看到宗馮點頭，便接著說道：「我若是你，就早早送母親回她的家鄉養老，也許她的病就好了。」

「她不能離開，她是當家人。」宗馮說道。

「她自己願意當家，還是沒人願意替她分擔？前者嘛，就不值得可憐，畢竟有得必有失，魚和熊掌哪能兼得。後者嘛，就是子孫不孝了，沒什麼好說的。」看到宗馮發楞的神情，辛情扯扯嘴角，這個都沒想過，可真是夠愚孝的了。

「多謝辛老闆提醒。」白衣公子——南宮行雲終於說話了。他雖然心中這樣想，可是一直不敢直接跟表哥說。

「不客氣，只要你們別再來打擾魚兒就行了。」

等她拿了藥上樓又下來，兩個人已經走了。

魚兒耐心地熬好了藥端給那女孩兒，辛情在一旁坐著。

「妳叫什麼名字？」辛情問道。

「我沒有名字。」那女孩說道。

「自己想一個，我可不想每次和妳說話都跑到妳面前。」

「隨便，叫什麼都行。」女孩不感興趣。

「隨便不如隨心，妳叫隨心吧，好記！」

「好，隨心……」女孩說道。

「我叫辛情，她叫魚兒，還有富老爹。」

「嗯。」隨心說道。

「歇著吧，早點養好了做工抵債。」辛情拉著魚兒走了。

隨心本來也沒什麼大毛病，養了四五天就好了。魚兒每天熬藥給她，給她煮的麵裡也總要加個荷包蛋。隨心果然是什麼都不會做，下樓幫了兩天忙已打碎了好幾個碗。每次辛情都只是挑挑眉毛而已，魚兒總告訴隨心要小心別傷到手。隨心自己則是無所謂的表情。

這天晚上關了門，幾個人正準備吃晚飯，隨心打碎了一個盤子。

等飯菜都擺好了，辛情看看隨心說道：「如果妳再不好好幹活就給我滾蛋，我們辛苦賺的錢不是用來養廢物的。」

「我在做工抵債。」隨心說道。

「抵債？把妳賣了抵債還差不多。」辛情說道，魚兒和富伯看了她一眼，但是眼睛裡卻不是批判，還是一如既往的信任，「妳沒地方去，所以妳不在乎在我這裡待多久對不對？不過，我告訴妳，妳再這樣下去，也許妳欠我的錢就要妳的孩子做一輩子工來還了。我無所謂，妳想讓他像妳這樣行屍走肉一樣活著也是妳的自由。」

「妳——」隨心的臉色蒼白，神情有些激動。

「妳既然選擇活著，就別天天擺張死人臉給人看，我開的是麵店，不是棺材店。妳要是不想活了，就帶著妳的孩子去死，也許還能早點超生。妳欠我的錢，我就當買紙錢祭鬼了。」辛情繼續說著惡毒的話。這回，魚兒的臉都跟著蒼白了。

隨心放下碗筷跑上樓去了。

「辛姊姊，她又哭了。」魚兒擔心地看著樓梯。

「魚兒吃飯，妳辛姊姊心裡有數。」富伯說道。

「對，吃飯吃飯，吃完飯就睡覺，明天還有得累呢。」辛情說道。

第二天，隨心眼眶紅紅的下樓了，但幹起活來小心多了。接連兩天都沒打碎杯碗，也漸漸地學會了洗碗，因為她怕冷，所以辛情便常讓她在廚房裡幫魚兒添柴、洗碗。

這天，辛情和富伯去買年貨，便叫隨心看店，告訴她錢在哪裡。隨心看了她一眼，半天才點了點頭。等辛情回來，隨心立刻告訴她收了多少錢。辛情點了點頭，什麼也沒說。

「魚兒，咱們晚上燉點肉吃吧？我們今天買了肉。」辛情跟在魚兒身後說道。

「可是，那是準備過年吃的！」魚兒忙著加水，抻麵。

「過年再買唄！」辛情說道，「好魚兒，妳就答應吧，咱都多久沒吃肉了，妳看看我都瘦了。」

「不可能，辛姊姊，妳每天都吃很多。」魚兒毫不心軟。

「吃得再多也不是肉啊？」辛情想了想說道：「妳看看，隨心也瘦了，她肚子裡可是還有一個呢？妳忍心讓裡面那個小傢伙也餓著嗎？」

「會嗎？」魚兒終於站住了看她。

「當然會，那個小傢伙可正是長身體的時候呢！」

「那好吧，那就做一點吧！」

「多做一點喔。」辛情達到目的，心情愉悅地走出來。肉啊，從來沒覺得有肉吃是這麼幸福的事。

「辛情，妳騙她，明明是妳饞了。」隨心說道。

「反正有肉吃就行了，這個小傢伙還蠻管用的！」辛情笑著說道。

「哼！」隨心邊擦桌子邊哼到。

「哼什麼哼？快進廚房幹活去，小心我扣妳工錢。」

晚上當魚兒端上那一碗肉的時候，辛情覺得自己嚥了好幾口的口水，隨心看看她說道：「這就化身為狼了？魚兒，妳看清楚了是誰要吃肉沒？」

「喂，打工的，我是老闆，妳搞清楚，還欠著我的錢就敢對我指手畫腳？信不信我把妳扔到越女河餵魚？」辛情問道。

「信，妳這種人什麼做不出來呀！」

「信就行了，我就不用費工夫表演給妳看了。」辛情笑著看看富老爹，看看魚兒，手裡的筷子湊過去又縮了回來。

「你們倒是吃啊！這麼著是什麼意思啊，想饞死我啊？大不了我不跟她們母子倆搶，我少吃幾塊行了吧？」辛情說道。魚兒這才對她笑了笑。

正吃著，門外又有拍門的聲音，正嚼著肉的辛情含糊地說了一句：「別敲了，老闆死了，今天不開店。」

被魚兒瞪了一眼，然後才心不甘情不願地拿著筷子跑去開門，看都沒看就轉身，「歡迎光臨。」等他們坐好了，辛情才不冷不熱地問道：「客官想吃什麼麵？」自己的眼睛卻飄向桌子上的肉。

「隨便。」那人答道。

「稍等。」辛情跑去廚房，魚兒已動作麻利地在澆鹵了。辛情急急忙忙地端出來放到桌上，「請慢用。」然後迅速跑回桌邊，隨心看著她笑。

「笑什麼？傾國傾城也該低調點好，何況妳也就一個普通丫鬟片子。」辛情夾了塊肉放進嘴裡。

「就算不傾國傾城，起碼我是女人！」隨心說道。

辛情邊嚼著肉邊看隨心，「這天底下有一半的人是女人，妳還用得著這麼得意洋洋地顯擺嗎？」

「妳也算女人嗎？」隨心輕蔑地說道，「吃沒吃相，站沒站相。」

「隨心，是不是我這兩天給妳笑臉，妳就開始燦爛啊？我是不是女人跟妳有啥關係？」辛情瞪她一眼，「做妳的工還我的錢就得了。」

「笑臉？妳還是別笑了，看著做惡夢。」隨心笑著說道，「不過，妳這兒也挺好的，我想了想，在這待一輩子也不錯。」
辛情搖搖頭，「不可能。」
「為什麼？」隨心問道，魚兒也抬頭看辛情，辛情又夾了塊肉放進嘴裡。
「妳待一輩子我還怎麼吃豬肉啊。」
「辛姊姊，什麼意思啊？」魚兒納悶地問道。
「笨孩子，大家要是都不賣豬，咱上哪買豬肉去啊。」辛情一本正經地解釋。
「辛情，妳是我見過的最毒舌的女人。」隨心笑著說道，一點也不介意自己被辛情拐著彎罵。
「等我死了，妳可以把我的舌頭割下來留著，以後當毒藥用。」
「好。要算錢嗎？」隨心認真地問道。
「廢話，妳當我日行一善啊？從妳工錢裡扣。」
「辛姊姊，妳們非得這麼說話嗎？」魚兒聽懂了，實在不能理解為什麼她們兩個人總要這樣針尖麥芒似的互相諷刺。
「下雨天打孩子，閒著也是閒著。」辛情吃飽了，目標轉向青菜，看了看隨心，對著她的肚子說道：「裡面那個小傢伙，你要記住了，今天吃的肉可都是你乾娘我從嘴裡省下來給你的，將來你要是不孝順我，我就割你的肉吃。」
「辛情，妳這個噁心的女人。」隨心說道，「我兒子認妳這種女人做乾娘？少做夢！」
「稀罕！」辛情撇嘴，然後轉向魚兒，「魚兒，妳快點嫁了，然後生個孩子給我玩玩。」
魚兒搖搖頭，富老爹也笑著搖頭。
「還行，知道自己是那種嫁不出去的，總算有自知之明。」隨心笑著說道。
「嗯，雖然我這人優點那麼多，但是最閃光的就是這一點。」

「我不是在誇妳，辛情。」隨心斜著眼睛。

「知道，我從來也沒期望妳嘴裡能產出象牙來。」

「認識妳簡直是惡夢。」

「還錢就可以醒過來，投奔美好生活的懷抱了。」辛情笑著說道：「喂，要不我們幫妳找個男人嫁了，妳這小模樣嘛還算標緻，應該有不少不用腦袋思考的男人想把妳請回去供著。」

「好啊！妳要是能找著那種貌賽潘安、武功蓋世、人品一流、日進斗金的男人，我就考慮一下，委屈委屈好了。」隨心馬上說道。

辛情乾笑了兩聲，「小妞，那種男人的腦袋都是來思考的，不是用來當裝飾的。」

「我真想看看什麼樣的男人敢娶妳。」隨心瞪眼睛。

「不好意思，我腦袋也是用來思考的。」

「辛情——妳去死。」

「我就算死了，妳也得燒紙錢還錢。」

「守財奴！吝嗇鬼！」

「我知道妳想我說是勤儉持家，謝謝。」辛情輕鬆地說完，然後說道：「快吃吧，這麼多廢話，練嘴皮子將來要當說客呀！」

「我不多說話還不被妳這個毒舌毒死了？」隨心不跟她鬧了，認真吃飯。

「沒準兒。」辛情夾了棵小菠菜吃。

過年之前，辛情時不時刻意曠工，高高興興或跟著富老爹，或拉著隨心去瞎逛，大年二十八開始，辛情已經寫了大牌子掛門上了——「過年休息」。

這個莫名其妙的年，辛情感覺好得不得了，以前她總是回到孤兒院或一個人孤孤單單地過，現在有三個人一直陪著她，雖然吃的喝的玩的都得手動，心裡卻暖暖的，餃子似乎都吃到心裡了，酒也喝到心裡，燙得她直想哭。

到了初五店才重新開門，因為讓隨心收錢，辛情便多在廚房裡幫忙，人少的時候就到櫃檯裡坐著看人，偶爾和隨心鬥鬥嘴。

「隨心，妳兒子生出來叫什麼？」辛情問道。

「不知道。」隨心摸了摸微微隆起的肚子。

「叫『不知道』？這名字好，到時候上學堂，先生問：『你叫什麼呀？』，你兒子說：『不知道』，先生就說了：『敢情是個傻子。』」辛情笑著說道。

「辛情，妳不無聊嗎？」隨心瞪了她一眼。

「無聊啊，所以只好聊妳那個未出世的兒子囉。」

「妳自己找男人生一個好了。」隨心隨口說道，沒想到辛情卻看著隨心開始笑，半天說道：「這是妳這麼多天最有用的一句話。」

「妳瘋了！」隨心瞪了她一眼，正好有人進店來，隨心忙過去接待了。剩下辛情在櫃檯邊笑。

等那人點完了麵，隨心往廚房去了，不一會兒端了熱騰騰的麵出來，放好了，又晃回到櫃檯邊，「辛情，我勸妳還是別發瘋的好。」

「少廢話！我一個人過日子也挺無聊的，有個小鬼頭可以玩多好啊，等我老了還能給我養老，一舉兩得。」辛情算計著。

「妳有病！」隨心又瞪眼睛。

「妳能治啊？」辛情笑著看她，「不能治就閉嘴。」看看隨心的肚子，「唉，我怎麼沒見妳嘔吐啊？妳這身孕不會是假的吧？」

「我一個沒成親的人會用這個侮辱自己嗎？妳個笨蛋。」隨心瞪了她一眼之後跑到後面去了。

「這小妮子脾氣挺大的！」辛情笑著自言自語。

有人要結帳，隨心沒動靜，辛情只好自己晃過去了。

從年後開店到出了正月，店裡的人一直不多，大家都很清閒。到了二月中旬，店裡才開始忙起來，魚兒說最近水越城的人多了很多。辛情人生地不熟，倒是沒什麼感覺。

這天和隨心去街上買布，準備提前幫小嬰孩做些小衣服小被子之類的，到了布店，卻發現店裡擠得要死，辛情忙拉了隨心靠後靠後再靠後。

「天哪，布店不要錢啦？」辛情看著不停進進出出的人。

「辛情，妳發現沒有，她們買的都是好布料。」

「是嗎？我倒是看見很多大小美人兒。喂，是不是最近有啥選美活動啊？」原來在這麼古老的時空也有海選活動，真是先進。

「不知道！算了算了，咱去別的店看看吧！」隨心努努嘴，拉著辛情走了。

好不容易有一家很小的店沒那麼多人，辛情和隨心才進去了。看了看知道原因了，這裡的布料太素淡了，而且多是棉布的料子。不過，這倒是很合兩人的意，就慢慢地挑。

「這位夫人是要挑布料做嬰兒衣物吧？這邊的這種料子最好，又輕又柔軟。」店家熱心地介紹。

「店家，為什麼那些店裡那麼多人啊？是不是布料要漲價了？」辛情說笑著問道。

「啊，妳們不知道啊？皇上要選美女入宮，這家裡有閨女的都想著一步登天呢，所以都卯足勁兒買好料子做衣服，加大勝算。」

「選美女？」辛情看看隨心，「這麼多人想進宮啊？」

為什麼她看的電視劇裡，皇帝選美女的時候天底下的女人都急著嫁人呢？這裡的情況不一樣，難道是這裡皇帝老婆的待遇特別好？早知道就問問那貴妃姊姊了。

「哎呀，這事還得從二十年前說起，那時候水越城有一位美女被選入宮，後來做到貴妃娘娘，隨皇上回過一次水越城。哎喲，那個氣派哦！那時候水越城從城門口到貴妃的娘家門口都圍著錦障、黃土鋪地，那叫一個氣派啊！打那以後，這水越城有閨女的人家，莫不盼望著自己閨女也能做個貴妃娘娘呢。」店家說道。

「是不錯啊，哈哈！」辛情看看隨心，兩人接著挑布料。

那個叫奚祁的皇帝要選妃？呵呵，看來自己不用擔心了，這麼多美人怎麼也能選個「古怪」妃子和皇帝成雙配對啊！什麼三年之約，這回可真可以放心囉！

挑了大半天，選中幾塊布料，抱著往回走。經過官衙的時候見告示牌上貼著大大的皇榜，辛情想證明一下皇榜是不是電視裡看到的那樣，便跑過去看了看，又特意看那印璽。

忽然聽到身後傳來竊笑聲，辛情回頭，見兩個小美女正對著自己指指點點，辛情對她倆笑了笑，「我家妹妹這回可終於到年齡了。不過她比妳倆漂亮多了，指不定能當個貴妃娘娘呢！」

「妳妹妹？貴妃？」隨心鄙視地看了她一眼。

「可惜啊！可惜我沒有妹妹，隨心，要不咱商量商量，妳生下來這個要是女孩的話，咱將來送她進宮當娘娘吧，這樣咱們就不用開店辛苦賺錢了。」辛情笑著說道。

「妳——去死！」隨心拍了她一巴掌，自顧自往前走了。

進了店，沒什麼人，辛情把布料放下，叫魚兒來看，三個人高高興興地商量著給小嬰孩做什麼衣服，商量來商量去，隨心笑著說道：「算了算了，我還是找個老媽子做吧，咱們三個討論的那些東西估計做出來沒法穿。」

「呵呵，也是！喂，妳順便好好學學，將來教教我，幫我兒子做衣服。」辛情拍拍隨心的肩膀。

「瘋了！像妳這樣的能嫁出去嗎？懷疑！」隨心抱著布料上樓了。

「喂，隨心，妳又欠我二兩銀子，哈哈。」辛情高高興興地說道。

門被推開了，一位不苟言笑的老太太被兩位小姑娘扶著進來了，辛情忙跑過去，「歡迎光臨。」

那兩個小姑娘自動自覺地挑了稱心的桌子扶著老太太坐下了。辛情在旁邊看著，這種有錢人都有毛病，愛自己挑地方，就跟皇帝選陵墓看風水似的。等她們坐好了，辛情才晃到桌邊，「請問幾位吃什麼麵？」

「你們這兒有什麼麵哪？」一個小姑娘問道。

「魚丸麵、排骨麵、雞蛋麵、蔬菜麵、雞肉麵、牛肉麵、魚板麵。請問您要什麼麵？」

「有爆鱔麵嗎？」

「有。都要爆鱔麵嗎？」

「不，一碗爆鱔麵，兩碗蔬菜麵。」小姑娘說道。

辛情看了看她，原來古代女人也知道吃菜減肥呀！看來後來人真是拾人牙慧了。

「好，請稍等。」

魚兒早已去廚房做麵了，辛情跑過去幫忙添柴，過了一會兒麵做好了，魚兒和她一起端出去。放下後魚兒回廚房收拾，辛情到櫃檯邊看人。不一會兒，隨心扶著肚子晃下來了，掃了一眼，晃到櫃檯這邊和辛情看魚。

又有人進店來了，是官差，辛情和隨心對視一眼，然後辛情穩步過去，「歡迎光臨。」那官差卻看了她一眼，辛情低頭看了看，衣服沒髒，也沒有裸露的嫌疑，就算掃什麼打什麼，也掃不到她身上吧？轉念一想，難道是因為皇帝選妃就得把她們這些長相殘障的人打掃清了。

等他們的麵都端上來了，辛情跑回廚房幫魚兒收拾，只聽見隨心高亢的「啊」一聲。辛情皺眉，端著兩隻還濕漉漉的手跑了出去，卻見櫃檯邊一個帥哥級別的男子正滿臉怒容地看著隨心。

隨心見她出來，跑過來躲在她身後，動作迅速得絕對不像個孕婦。

「妳認識他？」辛情回頭看隨心。

「不認識。」隨心眼睛看向別處，賭氣的口吻。

「不認識？說，妳是不是又出去搔首弄姿、招蜂引蝶了？妳這個死丫鬟，妳男人才死幾天啊，屍骨未寒妳就耐不住寂寞了？如果耐不住就給我滾！」辛情說道。隨心瞇著眼睛瞪她，偷偷地狠狠地在辛情的腰間掐了一下。

「我真的不認識他。」隨心說道，這回口氣堅定。

「真不認識？不認識，人家眼睛有問題還是腦袋有問題，會看上妳這種大肚婆啊？」辛情說完，便見那男人的臉沉得跟鉛似的。

「若水是我夫人。」那男人說道。

「哦——」辛情拉個長音，「若水是你夫人，那你看我閨女幹嘛呀？難不成是長相相似啊？我們家這個死丫鬟雖然有幾分姿色，不過真可惜，我閨女叫隨心。」

又被掐了一下。

「若水，跟我回去。」那男人看向隨心。

「對不起，你認錯人了，我男人年前剛死。」隨心說道。

「若水！」那男人眉頭皺得更厲害。

辛情快憋出內傷了，看來這就是隨心孩子的爹啊！可隨心既然不想跟他相認，她就幫幫她吧，誰讓隨心欠她錢呢！

「哎喲，我說這位大爺，我閨女跟你夫人像到你自己分不出真假的地步了？要不這麼著吧，等我外孫生下來，你再來把她接走。隨心雖然是個丫鬟，可總得給我隨家留個後啊。再說，她喪夫不久也不宜再嫁，你就不怕她剋夫？」辛情說道。

那男人深深吸了口氣，忽然身形一動，辛情沒看清楚怎麼回事就被推出去了。

就在辛情以為自己要被當成沙包的時候，一雙大手把她平安地拽到一邊。辛情拍了拍胸口，然後看看那個被突然的變化搞愣了的男人一眼，也深深吸口氣，然後走過去，擺出潑婦罵街狀，「喂，你這個人怎麼回事啊？光天化日之下你難道要強搶民女不成？我告訴你，我們水越城的官差可是很厲害的，小心把你抓起來吃免費的飯，住免費的屋。天理昭昭，仗著自己會武功就這樣欺負我們孤兒寡母嗎？看起來倒是衣冠楚楚，原來居然是個一肚子壞水的衣冠禽獸！」

「辛姊姊……」魚兒在旁邊拉了拉辛情的袖子。

「別怕，魚兒，有姊姊在呢！」辛情瞪那個男人，「哼，就看在你今天對我不敬，我寧可把我女兒嫁個要飯的也不留給你糟蹋！」然後笑了，「還不走？非等我報官是不是？」

「你走吧，你跟我早已經一刀兩斷了，沒有關係了。」是隨心的聲音。

「若水，跟我走。」那男人非常無奈，一雙眼睛瞪得老大。

「我是隨心，你請吧！」隨心也不躲了，「如果你還想我因為你再死一次，你就儘管在這兒鬧吧！」

「若水，我會在這兒等妳回心轉意。」那男人說完，看了看辛情，「若水出了事我不會放過妳。」

「哼哼，照這麼算來，你早就死了，還能在這兒喘氣啊？再說了，隨心是我繼女，我怎麼對她你管得著嗎？沒名沒份的。」辛情笑瞇瞇的，「走吧走吧，別在這兒影響我生意，否則我讓她喝打胎藥。」

「妳——」男人想要過來掐死她。

「你想當面看她喝？」辛情挑挑眉毛。

那男人忿忿地轉身走了。

「對不起。」隨心不好意思，表情有些傷感。

「閨女，自家人說什麼對不起啊？等妳孩子生下來，娘給妳養，然後給妳找個好人家嫁了。」辛情笑著拍拍隨心的肩膀。

「娘？哼，我爹呢？」隨心眯著眼睛，這女人又占她便宜。

「死了！別難過啊，妳爹死了，還有我這個後媽，別怕啊，閨女！」辛情想起件事來，四周環顧了一下，看到一個正對著她笑的白衣男人正坐在那老太太旁邊。

「謝謝您剛才出手幫忙，這麵就算我們請了。」辛情走過去跟人家道謝，好久不見，還穿白衣服，眼光夠單一的。

「不客氣，在下南宮行雲，這位是我姨母。」南宮行雲淡笑著介紹道。

「我叫辛情，請慢用吧！」轉身回到隨心身邊，「杵著幹什麼呀？上去躺著吧，可別把我小外孫嚇著了，呵呵！」

「妳這個瘋子！」隨心說道，但還是聽話地上樓去了。

「魚兒，以後妳就升級當姨姥姥了。」辛情正經地拍拍魚兒的肩膀。魚兒則是一臉無奈。

晚間吃完飯，辛情拖著隨心拉著魚兒快速衝上樓去了，到隨心房裡坐下。

「隨心，妳孩子的爹看起來很有誠意喔！要不妳讓他還我錢，然後妳跟他走好了，回去過少奶奶的日子多好。」辛情笑著說道。

隨心瞪了她一眼，搖搖頭，「我跟他一刀兩斷了。」

「一刀兩斷？那他怎麼還擺出這藕斷絲連的德行啊？」辛情斜眼睛。

「跟我有什麼關係。」隨心倔強地說道，然後低了頭。

「好好想想吧！如果他真知道自己錯了，妳就原諒他吧！」

「不，我現在覺得做個妳這樣的瘋子也挺好的。」

「死丫鬟，怎麼說話呢？對長輩要尊重。」辛情笑著起身，「得了，可不能耽誤我小外孫休息，他姨姥姥，咱們出去吧。」然後拉著魚兒走了。隨心的面容立刻沉了下去。

過了好幾天，富老爹劈柴的時候不小心傷著了手，辛情想了想，這活自己沒幹過，決定實踐一下，結果，差點把虎口震裂了，疼得齜牙咧嘴。

「辛姊姊，還是我來吧，妳看店好了。」魚兒把她從廚房推出來。

「喲，成事不足敗事有餘啊！」隨心嘲笑她。

「閨女，我現在收拾妳的力氣還是有的。」辛情看看隨心，又快速掃了一眼坐在角落裡的男人，水滴石穿，坐吧，坐到天荒地老正好讓她多賺兩文錢。

「老爹辛苦這麼多年了，我看咱們請個夥計好了。身高七尺，相貌堂堂，氣質沉穩，不苟言笑，不招蜂引蝶，不錯不錯！」辛情趁隨心去廚房的空兒，晃到那角落。

「喂，我們店裡缺個劈柴的夥計，你有沒有興趣啊？」辛情笑瞇瞇地問道。

那人抬頭看了她一眼，然後低頭。

「哦，沒有就算了，當我沒說。」辛情轉身欲走。

「站住！」那人聲音低沉地說道。辛情笑了，轉過身卻面無表情，「一個月五百文錢，沒意見吧？」

那人又瞪了她一眼。

「不管吃住，劈完柴就走人。」辛情再次轉身，見那個南宮行雲的姨媽正用探究的眼光看自己，辛情自動忽略了。

這老太太天天來吃麵，也不怕吃成麵條。

聽到街對面乒乒乓乓的聲音，辛情皺皺眉，這噪音吵死人了。看那架勢跟建皇宮似的，擋得嚴嚴實實的什麼也看不見。

看看窗外，陽光看起來不錯。

中午吃飯的時候，辛情問魚兒，為什麼這兩天人這麼少，魚兒說可能大家都去山上看梨花了。辛情一聽，頓時眼睛放光，急忙跑到樓上寫了個幾個大字：「賞花，閉店一天。」第二天一早掛在門上，然後帶著富老爹、隨心、魚兒去山上看梨花。

山上那叫一個花的世界、人的海洋。辛情看看隨心，「大肚子，以後妳就別跟著出來了，簡直是累贅。」

「喲，小後媽，前幾天不是還信誓旦旦地說要照顧我嗎？」隨心掐她，結果被狠狠掐了回來。

「悍婦！」辛情瞪她，但還得扶著她，「我還是看別的漂亮女人好了。」然後就開始大範圍搜索美女，還真讓她找著幾個，雖然不能和蘇朵那個貴妃姊姊相比，但是也夠漂亮了，起碼比蘇朵前夫的小老婆們漂亮。

「好好的花都給折下來幹嘛？敗家女人。」辛情看著地上扔著的一枝梨花，順手撿了起來，然後把花瓣揪下來——吃了。

「妳——妳幹什麼？」隨心翻白眼。

「扔在這兒等它化作春泥，還不如給我養顏呢！」辛情笑著把吃完了花的樹枝插在地上。

「妳是野人。」隨心下論斷。

「妳是野人的閨女，哈哈！」辛情大笑。

然後辛情開始一心二用，一邊看美女一邊吃梨花，居然還真給她吃到不少。呼了口氣，直說自己的口氣是甜絲絲的，把隨心噁心得差點吐了。

黃昏時分往回走，看看天上的小鳥兒，辛情覺得很溫馨，她現在也是一隻有窩的小鳥兒，窩裡還很熱鬧。

回來繼續開店，南宮行雲他姨媽還像是超級粉絲一樣天天來吃麵，辛情正在打算要不把魚兒嫁給那老太太的兒子得了。看看窗外，街對面收拾得好像差不多了，原來不是建皇宮，是建了店面，不過人家那個比自己這個可是上檔次多了，一看就不是便宜的地方。

砰！

辛情看過去，隨心咧著嘴，地上一個茶壺屍體。

「五百文，隨心，妳這個月沒錢了。」辛情說道。

「知道了。」隨心笑著說道，然後艱難地收拾了碎片扔外面去了。

砰！

辛情看看櫃檯上精緻的刀，頭都沒抬，「劈完柴可以走了。」

「妳故意的。」有人說道。

「她故意的，我照章辦事。」

「那個東西不值那麼多錢。」那人說道。

辛情抬頭，假笑，「我店裡的東西我樂意，我讓她賠個金的你也沒辦法。」然後伸出兩個手指頭把那刀捏到一邊，「拿把砍柴刀到處晃什麼呀？活幹完了不起啊？去，把木頭給我劈成筷子！」

「妳——不講理！」那人狠狠地說了句。

「理是跟人講的。」辛情看看他，用下巴示意那刀，「既然你這麼厲害，我的錢也不能白花。去吧，明天開始，木頭都給我劈成筷子。不服的話，就把木頭給我劈成牙籤。」

那人理都沒理她，轉身出了店門。

「隨心，管管妳家的男人，有這麼對丈母娘不敬的嗎？」辛情低了頭看魚。

「爹……」隨心的聲音有些顫抖。

「男女不分啊！」辛情邊說著邊抬了頭，門口站著一個青年晚期的叔叔，臉色不怎好看，身後跟著一個年輕人，臉色也不怎好看。辛情嘆氣，最近可能煞氣太重，這店裡淨招些煞氣重、看起來像死了好幾天的人。

「若水！」晚期叔叔開口，辛情看向隨心，難怪這孩子要跑，有個爹長著僵屍一樣的臉，聲音跟閻王一樣，死人都得再嚇死一次。

「爹，您來了。」隨心低頭，聲音極小。

「跟我回去。」閻王又一次開口。

隨心看向辛情，辛情搖搖頭：孩子，錢我不要了，要了妳爹的錢我還不得到閻王殿花去呀！

「爹，我欠她錢。」

「多少？」閻王又一次開口。

「二十個金盤子。」

「不用還了，走吧！」辛情馬上說道，隨心這死丫鬟明顯是要拖她下水。

「那怎麼行啊，小後媽，妳像娘親一樣照顧我。」

辛情攥了拳頭，「不用客氣，妳可以走了。」

「爹，小後媽一直很照顧我，我可以帶她回去嗎？」隨心的膽子大了些，打定主意要拖辛情下水。

晚期叔叔終於看過來了，辛情低頭裝作沒看見，用腦瓜頂當反射器。

「可以。」中年叔叔說道。

「隨心，知恩不圖報，妳屬狼的是不是？快走吧，別煩我了。」辛情仍舊低著頭。

「小後媽，我就是想接您回去奉養啊！」隨心走過來，小聲說道。

「滾！」辛情簡約地給了她一個答案，「妳這條中山狼。」

「我告訴妳，辛情，妳不跟乖乖跟我走，我爹會讓人把妳綁回去的。」隨心笑著小聲說道。她一定要把辛情拖回去，有她在，她的生活不會那麼沒意思。

「妳爹是土匪啊？」辛情咬牙切齒。

「差不多。」

辛情一個手指頭戳在隨心腦門，從她旁邊繞過去，決定直接和閻王談一談。

「您好，您女兒說您是土匪，但我相信就算是土匪也不至於知恩不報。我對您閨女算不上有恩，只不過是給了她份工作，讓她自己養活自己罷了。說來說去，誰也不欠誰，兩清，您可以帶她走了。如果可以，我以後不想再見到您女兒了。」然後晃回櫃檯，心跳加速，跟閻王打交道果然是個考驗膽量的活兒。

晚期叔叔看看隨心。

「爹，您不帶她回去，我也不回去，我要留在這裡報恩。」隨心的聲音雖然小，但是堅定無比。

「早知道妳是個白眼狼，當初我就讓妳在外面餓死好了。給我滾蛋，離我遠點，以後不准出現在我周圍方圓十里之內。」辛情瞪著隨心。白眼狼，這不是害她嗎？

「小後媽，您不是說要看著小外孫出生，還要讓他給您養老嗎？」隨心泫然欲泣。

「算了，看妳這個德性，生出來的肯定是個小狼崽子，我還指望什麼呀？」辛情說道：「走吧走吧，回家過妳的大小姐、少奶奶生活，以後別說認識我，咱倆素不相識了。」

有人輕咳了一聲，閻王爺……辛情大腦迅速轉了一下，隨心生出的是小狼崽子，那隨心就是母狼，那她爹就是狼外公……果然被隨心拖下水了，這個混蛋！

「小情？」有個聲音溫柔地說道。辛情看過去，是南宮行雲。

「哎喲，你怎麼才來呀？再晚一會兒隨心就走了。」辛情步出櫃檯走到南宮行雲身邊，很小聲地說道：「拜託幫幫忙。」

「隨心要走了？去哪啊？」南宮行雲笑著問道。

「回家。還說要請我回去些日子呢，可是人家捨不得你。」

「你們……你們什麼時候暗渡的陳倉？」隨心說完笑了，「小後媽，不要負隅頑抗喔！」

「若水，走吧！」閻王又說了句話。

「小後媽，我走了，妳記得把那個布料收好。」

「放心，我留著給我兒子做衣服呢！」辛情咬牙切齒。

隨心也沒收拾，跟著她爹走了。

「白眼狼、中山狼！」辛情惡狠狠地說道，然後看看南宮行雲，「南宮少爺，謝謝您啦，您又救了我一回。」

「不客氣，小情。」

「南宮少爺，您還是叫我辛情好了。」到目前為止，只有富老爹叫她小情她聽著才舒服。

「哎呀，我都救妳兩回了，妳還沒把當朋友啊？太過分了吧，小情。」

辛情笑了，大方地說道：「服了你了，我叫你南宮行嗎？」

「叫我行雲我也不反對。」

「南宮有氣勢。不過，有件事要說清楚，雖然是朋友了，可是要親兄弟明算帳，明白嗎？」辛情說道。

「小情，妳還真小氣。」

「小本生意，不比你財大氣粗。」辛情笑著說道。

參之章　芒刺在背

隨心走了，她肚子裡孩子的爹也跟著走了，店裡好像冷清了些，也沒人跟她鬥嘴，所以辛情就常常托著下巴看窗外，看人。

這天發現對面的店鋪開業了，是間大藥房，而東家居然是南宮行雲。果然是財大氣粗啊！那鞭炮聲震得辛情有點耳鳴，看那人來人往的架勢，估計一天也消停不下來了，辛情便叫了魚兒和富伯說是去郊外踏青，順便釣條魚回來做麵吃。

郊外有很多人在放風箏，魚兒高高興興地看著，辛情和富老爹在後面跟著。辛情總覺得放風箏的那些女孩子像是在表演。她這麼想是有根據的，正常來講，為了奔跑方便，當然是穿輕便的衣服比較好，可是這幫女孩子居然各個綾羅綢緞，腦袋上金光閃閃，倒像是選美大會。

「老爹，一會兒她們走了，咱們過去撿金子。」辛情笑著對富老爹說道：「放個風箏打扮得比風箏還花枝招展，可別不小心把自己放飛了。」

「我聽很多人偷偷說，皇上派來的靳王好像到了水越城了，這些女孩子恐怕也是聽到消息了吧？」富老爹說道。

「真的假的？」辛情哆嗦了一下，這個唐漠風肯定不是無緣無故被派來江南的。

「這個就不知道了。」

「走累了，老爹，咱們到水邊坐一會兒吧！」大家都看風箏，他們到水邊躲著好了，不怕一萬就怕萬一，萬一碰著了……

三個人走到水邊，找了乾淨的石頭坐下了，魚兒還在看風箏。

「魚兒，哪天咱也買一個來放啊？」

「好啊，辛姊姊，我還沒放過風箏呢！風箏真好，要是我也能飛那麼高就好了！」

「有什麼好的，飛得再高線也在人家手裡攥著呢，讓你啥時候下來就得啥時候下來。」辛情打擊她，實在不懂為啥那麼多女孩子都喜歡風箏。

「說得也是。」魚兒遲疑了一下。

坐了一會兒接著走接著看，然後跑到水邊釣了魚回來，辛情和魚兒一人拎一條，富老爹拎著魚竿。到了店門口，辛情看看對面藥房燈火通明，想了想，拎了魚跑過去，交給門口的夥計說是賀禮。

「辛姊姊，魚呢？」魚兒見她兩手空空回來，便問道。

「送禮了。」

話音剛落，南宮行雲進來了，「找妳一天了，去哪了？」

「你們氣勢太大，我們只好躲出去啦！禮我可是剛才送過去了，別挑理啊，南宮。」

「謝謝妳的年年有魚，小情，有時間過來看看吧！」

「我這輩子最不想踏進的地方，就是你們家那藥房，呵呵。」她又不是藥罐子，沒事喜歡跑藥店。

「是我說錯了，改天賠禮道歉吧。我還得回去照看照看，先走了。」

辛情送他到門口，轉身欲關門，一個人影忽地出現在眼前。辛情往後退了兩步，明天找人看看，前兩天剛走個閻王，現在又招鬼了。

「對不起，關……」辛情抬頭看那人，結果那人往旁邊一閃，他身後的那個人正衝著她微笑。

辛情使勁眨巴眨巴眼睛——神哪！

「好久不見，蘇朵。」那人邁步進來，從辛情身邊走過，找了張桌子坐下。那個侍衛立刻在他身後站定，動作和表情都和棕紅斗篷的隨從沒兩樣。

「不做生意了？」那人見她沒動，問道。

「歡迎光臨，請問您要吃什麼麵？」辛情深吸口氣，奚祁打著唐漠風的旗號來到江南了。老天爺，這可一定要是意外啊！

「妳看著辦！」奚祁正在看店內。

「辛姊姊，妳要吃什麼麵？」魚兒的聲音從廚房傳來。

辛情低了頭往廚房走，一定是意外，肯定是意外，絕對是意外！這個奚祁是來挑「古怪」的，跟她沒關係！再說，三年之約還沒到期呢！這才穩了穩心神。

「最貴的麵，魚兒。」辛情小聲說道，然後端了麵出來，放到桌上，「請慢用。」轉身欲走。

「過得不錯，看起來挺樂的！」奚祁不吃麵。

「人知足就常樂，您慢用。」辛情正打算躲起來，門又被推開了，她看過去——棕紅斗篷？隔了這麼久，他也出現了！還是那個爛表情，還是那倆立牌跟著。

「歡迎光臨！」辛情走過去，只覺得腿有千斤重。

棕紅斗篷還是一樣沒跟她說話，酷酷地坐下了。

「請問您要吃什麼麵？」

「五十倍，妳的晚飯。」棕紅斗篷說道。

「對不起，我今天不吃晚飯。」辛情馬上說道，她的晚飯已經讓給別人了，命這麼苦，都來搶她的飯，都是來找麻煩的。

「絕食？」棕紅斗篷抬眼看看她。

「您要吃什麼麵？」

「妳愛吃的麵。」棕紅斗篷還是看著她。

辛情微微皺眉。來砸場子的！

「請稍等。」跑進廚房，端了魚兒的麵出來，放在桌上，「請慢用。」然後轉身又去廚房了，囑咐富伯先吃，再讓魚兒重新做兩碗麵，自己在旁邊添柴，死活也不出去。

她的眼皮在跳，心也在跳，總覺得這兩個人有問題。心裡祈禱著，他們千萬別在自己店裡火拚。

「辛姊姊，剛才那條魚是送給南宮少爺了？」魚兒邊抻麵邊問道。

「嗯，他姨媽那麼照顧咱們生意，送他條魚也不吃虧。」辛情一根一根地添柴，也沒見熱氣騰騰。

「辛姊姊，妳的柴慢點添啊，一會兒鍋會燒壞的。」魚兒趕緊制止她。

「哦，知道了。」辛情答道，然後半天不添柴。

「辛姊姊，妳怎麼了，不舒服啊？」

「可能是鬼見多了，嚇著了。」

「辛姊姊，妳別嚇我。」魚兒嘟囔道。

「沒事，鬼怕惡人，姊姊我就是標準的惡人，嚇死鬼，放心。」

「辛姊姊，我發現妳就是說話不饒人，但心腸很好啊！要不，南宮少爺怎麼會喜歡妳呢？」

辛情回頭看看魚兒，「魚兒啊，妳知道為什麼嗎？」

「因為妳人好唄。」

「錯，因為他想讓咱們多給他姨媽些麵。」

「辛姊姊，南宮少爺不是那樣的人。」

「那魚兒說南宮少爺是哪樣的人啊？」辛情笑著問道。

「南宮少爺看起來沒有大少爺的架子，跟誰說話都和和氣氣的，而且總是笑著，好像沒什麼煩心事。」

「嗯，還是玉樹臨風、風流倜儻的翩翩佳公子，是吧？」

魚兒有些不好意思地低了頭。

「辛姊姊，妳別逗我了。」魚兒把麵扔鍋裡，然後才回過神來，「辛姊姊，火滅了！完了，這下子麵煮不好了！」

「那就當餛飩吃吧。來來來，扔點菜。」

「辛姊姊，妳幹嘛把臘肉都扔鍋裡？」

「餛飩不好吃，就多放點兒肉唄。」

「辛姊姊……」魚兒無奈地攪著那一鍋餛飩。

等辛情和魚兒端著餛飩出來的時候，那兩個人還在吃著。辛情快速掃一眼，然後拿著勺子吃餛飩。

不過，還真是吃不下去，心裡有壓力。

「辛姊姊，妳今天吃飯很慢。」

「嗯，明天就好了。」

這是辛情吃得難得消停的一頓飯，吃完了收拾完了，那兩人才一前一後結帳，一個似笑非笑，一個面無表情地走了。辛情這才鬆了口氣。

第二天，人不多，辛情坐在那兒想奚祁，這個好色皇帝還真來自己選妃了！不過，這也像他的風格，本來他就有當昏君的潛質，現在不過是小小地發揮一下罷了。不過有個問題，他怎麼大晚上的跑到這個毫不起眼的小店裡吃麵？如果她開的是家與眾不同、大名鼎鼎的青樓楚館，裡面有個傾國傾城的絕色大美人，他奚祁來了不出現她才奇怪，可是……她這家差不多是坐落在角落裡的麵店，他出現……挺嚇人。衝什麼來的？她？不像！奚祁當初不過是那麼一說，真想讓她留在宮裡當初就不會放她出來了，那是為什麼呢？

那個棕紅斗篷也奇怪，趕上夜行人了，黑來黑去的。看起來富貴出身，還沒事跑來吃麵，當然了，他更像是來砸場子的，古怪！

一個稀奇，一個古怪，這兩人還真是知己。

看來自己沒事先躲出去幾天好了，總覺得心裡慌。天哪天哪，她陽光燦爛的小日子可不想出現點小烏雲，這倆知己趕緊都該幹嘛幹嘛去，別在這充當小烏雲了——更正，不是小烏雲，是一個日食一個月食，那是無邊無際的黑暗哪！

還好，接下來幾天，日食和月食都沒有出現，辛情也就接著陽光燦爛。她是很想偷懶的，可是隨心走了，沒有勞工可以用，她只好披掛上陣。看在這一點上，她還真是有點想念隨心。

「小後媽……」有人輕聲叫道。

想得都出幻聽了。

「後媽！」有一隻手在她眼前晃，真晃眼睛，戴了四個戒指，也不怕被人搶了。

「給我顯擺妳那破銅爛鐵是不是？」辛情抬頭看向來人，「妳個白眼狼回來幹嘛？」

「回來看小後媽呀！」隨心笑著說道。

「肚子見長啊？」辛情看看她，「警告妳，少胡說八道了！」

「其實，妳要是真能給我當小後媽也不錯。妳那天也看見了，我爹挺好看的。」

「花兒也好看，我嫁它去？」辛情瞪了她一眼，看到小狼崽子的爹沒跟著來，「又一刀兩斷了？」

「他有事。」

「哦，把妳寄放到我這兒啊？行，按時收費。」辛情說道，「小妞，妳叫什麼若水啊？」

「赫連若水。」

「糟蹋了個好姓氏。妳還若水？我看妳是王水。」

「妳還真是不損我就沒話說啊？」隨心瞇起眼睛。

「除了損妳，還真不知道能說啥？」辛情抓起她的手，「拿一個抵債。」

「自己拿吧！」隨心不甚在意。

「果然是有錢人啊！」辛情看了看，挑了最小的那個，戴在自己的無名指上，「等我嫁人就不用買了。」

「我看還是算了，妳根本嫁不出去。」魚兒從樓上下來，見到隨心，高興地跑了過來。

「等我真嫁不出去了，我給妳當後媽去。」不就是給閻王爺當老婆嗎？起碼混個王妃當當，也不錯啊！

「那妳估計真得給我當後媽了！」

「辛姊姊，妳真要嫁給隨心的爹爹啊？」魚兒詫異地問道。

「笨小孩，說著玩的。姊姊我正值青春好年華，怎麼會去嫁給一個行將就木的老頭子啊！」這孩子也忒單純了，說啥信啥。

「我爹才三十有二，哪裡是老頭子啊？我告訴妳，喜歡我爹的女人能在我們府裡繞兩圈了。」隨心得意地說完，便發現辛情瞪大了眼睛看她，嘴巴張得能直接把拳頭塞進去。

「那妳這滴小水珠子多大了？」辛情問道。

「十七啊！怎麼了？」

辛情嘴巴張了合了張，如此幾次終於說道：「繁殖能力真強，佩服！」以前只看書上說古人結婚得早，越有錢的越早結婚，可是十五歲就當爹？早熟過頭了吧！

「說什麼呢？」隨心瞪她一眼，「妳考慮考慮吧，我們家還挺有錢的，進門當主母正好合了妳這種貪財女人的心意。」

「行，我考慮！妳爹死得比我早的話，我就成有錢寡婦了。」

「辛姊姊，那南宮少爺怎麼辦？」魚兒問道。

「什麼怎麼辦？南宮跟我有關係呀？我們倆可是純潔的男女關係，純得跟白開水似的，放心放心！」辛情拍拍魚兒的肩膀。

「可是，辛姊姊，我覺得南宮少爺比隨心的爹爹好！」魚兒認真地說道。

辛情皺皺眉，「這樣啊！那這樣吧，魚兒，咱們比比，看看他們哪家錢多咱再決定！」

「辛姊姊……」魚兒皺眉。

「好了，魚兒小妹妹，辛姊姊這輩子要當尼姑了。走吧，咱去給隨心做點好吃的。」拖著魚兒進廚房，又從廚房探出頭來，「孕婦，妳吃什麼呀？」

「肉！麵！」隨心笑著說道。

正巧有客人來，隨心扶著肚子過去招呼，「歡迎光臨，兩位請進。」

那兩人一臉肅穆，也不坐，只問：「請問辛老闆是哪位？」

隨心一皺眉，「辛情，找妳的。」不著痕跡地打量兩個人，看起來像官差。

「找我？誰呀？」辛情邊說著邊走了出來，「您二位找我有何貴幹？」

「替我家主人送信。」其中一個說道。辛情當時覺得烏雲罩頂，漫天飛著小烏鴉。天哪地呀，可千萬不要是奚祁！

「好，謝謝。」辛情接過信，順便交給隨心，「幫我拿著。」

「辛老闆，我家主人還等著您回信。」兩人不動，面無表情地說道。

辛情沉思了一下，拿回信，拆開了看。

蘇朵，後日黃昏，水越行宮見駕。

只一行字，辛情把信交給那兩人，「知道了。不過，我怎麼去啊？」行宮她進得去嗎？就她這個扮相人家，還不得把她當要飯的。

「自會有人安排，您答應便好了。」那兩人收了信，轉身走了。

答應？她倒是不想答應，但是那種極端變態類型的男人是不能反抗的，否則他會更有興趣。黃昏見駕，怎麼有點月上柳梢頭，人約黃昏後的偷情味道呢？這個好色皇帝不會……

「是誰呀？看起來像官差。」隨心問道。

「欽差！」辛情很小聲地笑著對隨心說道：「說皇上後天選妃，讓我去參加。」

「皇上的眼光真特別。」隨心也小聲說道。

門口進來幾個人，她們倆忙迎過去了，「歡迎光臨。」

「今兒待遇好啊，隨心也回來了。」南宮行雲笑著說道。

「寄存的。您幾位請坐吧！」辛情笑著說道。

南宮行雲、他姨媽，還有那個以前要請魚兒的年輕人找好地方坐下了，今天沒帶丫鬟。

「小情，我們今天不是來吃麵的，是來請妳吃飯的。」南宮行雲說道。

「請我？鴻門宴啊？」辛情笑著看他，三人裡面她就跟南宮行雲還算熟，算起來才認識三分之一的人呢。

「不，辛老闆，是我要宴請您。」那年輕人馬上起身說道。辛情看看南宮行雲，總得介紹一下吧？總不能叫「南宮行雲他姨媽的兒子」這麼長的稱號吧？

「小情，我表哥宗凴，妳見過的，是我姨母的兒子。」南宮行雲介紹道，「我姨母，妳也認識了。」

辛情點點頭，「請我吃飯？為什麼？無功不受祿，咱還是先把話說清楚比較好。」

「在下是來謝謝辛老闆的教訓。」宗馮誠懇地說道。

「宗少爺，說句不好聽的，我覺得如果衝著我當時說的話，我還以為您要請我吃鴻門宴了。也不是什麼大事，我就是痛快痛快嘴，沒幹什麼實際的事，您也別說什麼謝不謝的了。」

「不，這也是家母的意思。」宗馮看向老太太，表情恭謹。

「是啊，辛姑娘，我這個兒子有的時候太直，想什麼事不會拐彎，多虧了妳的提醒，才讓我這個老太婆得以回鄉頤養天年。」老太太終於開口說話了，說的雖然是煽情的話，可是聽著也挺公式化的。

「老太太，說實話，我這個人自私慣了，沒有那麼高深，我不過是嫌您兒子纏著我們家魚兒，給我們添麻煩罷了，您千萬別謝我，這跟罵我有什麼差別啊？您以後多來吃幾碗麵捧捧場，就當謝我了吧！今兒幾位要吃什麼麵啊？」

「姨母，您看，我說她不會同意的吧！算了，您照顧照顧她的小本生意就行了。」南宮行雲說道。辛情給他一個感謝的目光。

「既然這樣，辛姑娘，老身幫妳管店吧？」宗老太太說道。

所有人，包括隨心都愣了。這老太太……屬工蟻的吧？這麼勤勞！

「老太太，我們這小店一天收那幾個銅板，這幾個手指頭數幾個來回就夠了，而且您看看，我們這兒啊，一天就賣幾碗麵，買的材料拿幾個銅板就夠了。就那幾個銅板出來進去，我還能查得明白。」她這可是道道地地的個體經營，哪裡需要請個大公司前總裁啊，浪費人才。更重要的是，這老太太看妳一眼，妳就會立刻覺得自己就是工蟻的命——活到老，累到老。她辛情可不想在自己店裡把自己當工蟻，她比較喜歡當蟻后。

「小姑娘是怕我老太太不中用？放心，反正我也沒什麼事，就在這兒幫妳看著點兒，也打發時間。對了，妳不用擔心，我不要錢。」老太太難得幽默一把。

「小情，妳就答應了吧！」南宮行雲衝她笑，笑得有點無奈。

「那好吧，但是，老太太，咱們可有言在先，我店裡的事我說了算，您幫我查錢就行了。」

老太太點點頭。

等他們吃完麵走了，辛情跑到店外，四處仔仔細細地看來看去，時不時還拿個樹枝掘來掘去。魚兒出來看了兩回，富伯也出來看了兩回，說如果她要挖什麼東西就讓他來好了。後來隨心也扶著肚子出來看了看，看完了抱著胳膊在一邊看。

「辛情，妳挖金子呢？」隨心問道。

「不是，有金子我早嗅著了，還等現在啊？」辛情頭也沒回。

「那妳挖什麼呢？總不會找老鼠吧？」

「唉……」辛情停了手，拿著樹枝子拄地，「看看這店是不是埋了什麼不乾淨的東西，怎麼淨招你們這些人。」

「哈哈！說實話啊，辛情，我覺得妳這店風水特別好，要不怎麼我們這些富貴人都能找著妳這個犄角旮旯裡的店呢？」隨心笑著說道。

「風水好？皇帝陵個頂個的風水好，你們怎麼不上那溜達呀？」辛情拎起樹枝進門。

「因為不讓去，我們只能退而求其次了。」隨心笑著跟她進店門。

不遠處，一個玄青袍子的人笑了，他身後的侍衛倒是面無表情，然後隨著主人進那家超級不起眼的小麵店。

「歡迎光臨！」迎上來的人還拿著樹枝。

「妳這是歡迎還是趕人？」玄青袍子的人說道。

「對不起，失禮了，歡迎光臨。」辛情隨手拉過隨心，「接客。」然後拎著樹枝進廚房去了。

「您請坐，請問要吃什麼麵？」隨心迅速進入角色，只不過她穿著綾羅綢緞，渾身上下又珠光寶氣，實在不像在這小店裡當夥計的。

「辛情愛吃的麵。」玄青袍子說道。

隨心愣了一下，然後說道：「事實上，她愛吃肉，不愛吃麵。」

「那就挑她比較愛吃的好了。」

「您稍等。」隨心慢悠悠地往廚房去了。

半天，端出一碗排骨麵。

玄青袍子一副了然的樣子。

第二天，南宮行雲他姨媽，宗馮他親媽一大早就來了，辛情、富老爹、魚兒正在吃早飯，辛情看她進來，差點讓粥噎死。這老太太也太敬業了吧？那老太太看他們才吃飯，眉頭稍稍皺了下，然後很自動地在櫃檯那邊坐下了。旁邊跟著的丫鬟把老太太的茶壺、茶杯等都規整地放下了。

辛情看看富老爹，又看看魚兒，又看看隨心，這是管帳的？看起來倒像是掌櫃的。

「老太太，您這麼早啊？」辛情笑著說道。

「什麼時候了，可不早了。」宗老太太說道。

「還是您精神好！」辛情說完，低頭吃飯，滿心後悔。

那一天，辛情被她盯得都不敢坐著，只好有時間就躲到廚房裡添柴、洗碗，哀怨得像個小媳婦兒。

吃午飯的時候，辛情夾了兩次肉，再夾第三次的時候，老太太咳嗽了一聲，辛情的筷子就像觸到高壓電線上一樣收回來了，然後轉向青菜，夾了三次之後，抬頭掃一眼，老太太正盯著她筷子呢，只好又縮回來吃自己的米飯。

吃完午飯收拾了碗筷到廚房，辛情拿了塊最大的肉放嘴裡吃了。在自己家吃飯吃得這麼憋屈……算了，看在她是個老太太的分上，不跟她計較了。

晚上，老太太好不容易走了，辛情才放開了膽子吃飯。

吃過晚飯，南宮行雲和宗馮來了，辛情看看他們，假笑了兩聲。

「小情，妳笑得不真誠。」南宮行雲說道。

「還不真誠啊？不好意思，這是我今天僅存的誠意了。」辛情看看宗馮，「宗少爺，問個問題行嗎？」

「辛姑娘請說。」宗馮很客氣。

「您娶媳婦兒了嗎？」

宗馮臉色微赧，「在下還未成家。」

「宗少爺，您什麼時候能成親哪？」

「辛姑娘的意思是？」宗馮正色問道。

「表哥，小情的意思就是，你趕緊成親，然後姨母就不用在這兒了，是不是，小情？」南宮行雲笑著問道。

「知我者，南宮也。」

「家母給妳添麻煩了？」宗馮問道。

「不不不，是我們給你母親添麻煩了。您看看我們吧，都閒散慣了，實在過不慣太嚴謹的生活。老太太的心是好的，可是我們……」辛情看看南宮行雲，「我們就是朽木，只能當柴燒，根本上不了檯面當木雕。」

「哈哈哈哈，小情，恐怕妳得忍忍了，我姨母決定的事基本上不能改。」南宮行雲的口氣有點幸災樂禍。

「辛姑娘，實在抱歉，就像行雲說的，還請妳多多包涵了。」宗馮說道。

「宗少爺，要不你就開個店給您母親玩吧，反正您家有錢。」

「小情，如果我姨母想開店，就不會來水越城了，明白嗎？」南宮行雲笑著說道。

「你的意思是，在我們沒有被改造完成前，宗老太太是不會走的？」

南宮行雲點了點頭。辛情扯扯嘴角，認命，裝幾天吧。

第二天，宗老太太來的時候，辛情他們還在吃飯，宗老太太又淡淡地掃了一眼。辛情假裝沒看見，魚兒和富老爹有些不自在。

「老爹、魚兒，今天早點關門吧！」辛情說道，「晚上你們三個吃，我有事情。」

「辛姊姊，妳有什麼事啊？」魚兒問道。

「有人請我吃飯。」皇帝請她吃飯，他母親的……不能拒絕的飯局啊！

「誰啊？」魚兒好奇。

「肯定是個男人對不對？」隨心笑著問道。

「以後告訴你們。」辛情說道。

「小情啊，在哪裡吃？老爹去接妳。」富老爹說道。

「不用了，老爹，請我吃飯的人家裡特有錢，會送我回來的。」今天晚上不知道能不能回來呢，這個昏君……

富老爹看了看她，半天才點頭。魚兒一臉擔心。

申時左右，一頂小轎停在門口，一個人進來請辛情。辛情跟富老爹、魚兒交代了下準備出門，宗老太太說了句：「吃完就早點回來，女孩子家別夜不歸宿。」

辛情點點頭。夜不歸宿？這也不是她說了算的。

水越行宮還挺遠的，辛情都快睡著了才到。被領著左拐右拐、大路小路、大殿小殿地繞，終於來到了一個看起來挺清靜的地方。辛情晃進去，奚祁沒在裡面，想想也是，只聽說別人等皇帝的，沒聽說皇帝等別人的——床上除外。

不過這個地方雖然清靜，還是讓辛情想起了靳王府，都一樣充滿了富貴氣。

「想什麼呢？」一個聲音傳來，是奚祁。辛情站起身看向奚祁：「我奉命來見您，不知道您有什麼事。」

「妳變了很多，蘇朵。」奚祁肯定地說道，邊看著辛情的臉。

「蘇朵已經死了，我是辛情。」辛情說道。

「好名字。」奚祁用扇子抬起她的下巴，「比去年黑，皮膚也粗糙了。不過，更有精神。」

「謝謝您的誇獎。」辛情平靜地說道。

「辛情，妳不該活得這麼好，會給自己帶來麻煩。」奚祁收回扇子，到桌邊坐下，指了指對面，辛情坐下了。

「您覺得我活得好？」這叫活得好嗎？每天數幾個銅板，吃個肉都被限制。可是，真的是好幸福喔，幸福得她每天都想跟魚缸裡的小魚兒一起冒泡。

「現在的妳——」奚祁看她，「會讓男人想把妳抓回家自己看。」

辛情瞇眼，沉吟了一下，「謝謝您的提醒。」什麼社會呀，人家活得樂呵點就有人看不順眼？

「朕也是其中一個，妳小心了，三年之約，還剩兩年。」

「是，我知道了。皇上，您今天有什麼事。」不想跟他單獨相處，因為她沒有和狼單獨相處的習慣和興趣。

「幫朕選幾個美人。」奚祁笑著說道。

感覺像拉皮條的，真是刺激！穿越了一回，三百六十行這都做過幾個了？

「我幫您？您信得著？」早知道有這肥差，她就稍稍透露些口風給那些想當娘娘的女孩子了，然後搞個投標大會，最高的幾名就能入選進宮，肯定是財源滾滾啊！

「當然，蘇朵的眼光很高。」奚祁笑著說道：「一會兒妳隨朕到水榭，那些女子會有一些表演，妳看著挑吧！」

「好！」辛情點點頭。還算有點好處就是能看看美女。

太監拿了內侍的衣服給她，辛情換了，又讓人幫忙把頭髮弄好戴上了帽子，自己照照鏡子——還真挺像唇紅齒白的小太監，以後實在沒活路了，還可以當太監。

奚祁看見她出來，笑了，「挺像。走吧！」

辛情跟在奚祁後面又是一陣繞來繞去才來到水榭，水榭四周已侍衛林立，四周也用鮫綃圍起了三面，風一吹就輕輕地飄起來，跟仙境似的。水榭裡也擺好了几案和坐榻，官員們已在恭敬地等候了。

奚祁坐到榻上，辛情站在他旁邊，裝出了恭敬的樣子。奚祁拍了拍手，立刻就有人躬身下去了。不一會兒，水上出現了一艘燈火通明的花船，幾名女子正翩翩起舞。那些女子雖然在跳舞，目光卻是向水榭看來。

奚祁隨意坐著，似笑非笑，偶爾拿起金樽喝酒，看起來就是風流瀟灑的流氓皇帝。

辛情看著那些女子，心裡感慨，這些孩子還真是沒夢想啊，削尖了腦袋要給這個流氓皇帝當小老婆。如果知道她們是她一個女人選的，不知道會不會鬱悶死。

「皇上，第一排左起第三個很漂亮。」辛情小聲說道。

「嗯。准！」然後對另一邊的太監吩咐道：「記下。」那太監馬上找出那女子的名牌抽出來放在銀盤裡。

表演共有九輪，辛情挑出了九個人，本來漂亮的挺多的，可是她不想她們去宮裡白白地浪費生命，所以每一輪只挑一個。

表演完畢，太監拿出九個選中女子的畫像給奚祁，奚祁只揮了揮手，「就這九個吧。」那太監下去宣旨了。奚祁起身，抻了抻胳膊，「回宮，看美人也累呀……」

辛情跟在他後面，坐著看都累，她站了兩個多小時呢，以後還可以當售貨員。

到了寢宮，奚祁遣出內侍，看看辛情，「妳——回去還是留下？」

「我先走了。」辛情馬上答道，然後轉身就走。

奚祁在後面扯了扯嘴角，眯了眯眼睛。

辛情出宮的路上，見著一個大美人被引著向奚祁的寢宮去了，心裡不禁冷笑，看美人會累，抱美人就不會了。

看看自己身上的衣服，辛情叫住領她出宮的太監，讓他領著她回到原來的那個地方換回了衣服，否則這個樣子回去非把富老爹和魚兒嚇暈過去。

等辛情被送回店裡的時候，街上已經沒有人了，黑漆漆的，她自己打死也不敢走的夜路。掀開轎簾，遠遠地看見自己店裡的燈光，辛情笑了，有人等著的感覺真是溫暖，不像以前，不管多晚回家，那個精緻的房子永遠是冷著面孔高傲地等著她。

「停下吧！」辛情說道。轎子停下了，辛情道了謝，快步跑著回家。一把推開店門，只見富老爹、魚兒、隨心都在，辛情想哭。

「喲，幽會到這麼晚還回來幹嘛呀？」隨心斜著眼睛。

「小情，怎麼才回來？」富老爹笑著問道。

「辛姊姊，妳吃飽了嗎？」魚兒問道。

「魚兒，我還沒吃飯呢，姊姊我今天太可憐了。」辛情笑著說道：「不過，我一點兒也不餓。」心裡滿滿的暖意，胃裡也是。

「看美男子都看飽了吧？」隨心笑著問道。

「對唄，秀色可餐哪！」辛情也笑著坐下了，「都這個時候了，睡覺吧！真是的，你們還等著我，我都不好意思了。」

「妳的嘴咧那麼大，我真沒看到妳有不好意思。」隨心說道。

「大肚子，睡覺去吧，別在這跟我逞口舌之快，要不妳兒子生出來可能是個碎嘴。妳不希望他像妳一樣絮絮叨叨吧？」辛情看看富老爹，「老爹，您睡吧。」

「好，妳們也早點睡。」富老爹起身，又仔細看了看店門才上樓睡覺去了。

三個女人一起上了樓。辛情剛換好睡衣，隨心就偷偷進來了，自動自覺地在辛情的床上躺下來，把外面的一半留給辛情。

「怎麼著？沒人摟著妳睡不著是不是？」辛情壞笑著。

「少廢話，給我從實招來，妳去哪裡鬼混了？」隨心壓低了聲音。

辛情熄了燈，小心地躺下，生怕碰著隨心。

「隨心，我看起來活得很好嗎？」

「挺好，妳活得平凡，但是挺開心，有時候我都不明白妳怎麼那麼高興，跟傻子似的。」隨心誠實地說道。

「只說前半部分就行了，我沒讓妳評論我的智商。」

「妳問這個幹嘛？妳今天去見的到底是誰？」

「今天我見的那個人告訴我，他說我活得太好了，會給自己招來麻煩。」

隨心沒說話。

「睡著了？」辛情推推隨心。

「我覺得他說得挺有道理的，這個人不簡單吧？」隨心問道。

「嗯，不簡單，很不簡單。不過，我不想跟他扯上任何關係。」

「辛情，妳到底是誰？」

「我就是我囉，一個江南草民。睡覺吧睡覺吧，反正馬上就過去了。」踢踢隨心，「妳說我要是真給妳當後媽，怎麼樣？我說真的。」

「挺好！也許妳能讓我爹表情豐富些。」隨心笑著說道。

「那妳不如找個小丑給妳當後媽，妳爹表情會更豐富。」

「妳比小丑熱鬧。」隨心誠懇地說道。

「謝謝妳誇讚我的表演天分。」

「我發現妳最厲害的地方就是什麼話都能當好話聽。」

「妳最厲害的就是什麼好話從妳嘴裡說出來都讓人聽著不舒服。」

「半斤八兩。」

「彼此彼此。」

第二天辛情迷迷糊糊下樓的時候，見魚兒已做好了早飯，淡淡的粥香味到處飄著，「魚兒，不好意思，我起晚了。」都怪隨心，大肚子還那麼精神地拉著她聊天。

有人拍門。

辛情打著哈欠過去開門，看到宗老太太帶著丫鬟站在外面，辛情那個哈欠就定格了。

「早啊，老太太。」

「嗯！」宗老太太說道，辛情馬上讓開讓她進來。

「宗老夫人早。」隨心梳洗完了從樓上下來，這兩天她又恢復到清湯掛麵的裝束了。

辛情幫魚兒擺好了碗筷，「老太太，您吃早飯了嗎？」

「嗯。」

「那您先坐會兒吧，您隨意。」辛情盛粥給大家。

「辛姊姊、隨心，妳們倆沒睡好啊？」魚兒問道。

兩人相視一眼，異口同聲說道：「她打擾我。」

富老爹笑了。

吃過飯還沒什麼人，辛情和隨心邊收拾店裡邊接著胡說八道。收拾完了，還是沒什麼人，辛情和隨心像兩尊石獅子一樣站在門口看天，看了半天，辛情說道：「今天天氣好得讓人想出門玩啊！」

「嗯，找一個花紅柳綠的地方……」隨心還沒說完，辛情看了看她說道：「眠花宿柳？」

「齷齪。」隨心瞪她。

「那找一個山清水秀的地方好不好？自己說話帶暗示，還非說別人想法齷齪。」辛情說完轉身進了店。

出門買麵的富老爹回來了，說街上熱鬧得很。

「衙門口貼了皇榜，說是昨天選了九個女孩子，這幾天就要送進宮裡了。」富老爹說著街上的所見所聞。

辛情聳聳肩膀。九個，這奚祁還真不怕吃多了撐死！不過，美人要進宮了，色狼當然也會逐香而歸了，解放解放！

近中午，人漸漸多了，辛情留心聽了，說的多是皇榜的事。很多人對那九個美人家裡似乎豔羨得很，好像明天進了宮，後天就能當皇后，然後全家都跟著吃香的喝辣的，路都橫著走一樣。殊不知啊，那地方進去了就跟失足落水一樣，水裡頭可都是食人魚，被吞得骨頭都不剩下。

「發什麼呆呢，幹活了。」隨心推推她。辛情瞪她一眼收拾桌子去了。

過了四五天，才有靳王護送九位美女回京的消息。辛情大大地喘了口氣。奚祁走後兩天，隨心也被接走了。辛情一放鬆就想出去遊山玩水，於是這天午飯的時候便提了出來，說是明天要閉店一天出去玩。

剛說完就被宗老太太瞪了一眼。辛情告訴自己：忍忍吧，她就是個老太太而已，不跟她計較。

「不反對，那就這麼定了。」辛情自顧自說道。

「不行。」宗老太太終於出言制止了。

「為什麼不行？」辛情看宗老太太，敢情這老太太還真把自己當老闆了？

「哪有妳這樣兒做生意的，三天打魚兩天曬網，從二月份到現在妳都玩幾天了？」宗老太太說道：「還有，妳平時連自己店裡有什麼麵都記不全，這樣如果有人聽到沒有自己想吃的妳可能就走了，這就失掉了一個生意。每天開店晚閉店早，這樣子做下去怎麼能賺到錢呢。」

辛情笑著看宗老太太，又看看魚兒和富老爹，他們好像都有點不好意思。

「老太太，誰說我們開店是要賺錢哪？我們就是開著玩的。」

「妳一個姑娘家做事怎麼這麼不認真？」宗老太太皺眉。

「認真不認真，高高興興的就行了，我們也沒打算富可敵國，就混個吃飽喝足就成了。」辛情看看富老爹和魚兒，「富老爹、魚兒和我，我們三個也不買衣服，也不娶媳婦，我們掙那麼多錢幹嘛？該玩還是得玩啊。」

「小情，老夫人說得對，咱們是得認真些。」富老爹說道。

「老爹，咱們夠吃夠喝就行了。魚兒將來出嫁的嫁妝我都準備好了，咱不用那麼累，每天掙的錢夠咱吃喝就行了。就這麼定了，明天咱們出去玩，一會兒我和魚兒去買吃的。」

「辛姑娘，我勸妳三思的好！」宗老太太說道。

「老太太，您想管人是吧？您家大業大的回去接著管就行了。我們就三個人，您就放過我們吧。再說了，店是我的，我樂意怎麼玩就怎麼玩，玩賠錢了我高興。還有，您在這兒我可是看你兒子孝心的分上，要不，我早請您走了。」辛情說道：「以後，您就坐那給我數銅板好了，其他的事我自己說了算。」

「妳不識好歹。」宗老太太的聲音很有威嚴。

「對，我是不識好歹。您比我好哪去了？」辛情頓了頓，「您知道什麼是養老嗎？就是老老實實地被兒女養著等著老死那天就行了，就是少給別人添麻煩。長這麼大，頭一次見著您這樣喜歡管人的老太太，我可忍您好幾天了，您還是別惹我，要不我可不看您兒子的面子。」

「小情，不要這樣和宗老夫人說話，老夫人也是為妳好。」富老爹勸道。

「對不起，老太太，我說話重了點兒，您別跟我計較，就當我不識好歹好了。」辛情說道，又補充道：「我們真沒想賺多少錢，我呢，就想著每天高高興興地就行了，不想把自己累死。您就當我沒出息，不成材，一塊朽木就完了。您要是實在有那個精神頭，就接著回家幫您兒子吧！」

宗老太太搖搖頭：「妳這個樣子怎麼做當家主母。」

辛情、富老爹、魚兒齊刷刷地看向宗老太太。當家主母？當誰家的主母？

「老太太，我沒有那麼宏偉的志願，您別擔心。」難怪這老太太趕鴨子上架似的訓練呢，原來是以為她想當個女強人。可惜可惜，她想當悠閒的米蟲，想吃就吃，想喝就喝，想玩就完，實在無聊了就幹活。

宗老太太搖搖頭，辛情也搖搖頭，看來時代不同，大家的想法差距還是滿大的。

不過結果還是好的，第二天，辛情高高興興地出去玩了。

要說這水越城的郊外還真是美得亂七八糟，尤其這花紅柳綠的時候，再點綴上幾個美麗女嬌娃，估計很多男人都會高高興興地被圈養在這兒。辛情看著景色，終於明白為啥古代皇帝都喜歡下江南了，好山好水好地方啊！

不過，在這樣美麗的山水之間，辛情忽地想起了個人，奚祁。

三年之約，還有兩年……

這麼說來，奚祁就算是已經忘了這個約定，那麼他現在肯定重新想起來了，而且還一副很有興趣的樣子。看來，有些麻煩了，她還真得仔細考慮考慮找個男人娶自己一回。上哪找去啊，正常腦袋的男人誰肯幫這種忙啊！

算了算了，還有兩年呢，也許這兩年就有腦袋不正常的男人來幫忙了，大不了花個幾千兩銀子……

辛情叼著根小草裝小馬哥，以前一直想裝來著，可是礙於白領的身分拉不下面子，現在好了，想裝啥裝啥，隨心說了，她有的時候像個傻子，裝傻都行啊！

隨心，赫連若水，武俠小說裡常用的姓氏，原來竟然是真的。藝術果然來自於生活，但是否高於生活她就不知道了，畢竟還沒見赫連若水和她老爹哪一個耍耍武功。不過，隨心那個老公倒是挺厲害，一堆木頭他一會兒就劈完了，而且規整得像是批量生產的一樣，大俠啊！

在外面逍遙地睡了個午覺，辛情他們才往城裡走，進了城裡的時候，夕陽只給他們留了一點點臉色，然後就黑了。

「老爹，我們今天也在外面吃吧，就別做飯了。」

「為什麼？」魚兒問道。

「哎喲喲，魚兒，咱們也不能老賺人家錢，咱也讓同行賺賺咱的錢啊！」辛情馬上說道。

「好，小情想吃什麼？」富老爹問道。

「咱們找家好的地方，反正我身上帶錢了。」辛情笑著說道。魚兒不太贊同，不過對於辛情的決定她一向服從慣了，所以三個人找了家看起來不錯的酒樓，要了幾個菜肉，美滋滋地吃完了才邊說邊笑著回家了。

剛要關店門，發現對門跑出個人來，瞇眼看，原來是南宮行雲，而且從他前進的方向看，一定是衝著這兒來的，辛情便停下了關門的動作。

「你們出去了？」南宮行雲也不進來。

「嗯，看你好像有什麼事啊？為你姨母抱不平來了？」

「不是。小情，明天我請妳吃飯，就這麼說定了。」南宮行雲說完，也不等她回答轉身就跑了。

「這是請我吃飯還是通知我聚餐啊？」辛情念叨了一句，然後關了店門。

第二天早上開了店，宗老太太又來了，臉上平靜無波，辛情當時對這老太太的心態就佩服得五體投地，經歷過大風大浪的人就是不一樣，難怪這麼大歲數看起來臉上都沒啥皺紋呢！人家當沒發生，辛情當然樂意，於是重複每天早上的打招呼流程。

等太陽的臉像高燒一樣時，南宮行雲進來了，看看辛情。

「小情，我來請妳吃飯。」南宮行雲微笑著說道，仍舊是一身白衣。

「先說好了，南宮，你最好找一家我能回請得起的地方吃。」辛情笑著說道，然後看看宗老太太，「老太太，我今天可不是偷懶，您外甥請我吃飯。」

「去吧！」宗老太太施恩。

辛情轉轉眼睛，還是有當夥計的感覺。鬱悶。

「老爹、魚兒，你們晚上不要吃太飽，我會帶好吃的東西回來。」辛情大聲說道，然後看看南宮行雲：「南宮，咱們走吧！」

看著她踏出門，宗老夫人眼神複雜。

看看眼前的酒樓，辛情扭頭看看南宮行雲，「南宮，你是不是打算收購我的店哪？」

「放心，不用妳回請。」南宮行雲做了個「請」的手勢。

「你故意讓我欠你的是不是？等著吧，等我攢夠了錢就請你。」辛情也不客氣，走在前頭。

南宮行雲早已訂好了雅間，連菜色都訂好了，因為他們坐下沒一刻鐘菜就上齊了，山珍海味的。辛情看得直吞口水，多久沒吃過海味了——魚除外，現在她能多吃幾回肉就幸福得冒泡了。

「可以吃了嗎？」辛情拿著筷子問道。禮貌還是要講究一下，她又不是野人。

「本來就是請妳吃的。」南宮行雲自己倒了酒慢慢地喝。

辛情先吃了三分飽，然後放慢速度，「南宮，不是單純請我吃飯這麼簡單吧？什麼事說吧，只要不讓我殺人越貨、打家劫舍，能幫的我儘量幫。」

南宮行雲笑了笑，辛情也笑了笑，「你笑起來像我認識的一個人。」蘇豫，像蘇豫暖暖的笑。

「是誰？」南宮行雲問道。

「是誰你也不認識啊！」辛情笑著岔過去了，「如果是不好說的事，你就等我吃飽了再說吧！」

「也沒什麼不好說的，小情，妳想過嫁人嗎？」

辛情抬頭看他。

「前幾天才想過，不過，應該不會有人想娶我。」南宮這傢伙是來當媒人的？

「小情，妳覺得我怎麼樣？」南宮行雲一臉正經。

辛情被噎著了。

「用我家魚兒的話說，你是長得又好脾氣又好，總之就是很好。」
「那小情，妳嫁給我怎麼樣？」
「南宮，你是不是得什麼不治之症了？還是你有隱疾啊？」辛情笑著問道。
南宮行雲搖搖頭，「沒有，身體好得很，起碼能活到九十歲。」
「那你什麼意思啊？這都不能用退而求其次來形容了，你都退多少步了？怎麼著，你可憐我怕我嫁不出去呀？我就說你這個人夠義氣。」
南宮行雲笑了，「我沒那麼好心，妳也沒那麼差。」
「那你給個理由先……」辛情說道。
「我被逼婚哪！」南宮行雲無奈地說道：「我父母逼我娶他們老朋友的女兒，可是那位小姐實在是讓人退避三舍呀！」
「那你就退唄！你們這兒不是說什麼婚姻大事父母之命嗎？你要是違抗是不是不孝啊？」
「就算孝順，也不能把自己一輩子搭進去呀！」
「有想法，不錯。」辛情想了想，「南宮，要不這麼著吧，我呢也正好想找人娶我呢，咱們倆先湊合湊合，等各自找到新歡，你就寫張休書給我，咱們就各自投奔新生活去，怎麼樣？」
這回輪到南宮行雲發愣了。
湊合湊合？各自找到新歡？新生活？
「小情，這不是家家酒的兒戲，不可能像妳說的那樣簡單！」
「那……你還是找別人吧，我幫不上忙！」辛情聳聳肩。總不能結了婚就像拿膠水膠住了一樣吧？那她還跑什麼呀！
「小情，真的不幫？」

「南宮，你能想像兩個好兄弟當夫妻嗎？」辛情挑著眉毛問道。

南宮行雲馬上搖頭，那也太噁心了。

「我也不能。所以，要是暫時演演戲還行，演好幾十年我可沒興趣，我的大好時光可不能就這樣毀了。」

「小情，那妳為什麼還想找個人娶妳？」

「因為——有個男人跟我有三年之約，我三年內沒有嫁過人的話，就要給他當小老婆，我還有兩年時間去找。」

「惡霸！居然有這樣無恥的男人！」南宮行雲皺眉。

「惡霸？呵呵，我一直覺得他是流氓來著……所以你明白了吧？我只是想找個男人娶我一下，然後呢我們各奔東西就好了。」辛情笑著說道。

「那個男人是誰？為什麼妳會跟他做這種約定？」南宮行雲看著辛情。辛情搖搖頭，「人在家中坐，禍從天上來，說的就是我。之所以做這種無聊的約定，你認為我要是能反抗，我會乖乖聽話嗎？」

「他很有權勢？」

辛情點點頭，「非常有權勢，所以我放棄逃避，因為他會找到。我又不想死，所以只好努力找個願意娶我一回的男人囉。」辛情看看南宮行雲，忽然笑著說道：「差點忘了，南宮，你們這裡男人都可以三妻四妾是不是？要不我假裝給你當兩天妾怎麼樣？然後你再休了我。」

南宮行雲看了她半天，然後說道：「小情，妳不怕我反悔，然後假戲真做？」

辛情搖搖頭，「你是個君子，不是小人。再說，你不休我，我就休了你唄！」

「妳以後不嫁人了？」

「以後再說！碰著好的就嫁，碰不著就算了，反正我也能養活自己，一個人反倒更自在。」辛情笑著說道。

「小情，妳很不一樣。」南宮行雲誠懇地說道。

「直接說與眾不同就行了，雖然我才疏學淺，也聽得懂！考慮一下，怎麼樣？」這回輪到辛情著急了。

「這個嘛……讓我好好想想。」南宮行雲故意吊著。

「好好想，過這村可沒這店了。」

「明明是我求妳幫忙，怎麼最後成了我幫妳忙了？」南宮行雲無奈地說道。

「好兄弟算那麼清幹嘛？大不了我幫你找媳婦兒啊。」辛情笑著說道：「怎麼樣，給個說法。」

「既然是好兄弟，看在妳這麼可憐的分上，我就幫幫妳吧！」南宮行雲笑著說道。

「南宮，我真覺得特不好意思，你說你請我吃飯，然後還要幫我忙，這人情我欠大了，看來我得給你找個絕世美女當老婆才能補償啊！」

「好，妳最好快點找！」南宮行雲真真假假地說道。

「果然，一提到美人，兄弟就得靠邊站哪！」

兩個人說說笑笑，吃了大半個時辰才吃完，溜溜達達往回走。

剛進店門，魚兒便迎了上來，指指角落裡那個低著頭的人，「辛姊姊，找妳的。」

辛情看過去，那人也正抬頭，四目相對，那人微笑。

「蘇豫！」辛情高興地跑過去。

「小妹。」蘇豫起身，笑著看辛情。

「蘇豫，你怎麼來這兒了？什麼時候來的？」

「這個等會兒再說，不給二哥介紹一下嗎？」蘇豫看著她。

「哦，我給你介紹，這個是富老爹，這個可愛的小姑娘是魚兒。」辛情一一介紹，然後又說道：「這個是我……是我表哥。」

互相打了招呼，富老爹和魚兒上樓睡覺去了，辛情和蘇豫坐在一樓聊天。

「看來小妹過得很好。」蘇豫仍舊笑得暖暖的。

「挺好，富老爹和魚兒都是好人。」辛情笑著說道：「你怎麼到江南了？公幹啊？」

蘇豫沒回答，反問道：「小妹，大娘病了，她想妳。」

辛情看看蘇豫，「很嚴重嗎？」

蘇豫點頭。

「可是，我不能踏進京城一步的。」而且她也不想回去，她不是蘇朵，蘇家所有的人對於她來說都是極其陌生的。在心理上，他們都是陌生人。

「我知道。小妹，當初妳為什麼不辭而別？怕二哥會攔妳？」蘇豫問道，聲音裡有一絲落寞。

「是啊，我怕你不讓我雲遊天下，到時候又找個人讓我嫁，所以，我就走了。」辛情很誠實地說道。

「二哥不會逼妳做妳不願意做的事，只是擔心妳出什麼事。」

「你看，我現在多好啊，自由自在的。」辛情笑著說道：「蘇豫，你別生氣行嗎？對不起。」

「二哥沒生氣。」蘇豫笑著說道。

「沒生氣就好了，要不我還得哄你笑。呵呵，對了，你吃過飯了嗎？」

蘇豫點點頭。

「蘇豫，我去給你收拾個房間，你早點睡吧！」

蘇豫點點頭，隨著辛情上樓了。

「這間屋子以前住的是女孩，所以可能顏色鮮豔了點，你將就一下，我明天去給你買新的換上。」

辛情收拾著床鋪，忽然看見矮櫃上那塊棉布，高興地笑了，「蘇豫，你的命真好，這裡還有塊沒用過的布。」辛情高高興興地棉布鋪上，又跑到自己房間抱了一床薄毯，「放心，這個毯子沒人用過，便宜你了。」拍拍手，看看都差不多了，「好了，你早點睡吧！明天不用起太早，我們開門很晚的。」然後轉身出去了。

蘇豫看看床單、毯子，微微笑了，原來蘇朵已經會做這麼多事情了。正想著，辛情在門外說道：「蘇豫，我要進來了？」

蘇豫給她開了門，見她抱了個枕頭，替換掉床上那個，然後笑著說道：「這個枕頭也是新的，睡吧！」

第二天蘇豫一大早就醒了，輕輕推開對著街道的窗戶，街上還沒什麼人，冷冷清清的。走廊裡有敲門聲，「辛姊姊，該起床啦！」

門「吱」的一聲開了，然後是辛情的聲音：「魚兒，這麼早幹嘛？」

「辛姊姊，我爹說以後咱們還是早點好。」魚兒說道：「所以，我就來叫妳了。」

「魚兒，我的好妹妹，不是說了嗎，店是咱們的，南宮他姨媽愛怎麼說就讓她說，不用聽她的。」

辛情似乎還沒睡醒。

「可是辛姊姊，早起也挺好的。反正妳都醒了，就起來吧！」魚兒說完笑著下樓去了。

「完了，這丫鬟被收買了……」辛情嘟囔的聲音。蘇豫微笑。

然後聽到門又關上的聲音，一會兒又開了，辛情打著哈欠邊走邊說：「睡個懶覺也不行了，命苦啊！」腳步在他門前停了停，然後放輕了下樓去了。

蘇豫又過了一會兒才下樓去，店門已經開了，辛情正在廚房和魚兒做飯。見他起來了，辛情跑出廚房，「蘇豫，你餓了吧？一會兒就可以吃飯了。」

辛情的頭髮簡簡單單地束著，袖子挽著，穿著天青色的棉布裙子，清清爽爽的。額頭上那個疤還是顯眼得很。蘇豫點了點頭，不知道自己能幫上什麼忙。到櫃檯邊看了看，那個搪瓷缽裡一條小金魚一動也不動。

辛情出來見蘇豫在看魚，以為魚出問題了，忙跑過來看了看，然後用手指頭攪了攪水，碰碰那魚，魚才動了。

「這條魚特別懶，得空就睡覺。」辛情笑著說道：「馬上就可以吃飯了。」然後又跑回廚房去了。

看著桌上簡單的白粥、小饅頭、小鹹菜，蘇豫愣了愣，不過馬上就恢復了神色。蘇朵也能吃這麼簡單的東西嗎？看看，她吃得正開心，右手筷子，左手一個饅頭。見蘇豫看她，她看看粥，「粗茶淡飯，多多包涵。不過，粗糧裡面營養更多，吃了身體好。」辛情笑著說道。

蘇豫點點頭，拿了個饅頭。

剛吃過早飯，宗老太太就來了，看看辛情，眼神複雜。

「老太太早啊，我們今天可是早起了，您吃了嗎？」辛情笑著打招呼。宗老太太「嗯」了聲又到老位置坐下了。

「這位就是令兄？」宗老太太看著蘇豫問道。

「是啊，我表哥。蘇豫，這位是宗老夫人。」辛情拉著蘇豫過來介紹。

「您好，宗老夫人。」蘇豫有禮地打招呼。

「你好，蘇少爺。」宗老夫人淡淡地應了。

「老太太，今兒得麻煩您了，我要帶我表哥出去買些東西。您同意嗎？」

「去吧！」

辛情拉著蘇豫就走。

「小妹，這店是……」他沒看明白這是誰的店。好像是富老爹的，可是富老爹不像老闆。說是蘇朵的，可是蘇朵出門要和那老太太請假。說是那老夫人的，可是那老夫人卻是管帳的。

「這店啊？是我的。你奇怪那老太太是吧？」辛情笑著說道：「那老太太家大業大，把自己累出毛病了，所以回到老家養老，誰知道自個兒閒不住，就非得要給我管店，都在這兒好多天了，這老太太比我更像老闆呢！」

「妳開店？錢不夠花嗎？」蘇豫疑惑地問道。

辛情搖頭，「怎麼會不夠呢，那些錢夠我花一輩子了。這個店是開給富老爹和魚兒的，等我想走了就把店正式給他們，也讓他們有個安身之處。」

「妳要去哪？」

「不知道，現在覺得這兒還不錯，我也不知道自己哪天想走，到時候再說吧！」辛情歪頭看蘇豫，「蘇豫，我知道你有很多疑問，這樣吧，咱們找個地方，我都說給你聽吧！」

蘇豫點點頭。結果他們到了城外，找了一處水邊。

「從哪說呢……蘇豫，你覺得我和以前有什麼不一樣？」

「很多地方都不一樣，根本像是兩個人。」

辛情看看他，扔了個小石頭到水裡，「如果我告訴你，我跟蘇朵根本就是兩個人你信不信？」

蘇豫明顯地震了一下，「可是妳們的面容一模一樣。」

「你相信借屍還魂嗎？」

「妳的意思是？」蘇豫英挺的眉毛皺了皺。

「嗯，借屍還魂。你妹妹蘇朵在撞上柱子的時候就已經死了，我在我的世界裡面也死了，不過我的魂魄占用了你妹妹的身體，所以……明白了？」

蘇豫點頭，仍有些震驚。

「等我醒過來的時候，我還以為做夢呢，因為在我的世界裡，我親眼看見自己的屍體。我還是挺幸運的，老天爺對我也不錯，把我扔到這來。」辛情笑著說道，手裡拿著片葉子玩，「我慢慢知道了唐漠風要休了我，可是我對蘇朵的過去一無所知，我不想留在那兒，所以……就想方設法跑了。讓蘇家丟臉吧？真是對不起，可是，我沒有辦法把自己當成蘇朵活著，我是我自己，我得為我自己活著。」

「二哥很慶幸妳離開王府。」

「我也很慶幸啊，不過走之前我總算為你妹妹報了仇，也算謝謝她借我這個身體。」

「那麼，妳叫什麼？」蘇豫笑著問道。

「辛情。」

「難怪妳們完全不一樣。」蘇豫看向水面，不知道在想什麼，然後回頭看看辛情的額頭，「這個疤想留著？」

辛情摸了摸，「嗯，毀了你妹妹的容貌了，我猜她生前最看重這張臉吧？」

蘇豫點點頭，蘇朵這張臉比蘇棻還美。

「難怪呢，難怪唐漠風的小老婆千方百計要毀了這張臉！蘇豫，你知不知道唐漠風那個水側妃怎麼樣了？」辛情有點八婆。

「她出家了。」蘇豫說道：「她生了個女兒，唐漠風把孩子交給新王妃撫養，她被送去出家了。」

「這個男人心好狠哪！」她還以為水側妃得進冷宮呢。

「都是可憐的女人。」蘇豫無奈地說道。

辛情像看怪物一樣看他，半天不說話。

「怎麼了，小妹？」蘇豫揚揚眉毛。

「沒什麼，我以為你特高興呢，沒想到你居然可憐她。你真是個好男人，蘇豫。」辛情笑著說道。蘇豫搖搖頭。

「蘇豫，你以後別叫我小妹了，蘇朵可是死在宮裡了，要是有人發現她沒死，那可是大麻煩！以後你叫我的名字吧，你好，我叫辛情。」辛情伸出手握住蘇豫的手，「你叫蘇豫是吧？你好，你好！」

蘇豫但笑不語。

兩個人回城去買了新的床幔之類的東西，蘇豫拎著東西在後面跟著，看辛情又跑過去買了肉回來。

「借你的光吃點肉，魚兒這孩子可省了。」辛情笑著說道，晃晃悠悠地往回走。

吃飯的時候，辛情沒動筷子就先跟宗老太太說道：「老太太，看在我表哥剛來的分上，您就准我多吃兩塊肉吧！」

宗老太太皺眉，心不甘情不願地點了點頭。辛情就吃得極其放肆，差點嘴角流油了。

吃多了肉，豬油蒙了心，糊住了血管，再加上午後暖暖的小太陽，辛情便有些昏昏欲睡了。站在櫃檯邊看了會兒小魚兒，那小魚兒正發揚一貫風格裝死呢，盯著它看更睏。看看店裡，沒人。宗老太太按例回家午睡了，魚兒在廚房忙著，富老爹應該在劈柴，蘇豫出門去了。想了想，辛情找了張角落的桌子趴下來午睡。

正忽忽悠悠地夢著，渾身忽然一個激靈，雞皮疙瘩佈滿全身，辛情立刻詐屍一樣坐直了，原來是宗老太太午睡結束回來上下午班了。

「下午好啊，老太太。」辛情擦擦嘴角，她覺得自己離白領已經越來越遙遠了，再這麼下去，她有可能蛻變成家庭主婦。

「辛姑娘，行雲的事希望妳不要答應。」

「南宮的事？」辛情想了想，「為什麼不能答應？」

「這是為你們兩個好，行雲就算娶了妳，終究還是會休了妳娶婉芋。妳總不想自己這麼淒慘吧？」

「他真得必須休了我？」辛情為了確定又問一次。

「是的，就算他不願意，也一定會休了妳。」

「太好了！」辛情樂了，南宮啊南宮，原來你真得這麼好用啊，「老太太，我一定會嫁給他的，您放心好了，就算被休了我也嫁。」

「不行，我不同意。」不知道什麼時候進來的蘇豫說道。

「蘇豫，來來來，我們找個地方我跟你說。」辛情拉著蘇豫出了門，找了個安靜的茶樓雅間。

「辛情，他將來會休了妳，妳為何還要飛蛾撲火？妳……難道要和蘇朵一樣嗎？」蘇豫生氣，臉上也不暖了，跟罩了層冰似的。

「蘇豫，就因為他一定會休了我，我才一定要嫁給他。」辛情悠閒地喝了口茶。

「辛情，妳瘋了？」

「蘇豫，你知道皇帝前一段時間來水越城了嗎？」

蘇豫點點頭。

「那你知道皇帝見我了嗎？」辛情接著問道。

蘇豫皺眉，搖頭，「他見妳幹什麼？」

「幫他挑美人。」辛情頓了頓，「有件事我沒跟你說過，因為當時我覺得沒必要說，可是現在看來，我還是告訴你好了。蘇朵自盡那天，你知道發生什麼事了嗎？」

蘇豫搖頭，眼神陰鷙，「他對妳做什麼了？」

「沒做什麼，只不過……有一個三年之約。那個奚祁不知道發什麼瘋，說如果我三年之內沒嫁人，就得入宮為妃。我沒辦法不答應的，你知道吧？當時我以為他不過是隨口說說的，可是前幾天他來了水越城，他跟我說，我還有兩年的時間。」
「那也不能隨便找個人嫁了。」蘇豫的臉色緩和了些。
「就是這個隨便的人才不好找呢，我想來想去，還是找個兄弟一樣的人幫忙比較好，將來麻煩也少。」辛情說道：「我和南宮昨天晚上就說好了，我假裝給他做幾天的妾，然後等到我們各自有了新歡就分道揚鑣。」
「小妹……辛情，妳為什麼不找個好男人，踏踏實實過一輩子呢？」
「蘇豫，我一個下了堂的女人，臉上還有疤，哪個踏實的好男人會跟我過一輩子啊？」辛情笑著說道：「踏實的好男人要娶的是那種冰清玉潔的女人，可我不是。」
「我幫妳找！」
「不用了，又糟蹋個好男人，哈哈！」辛情笑著喝茶，「沒事，我一個人已經習慣了。」是啊，從孤兒院開始她就習慣了，什麼都是一個人面對。
「辛情，聽話！」
「蘇豫，我……跟這裡的人不一樣的，你所說的好男人真的不一定適合我，我做不到三從四德，做不到低聲下氣，做不到委曲求全，而好男人要娶的女人一定又必須是這個德性的，對不對？所以呀，我和好男人就不用互相糟蹋了，呵呵。對了，蘇豫，你媳婦兒是什麼樣的？」
「我沒成親。」
「沒成親？你都多大了？看起來也二十五六了吧？唉，你要不是蘇朵的哥哥就好了，我直接嫁你就沒事了。」辛情笑著說道，馬上補了一句：「說著玩的，你別生氣啊！」
蘇豫抬頭看她，沒說話。
辛情有點不好意思，自己沒拿人家當親人，在蘇豫心裡，這個軀殼可是他親妹子呢，玩笑開大了……

「算了，這件事我覺得妳還是考慮一下，畢竟還有兩年的時間。」蘇豫說道。

「我知道了。」

可是，給南宮行雲做小妾這件事還沒付諸行動，辛情就失蹤了。她上街買菜，然後就失蹤了。

肆之章　又入龍潭

辛情覺得渾身麻麻的，使勁睜開眼睛，試圖動一動身體，卻發現只有眼珠子能動，當下第一反應就是：天哪，真有點穴這回事啊！眼珠子做了個三百六十度旋轉，啥也看不見，沒辦法，她又不是土撥鼠，而且這東西似乎在移動，很平穩地移動。

既然動不了，她就把事情回想一遍，早上和富老爹一起出門，富老爹去買麵粉，她負責去買菜和肉，她買了兩棵白菜、兩條魚、三斤豬肉、一根大蔥、四兩香菜、六個蘿蔔，然後她氣喘吁吁地拎回去，在經過越女河的時候，她沒看清是什麼人從她面前閃過，她就——暈了。

心裡發毛，難道綁架她的根本就不是人，而是黑白無常？可是常識裡不是說黑白無常是黑夜出來的嗎？那不是黑白無常就是人，還是武功高強的人，可是也太高了吧？高到不用現形的地步？日本忍者？可是這裡不是倭國……

他母親的，哪個不開眼的王八蛋綁架她，綁架她有什麼用啊，威脅誰去呀，她一個無親無故、無牽無掛的下堂婦。難道是眼饞她店裡每天收入的幾個銅板？那還不如搶對面的藥店呢！

累死了，不想了，她現在活著，就證明一時半會兒死不了。那就等著吧，總會有個能喘氣的來跟她說話。這麼想著她就放心地給自己催眠，告訴自己正躺在水床上，睡吧睡吧，然後真睡著了。

這樣的日子過了好幾天，真的有喘氣的打開了這個「棺材」，但是根本不說話，也不給她飯吃，只是往她嘴裡塞一顆藥丸。她覺得這東西不錯，吃了之後不餓也不渴，連廁所都不用去。難道她……被打成植物了？天哪，神哪，果真如此的話就讓她去死吧！只有眼珠能動，活著還有啥意思啊？

忽然有一天，正睡得不知東南西北的辛情醒了，因為這個「棺材」顛簸了一下把她震醒了，忽然想起個笑話，據說在非洲某些地方，運送通信設備都是用牛車的，通信公司人員為了不讓設備損壞，就把小的精密儀器死死地抱在懷裡。呵呵，她現在難道也在牛車上？還好還好她不是精密儀器，也不用被人抱在懷裡。

「棺材」顛簸了那一下之後就又平穩了，但是身下傳來的「吱吱」聲清楚明白地告訴她：現在是在陸地上。

就在辛情已經快要退化成土撥鼠的時候，她聽到了聲音。

「主人，江南採購的絲綢到了。」一個恭謹的聲音說道。

絲綢？辛情？這是按什麼比例換算的？把她辛情換算成了絲綢？

他母親的，你們搬錯箱子了！

辛情在心裡瘋狂吶喊。

「好，統統有賞。」一個聲音在辛情的「棺材」邊說道，辛情覺得那聲音很熟悉。

接著又感覺到「棺材」被抬起來了，辛情欲哭無淚。天哪，如果這批絲綢八百年不用，她是不是就變成古屍了，還是歷史上死得最清楚明白的古屍，把活人變成古屍還要分幾步。

想到這不由得把那綁架她的人狠狠凌遲了好幾遍，就那智商還當綁匪，豬都比他們厲害。

「棺材」又被放下了，周圍靜悄悄的像墳墓一樣。

好像有人在開棺。命還不錯，這麼快絲綢就用上了。

忽然的光亮讓辛情的眼睛一陣刺痛，眼淚不受控制地流了下來。她趕緊閉上眼睛，著急見光連常識都忘了。

「委屈？」有個人在她身上某個地方戳了一下，然後辛情覺得自己的肌肉解放了。

「委屈個屁！」辛情動了動手，果然可以動了。擦擦眼淚，瞇了又瞇，眼前模模糊糊出現張男人的臉。

「你指使人綁架我？」辛情瞇著眼，不敢睜開。

「是請妳。」那聲音帶著笑意。

「你們家的禮儀真特別啊，我是死人嗎，用棺材請……」辛情看著模模糊糊的人臉，「你的聲音很熟，你是誰？這是哪兒？」

「不是棺材，是箱子。」男人解釋道。

「本質上都一樣，不信你躺躺試試！」辛情邊說邊想這個聲音，「……棕紅斗篷！你是棕紅斗篷！」

「棕紅斗篷？妳這麼稱呼我？看來妳對我印象深刻。」

「沒錯，我一向對兩種人印象深刻，一種讓我開心的，一種讓我鬧心的。」

「我是讓妳鬧心的。」男人把她放在床上，「一會兒讓大夫來看看妳的眼睛。」

「這是你的臥室？」辛情模模糊糊地能知道屋子裡沉暗的色彩，心裡陰暗的傢伙。

「沒錯，妳是第一個躺在我床上的女人。」

「開玩笑吧？聽聲音就知道你老得可以了，別告訴我你純情得沒碰過女人。還是你……是特殊男人？」辛情腦中想著那個棕紅斗篷的臉，一看就是久經情場的人，還說什麼第一個躺他床上的女人。

「特殊男人？」男人重複一遍。

「沒有男根的男人，亦稱宦官，俗稱太監。」

「妳想看看嗎？」男人離她近了，臉模模糊糊就在眼前。

「有什麼好看的，不都一樣嗎？」辛情平靜地說道：「要調情的話，換些詞兒吧，我又不是沒見過男人。」

「妳果然不一樣，難怪南朝皇帝對妳感興趣。」那男人饒有興趣地說道。

「你說奚祁？還好，見過兩回。」辛情含糊說道。皇帝見女人，尤其是他感興趣的女人，一般都是床上見。

「如果他知道妳在我手裡會是什麼樣？」

「雞飛了還有鴨子，鴨子死了還有鵝，就算飛禽都死絕了還有走獸。」

「妳的說法很獨特，不過，我會把妳當鳳凰養的。」

「哦，原來你是農場主人。初次見面，我叫辛情，請問貴姓？」

「拓跋元衡。」

「姓拓跋？你是剛才他們稱呼的『主人』？」辛情乾脆閉上眼睛。藥勁沒過，渾身用不上力。

「真聰明！」拓跋元衡誇讚。

「嗯，奚祁也這樣說過我。」辛情陳述事實。

「以後妳聽不到他這樣說了。」拓跋元衡的口氣有點陰冷。

「是啊，聰明的人也不會被綁架了都不知道對方是誰，他以後不會說我聰明了。」辛情嘲諷地說道。

「我的意思是——以後妳見不到奚祁了。」

「不見就不見，也不是我什麼人。」辛情又問道：「你請我來直接說一聲就行了，為什麼把我當死人運進來？還是說我是見不得光？」

「不是見不得，是現在見不得。」

「哦！」辛情哦了聲，「你綁我來為什麼？」

「因為本王對妳感興趣。」拓跋元衡說得很直接。

「我對你不感興趣。」辛情也答得很直接。

「奚祁呢？」

「不感興趣。」辛情說：「我對那些把女人當動物養的男人都不感興趣。」

「慢慢妳會有興趣，也許還會離不開本王。」

「我離不開你的時候只有一種可能，就是我死了，沒法動了。」男人為什麼都這麼自大？

「不會的，本王不會讓妳死的。」拓跋元衡肯定地說道。

「謝謝。我要好好睡一覺，沒事別打擾我，我睡不好的話脾氣很大。」自己摸索著拽過被蓋好，睡覺，「哦，還有，出去的時候幫我把門關好，謝謝。」辛情把被子蒙腦袋上睡覺。

「妳不怕本王對妳怎麼樣？」

「跟你說過了，我又不是沒見過男人，有什麼好怕的，不就那麼回事嗎？」

拓跋元衡笑了，推門出去。

辛情呼呼大睡。心情一放鬆，睡了二十多個小時，醒了的時候，眼皮都快融成一片了。

「魚兒，我又起晚了，不好意思啊！」辛情邊說著邊迷迷糊糊地坐起來，像往常一樣用腳丫子在地上找鞋，然後伸懶腰，打哈欠，「魚兒，明天妳弄點水叫我起床吧，我就不用洗臉了……」打開門，門外四個小丫鬟正端著水盆，拿著巾帕之類的站著。

看了看，自己接過水盆轉身進屋，卻見拓跋元衡正坐在床對面的椅子上似笑非笑。

「當王爺都這麼閒啊？」辛情把水放好，自己隨便洗了洗臉，擦乾淨，把頭髮簡單攏了攏，綁成一束，動作一氣呵成。

「奴婢服侍小姐更衣。」兩個丫鬟捧著簇新的華服。

「不用了，苦日子過慣了，穿不習慣好衣服。如果你們府裡有粗布衣服，可以給我兩件。」辛情擺擺手，「如果有吃的東西，給我點粥就行了。」

馬上就有丫鬟端了豐富的早餐來了。辛情看看，跟靳王府的級別是一樣的，只不過比起靳王府的似乎不夠精緻。她從來不跟吃的東西作對，所以自由自在開始吃。這一年來她已經習慣右手筷子、左手饅頭的早餐模式了，但是這裡沒有饅頭，都是小小的糕點，只好將就一下了。

吃完了，對那丫鬟說道：「明天讓他們把那個東西做大一點，能換成饅頭最好。」

那丫鬟忙答應了，辛情這才看拓跋元衡，「當王爺的不是得上朝嗎？」

「不用天天上朝。」拓跋元衡說道。

看看，級別高的人就是不一樣，哪像她們這些小工蟻，一天不幹活就得餓肚子，難怪大家都樂意當官呢。

「沒什麼想說的？」拓跋元衡問道。

「基本上沒有，我不習慣和陌生人滔滔不絕。」

「那——我們怎樣才能算是熟人呢？」拓跋元衡的口氣有些輕佻。

辛情看他一眼，「兩種方式，一種是天長日久，一種是春風一度。我跟你，天長日久不太可能。」

拓跋元衡瞇了瞇眼，「何以見得？」

「就算你有興趣，我也沒有和你天長日久的興趣。」辛情說道：「所以，我可以在你身邊待幾年，然後分道揚鑣。」

「妳真是隨便！」拓跋元衡笑著說道。

「這句話也適用於你，或者說，你更隨便？」辛情也笑著說道。

「妳也曾經和奚祁這樣談過條件？」

「現在是我和你在談，與他無關。」

「本王考慮一下。」

「好。你最好快一點，我沒什麼耐心。」

拓跋元衡看著她，還是似笑非笑的表情。

然後拓跋元衡不見人影，辛情出門逛了逛，發現這不過是個小小的三進庭院，丫鬟、家丁加起來也沒多少。如果逃的話應該還可以逃得出去，但是辛情不打算逃跑。她身無分文，銀票都在店裡，出去只有餓死的份兒。而且，就算她出得了這個院子也逃不了多遠，首先她的身體沒有完全恢復，其次，這是北地，她的身形和樣貌太南國化，找她太容易了。

最關鍵的是，這個拓跋元衡和奚祁是同一種人，他們想要的東西一定要得到，即使得不到也要毀掉，所以她簡單考慮之後，決定就在這兒等著。

剛開始幾天沒有活幹，辛情覺得很舒服，可是過了沒幾天她就覺得手癢腳癢，老想拿抹布擦桌子。這麼想了，她就這麼幹了，每天吃過早飯就仔仔細細地把桌子、椅子都擦一遍。每次擦完都感慨自己果然就是個幹活的苦命，連福都不會享。而且最讓她鬱悶的事情是，她居然不喜歡穿綾羅綢緞了，她穿著最舒服的就是粗布衣裳，看來她還真是工蟻命。

掐指頭算算，好像過了一個多月沒見到拓跋元衡了。

這天，擦過桌子，辛情正挽著袖子坐在院子裡洗衣服，棉布吸了水變得重了，而且粗一點的搓起來手也不舒服，她想了想，決定採用懶男人洗衣服的招數，脫了鞋，把裙角繫起來，光著腳丫子跳進木盆裡，呱唧呱唧地踩。雖然水有點涼，但踩一會兒就習慣了。

她邊踩邊哼著自己最喜歡的歌，梁靜茹的《暖暖》。第一次聽到這首歌的時候她哭了，然後紅著眼睛播了一個晚上，自己就趴在小客廳的地板上邊聽邊哭。

「……啦啦啦啦啦……分享熱湯，我們兩支湯匙一個碗，左心房暖暖的好飽滿，我想說其實你很好，你自己卻不知道，真心的對我好，不要求回報。愛一個人希望他過更好，打從心裡暖暖的，你比自己更重要……」

辛情邊唱著邊按著節奏踩水，水被踩出去不少，周圍地上濕了一圈。

「噠噠噠噠……嗒嗒嗒……」間奏。

「唱得不錯。」身後有聲音傳來，不是拓跋元衡，辛情轉過身，「謝謝。」那個人比拓跋元衡年輕，身量和拓跋元衡倒是差不多，臉看起來倒是沒有拓跋元衡那麼陰寒。

「妳是那個江南女子？」年輕人的眼睛看著木盆。

「是！」

「妳怎麼不問問我是誰？」年輕人的目光移到辛情臉上。

「我對別人的姓名不感興趣。」辛情說道，實話。

「有趣。」年輕人臉上微帶笑意，「我是拓跋元弘。」

「你好。」辛情禮貌地打招呼，畢竟這個看起來沒有拓跋元衡那樣有威脅性。

「看來妳過得不錯。」雖然她穿著粗布衣服，挽著袖子，光著腳，渾身上下沒有一點裝飾，但是看起來很高興，還有心情唱歌。

辛情聽到他這麼說，心裡輕輕震了一下，第二個說她過得好的男人……

「還好，有吃有喝有人伺候。」可是沒有自由，她想念魚兒他們了。

「心態不錯。」拓跋元弘移動腳步，走到樹下的石椅上坐了，「但願妳以後也能有這種好心情。」

「你什麼意思？」但願？

「沒什麼，以後妳就知道了。」拓跋元弘若有所思地看了看她，「聽說江南女子規矩多，妳怎麼……」怎麼這麼大膽地露手露腳？

「規矩多的是有錢人家，我們這種窮人家的孩子哪有那個閒心講究。」

「不像。」拓跋元弘肯定地說道。

「這都被你看出來了。我家裡以前很有錢的，可是家道中落，就沒有資格講究了。」辛情說道：「您不是來找我聊天的吧？」

拓跋元弘笑了，「不是，城裡有些悶，來散散心。」聽說他三哥在這兒藏了個女子，他想看看能讓他三哥大費周章弄回來的女子是什麼樣的。

「那您接著散吧，不打擾了。」辛情穿上鞋，把衣服擰了擰端走了。

又過了二十幾天，坐在桌邊左手饅頭、右手筷子的辛情，被闖進來的人嚇了一跳。有男有女的一堆人都恭敬地低頭站著。她也不說話，儘量保持平靜的心情把那個饅頭吃掉。等她吃完了，有一個人才站出來說道：「奴才等奉旨奉迎娘娘入宮。」

「娘娘？說我？」辛情問道。

「正是娘娘。」那人說道。

娘娘？誰的娘娘啊？辛情想問，但想了想還是算了，不管是誰的娘娘，她還能反抗怎麼著？先去看看好了。

「哦，走吧！」辛情起身。

那些人忙讓出路來，其中一個在前面帶路，其餘的都沒有聲響地跟在後面。上了華麗的轎子——果真是八人抬的。轎簾上也是描龍繡鳳的，華麗麗的感覺。

辛情坐在轎子裡想答案。皇帝？皇帝是誰？突然抽什麼瘋讓她當娘娘？她對當娘娘不感興趣，倒是對當人家的娘感興趣。

她在這個人生地不熟的鬼地方只認識兩個人，而且連點頭之交的那種認識都算不上——拓跋元衡和拓跋元弘。難道拓跋元衡把她獻給自己老爹了？有可能，這個人看起來陰險得很，這種事情肯定幹得出來。如果真是這樣，等她成了他後媽，一定讓他老子閹了他。

還有一種可能，就是換屆選舉之後，拓跋元衡當上新一屆皇帝了，所以讓她當小老婆，這也說的通。如果是這樣的話，怎麼辦？

呃……到時候再說好了！

不知不覺，轎子落了地，有人掀開轎簾，嘴裡還說著：「請娘娘下轎。」然後一隻白白的手伸過來欲扶她，辛情閃了開，自己邁出轎子，四周環顧一下，森嚴，跟奚祁家一個氣氛——墳墓一樣的寂靜，靈堂一樣的莊重。

「皇上有旨，請娘娘先行沐浴更衣。」宮女說道：「請娘娘隨奴婢來。」

沐浴？然後上蒸籠？據妖怪們說，唐僧就是這樣被吃掉的。

隨宮女上了臺階，走上高臺之上的那座名為鳳凰殿的宮殿，牌匾看起來很新。

跳進大木桶裡，辛情閉著眼睛泡著。這樣泡完了就得上皇帝的床了吧？聽說古代後妃和皇帝上床之前都要仔仔細細地洗個澡，她一直想問的是：皇帝用不用洗？

水慢慢地涼了些，辛情出浴，仍舊穿自己的粗布衣服，頭髮散著讓它慢慢乾。然後四處逛逛看看這個寢宮，這個寢宮雖然也富麗堂皇，但是與奚祁家相比稍顯粗糙，不過倒是比奚祁家更有氣概，奚祁家更像是精心打扮的女子。

辛情看了看地上鋪的長毛地毯，不忍心踩，她的小客廳裡也有一塊鋪在地上，她通常都側躺在上面看電視，或者趴在上面玩電腦，從來沒捨得穿鞋踩幾腳。這個地毯看起來比她那個好多了，想了想，她脫了鞋，光著腳走來走去。

真是舒服！躺一下試試，再趴一下。臉上癢癢的，真是舒服啊，好東西就是不一樣！閉上眼睛，好好享受享受。

滿屋子的宮女太監見她這個樣子，都有點不知所措，還好，皇帝來了。

拓跋元衡進了殿就見地上趴了個人。

「妳接駕的方式很特別。」拓跋元衡看著仍舊趴著的女人，揮了揮手，所有的宮女太監都靜靜地退出去了。

辛情睜開眼睛就看見一雙黑色的靴子，「喂，換鞋，我的地毯啊……」然後抬頭往上看，拍拍手站起來，「您是皇帝了？」

「對。」拓跋元衡沒計較她沒有行禮，本來也沒指望。

「哦，那我是您哪個級別的女人呀？」辛情的口氣平淡得很。

「除了皇后，妳自己挑。」

「看來您沒考慮我說的條件。」辛情又自顧自地在地毯上坐下來，然後抬頭看拓跋元衡，「您不坐啊？」

拓跋元衡挨著她坐下，挑起她一綹頭髮聞了聞，「好香。」

辛情沒什麼反應，「剛洗完當然香了。」然後看拓跋元衡，「我還有選擇的餘地嗎？」

拓跋元衡搖頭。

沒有？那就是說她一定得當他的小老婆了，既然如此當然得選個級別高的，免得被人吃得骨頭都不剩。

「既然沒有，那我就當除了皇后之外級別最高的那個好了。」辛情說話的口氣像是買水果時人家介紹一堆之後她隨便挑了一個一樣。

「好！」拓跋元衡說道：「右昭儀！」

右昭儀？聽起來好沒氣勢，她以為全天下的後宮除了皇后之外最大的都是貴妃呢，而且既然當了一把妃子，她也想當當貴妃，就像楊貴妃那樣的多好，禍害天下。

「右昭儀？」辛情想了想，還是說了，「我想當貴妃，聽起來比較有氣勢。」

拓跋元衡抬頭看看她，「過段日子吧。」

「好！那——您什麼時候需要我陪您上床啊？」辛情一點也沒有不好意思，一個有權勢的男人這麼痛快答應一個女人的條件，那就代表對她的身體有興趣。

「今晚。」拓跋元衡小聲在她耳邊說道。

「好！」辛情點頭。

這個拓跋元衡和奚祁還是有些不一樣的，奚祁喜歡玩貓捉老鼠的遊戲，把老鼠先放出去，然後在旁邊看著，時不時嚇唬老鼠一下，然後再看，等老鼠著急地開始反抗的時候他再把老鼠吃掉。拓跋元衡很直接，抓到的老鼠就要吃掉，他比奚祁少了耐心。

「朕希望妳晚上可以不穿這套衣服。」拓跋元衡仍舊很小聲，聲音裡充滿了挑逗。

「好，沒問題。」辛情答道。

隨遇而安是她的生活方式，既然拓跋元衡不給她選擇，她就給自己選個不好中的最好吧。她現在要做的是趁拓跋元衡還有興致的時候給自己建個保護罩——地位，然後再慢慢想辦法讓拓跋元衡放了她。最好是皆大歡喜，她對流血犧牲一點也不感興趣。

「等著朕。」拓跋元衡起身，順便在她脖子上親了一下，然後才往外走。

辛情迅速用袖子擦了擦，冷笑。

吃過晚飯，辛情還是光著腳在宮裡走來走去，太監宮女們也都脫了鞋子在宮裡侍奉。辛情讓他們都出去，然後脫光衣服，在櫃子裡拿塊紅色薄紗披在身上，頭髮從一側順下來，側躺在地毯上。

不穿那套衣服，她就不穿衣服。她本來就不是什麼貞節烈婦，對她來說，只要沒有心，跟哪個男人上床都沒什麼區別。這個身體以前是蘇朵的，屬於過唐漠風，以後這個身體是她辛情的，屬於她自己。

想找一個可以兩個湯匙共喝一碗熱湯的人，找一個可以讓她感覺溫暖的人，可是沒找到，在她二十六年的生命裡，沒有找到。在她二十六年的生命裡一直是孤孤單單的。

孤孤單單的。

在這裡她溫暖了一年，暖得都要化了，然後又是冬天來了。

拓跋元衡進得殿來，四周高高的燭臺都亮著，地毯上側臥著纏繞著紅色薄紗的辛情，在純白色的地毯上極具誘惑。拓跋元衡走到她身邊，沒動，原來是睡著了。彎腰抱起她，江南女人果然輕盈。她睜開眼睛，半睡半醒。

「您來晚了。」她說道，一點也沒有不好意思。

「嗯，有事要處理，等急了？」拓跋元衡口氣輕佻。

「是啊，等急了。再不來我就睡了。」辛情雙手環上他的脖子，故作嫵媚。

「孤枕難眠，愛妃。」拓跋元衡把她放到床上，自己也不脫衣服，只是把她抱在懷裡，「這傷如何弄的？」

「撞的，家裡窮沒錢治，撒了些灰就這樣兒了。」辛情慢慢地為他解衣服，既然躲不了，那就讓事情以最快的速度過去。

「著急了？」拓跋元衡笑著問道，隔著她身上的薄紗親吻她的肩頭。

辛情看他一眼，扯扯嘴角，接著又繼續幫他解衣服，露出他厚實的胸膛。辛情邊斜眼看他，邊用一根手指劃過他的胸前，然後如願地看到拓跋元衡眼中升騰起來的情慾，辛情對著他笑。

「妳真是個妖精，愛妃。」拓跋元衡抓住她的手，在她耳邊說道。

「過獎。」辛情笑著看拓跋元衡，心中冷笑。男人，果然是用下半身思考的動物。

「沒誠意。」拓跋元衡勾起她的下巴。

「那這樣如何，皇上？」辛情翻身將他壓在身下，輕啃他的肩膀，任拓跋元衡的手在她身上撫摩。

她身體輕顫，與情慾無關，實在是因為不習慣別人碰她，她連乘地鐵都跑到最前面的車廂，那裡人少，不會與人有身體接觸。

只是拓跋元衡似乎誤會了，他以為她的輕顫是因為他的愛撫。

室內彌漫著無限春光。

……

辛情側頭看身邊赤裸的男人，他的手臂橫在她胸前，手搭在她的肩頭。這個男人睡著的時候都這麼陰，看來和奚祁一樣都有當昏君的潛質。他也算相貌堂堂，可惜比起蘇朵的前老公還是差了很遠，那一個花樣美男啊！

辛情轉過頭，看著床頂。皇帝，她跟一個皇帝上床了。輕扯嘴角，冷笑。忽然被翻過去和拓跋元衡相對。

「想什麼，愛妃？」拓跋元衡的手又開始不安分起來，辛情隨他去了。

在充滿情慾氣氛的宮殿裡，辛情睡著了，夢裡面是那個小小的店……

辛情醒來的時候腦袋有點木，眨眨眼睛，動動腦袋，想起來了，然後冷笑。坐起身，讓宮女拿了她的粗布衣服穿上，然後洗臉、梳頭、吃飯，然後……不知道幹什麼了。

辛情趴在地毯上打了幾個滾，接著若無其事地站起來，出了殿門，大大地伸了個懶腰。抬頭看太陽，為什麼太陽那麼大，她卻感覺不到溫暖呢？

前方呼呼啦啦又來了一批人，手裡捧著各式東西。他們走到近前時一字排開，最前面的三個人站定，看向辛情，辛情也看他們，這架勢——

「請娘娘跪接聖旨。」一手裡捧著一卷黃絹似乎是聖旨的那種東西的人說話，聽他說話並不是太監。

跪接……辛情在考慮要不要讓膝蓋和石頭親密接觸一下，身後有個太監走到她身邊，小聲說道：

「娘娘，請跪接聖旨。」

辛情看他一眼，點點頭，直著跪下了，然後仍舊看那手捧聖旨的人，那人似乎也很驚訝，但是馬上就控制了表情。他打開黃絹，滔滔不絕念了一大堆，辛情聽完了這一大段文言文，滿腦袋的亂碼，念書的時候文言文就沒學好，一考試就扣分，這倒好了，這都說的什麼亂七八糟的，這要是考聽寫她都寫不全，不過還好，關鍵的那幾句她聽懂了：「朕……爾妃獨孤氏，……以冊寶封爾為右昭儀……敬哉。」

「請昭儀娘娘領旨謝恩。」那人說道。

領旨謝恩該說什麼文詞兒？反正那麼一大堆她是說不出來的，怎麼辦，總不能丟人吧？

「娘娘只說謝皇上恩典就可以了。」那個太監又小聲提醒道。辛情感激地看了他一眼，然後對著那宣旨的人說道：「謝皇上恩典。」然後自己站了起來。那宣旨的人又愣了一下，接著說道：「請娘娘跪接寶冊、印璽。」

辛情聽到「印璽」兩個字，頭腦立刻被一噸黃金填滿了，金子……閃閃發光的金子！這回不須太監提醒，她爽快地跪下了。

宣旨的人側頭看了看旁邊兩位分別捧著鮮卑文聖旨和印璽的同僚又一次愣了，然後三人達成共識，走上台殿將冊文和印璽交給這位新冊封的昭儀。

辛情拿到印璽，直覺說了句「謝謝」，那三人又一愣，還是宣旨的人反應快，馬上說道：「娘娘多禮。」然後恭敬地倒退著下了台殿。看看已經自動自覺站起來的辛情，三個人再拜離去。後面那一排太監捧著各式的彝器和服飾走上台殿又給辛情行跪禮。

「娘娘，按例，您該換禮服去太華殿和顯陽殿向皇上、太后及皇后娘娘行禮謝恩。」那個太監說道。

辛情拿著那顆金印，還挺重的，賣了的話應該值不少錢。

「你叫什麼？」辛情把兩卷黃絹交給那個太監。

「老奴馮保。」那太監說道。

「哦，知道了。」辛情拿著那麼大塊金子進了殿，任由宮女們七手八腳地為她更衣、梳頭，自己拿著那顆金印想事情。獨孤氏？拓跋元衡把她的姓氏都給改了，為什麼呀？對她的興趣大到這種程度？

「娘娘，可以起身了。」宮女說道。

「哦，走吧！」辛情沒心情看鏡子裡的自己，站起身這才發現，頭上是多麼沉重，衣服是多麼拖沓。低頭看看，禮服是黑色的，繡著金色的鳳凰。她猜那鳳凰是金線繡的，真是華麗。

她知道皇宮中的禮儀多如牛毛，只是沒想到會這麼繁雜。比如她以為帶著馮保去向拓跋元衡磕個頭，謝謝他給她那麼大塊金子就行了，可是出了鳳凰殿的殿門才發現她錯了。

殿外已鋪了紅毯，兩排宮女太監低頭站在紅毯兩邊，手裡捧著各種各樣的她認識或不認識的東西，其中也包括她一直認為是大陽傘而學名叫做華蓋的那種東西。看看這種架勢，辛情深吸了口氣，端了端肩膀，看看馮保，「走吧！」

走在去太華殿的路上，她留意了一下周圍的環境，都是那種像是寺廟的巨型建築，每座建築前都有森嚴的守衛，個個安靜得像死人，即使是走動著的人也像鬼飄著一樣。看到她經過，這些人都側身到路兩邊跪下等她過去。她很同情他們的膝蓋。

到了太華殿前，登上高高的臺階，有穿著戲服一樣的太監跪地向她請安，請她進去。進得殿來，她迅速掃描了一遍，金光閃閃的九龍寶座，巨大的黑木桌子，比她的單人床都大。無數的朱紅色柱子和明黃色的幔帳，以及一堆正冒著香煙的銅爐。除了這些死物之外還有一堆喘氣的人。安靜，很安靜。拓跋元衡不在，辛情端著肩膀站著，忽然覺得自己也像個死人。

直到辛情快站得腰間盤突出才有聲音從後面門口處傳來。

「愛妃久等了！」是拓跋元衡。

「應該的。」辛情慢慢轉身，怕把頭上的金子和珠子甩掉了，「我來謝恩。」

「愛妃以後該自稱臣妾。」拓跋元衡笑著說道，已邁步來到她面前，眼睛裡是毫不掩飾的驚豔。

「是，臣妾來謝皇上恩典。」辛情慢慢地跪下，免得把膝蓋磕青了。

拓跋元衡伸手扶了她起來，「朕准愛妃以後免跪。」

「謝皇上！」辛情抬頭和拓跋元衡對視，「臣妾還要去給太后和皇后娘娘謝恩。」

「太后鳳體不適，皇后在太后宮中伺候，愛妃今日不必去，改日再說吧！」拓跋元衡拉著她的手往裡走。轉過那些明黃的大幔帳別有洞天，又是偏殿，看起來應當是皇帝獨宿的宿舍。

辛情想笑，鳳體不適？皇帝的媽是飛禽，皇帝的爹是龍，屬獸類，所以才生出皇帝這種「禽獸」。

正想著，下巴被抬了起來，眼睛對上拓跋元衡的。

「一顧傾人城，再顧傾人國，愛妃稍事打扮竟是這樣傾國傾城。」拓跋元衡眼睛微微瞇著，似乎還帶著笑意。

「您過獎了！」蘇朵這張臉當真是美得跟畫兒一樣，不過她現在只後悔當初沒毀得徹底點兒。

「太后鳳體不適，所以愛妃的冊妃大典要改在幾日之後，愛妃意下如何？」拓跋元衡拉著她在桌邊坐下。

「沒關係，既然太后鳳體不適，這典禮省了也無所謂。」大典？還是算了吧，沒興趣。

「愛妃真是善解人意，不過右昭儀是眾妃之首，這大典是萬萬不能省的，愛妃只需稍候幾日便可。」拓跋元衡靠近辛情的耳邊，小聲而曖昧地說道：「不過，愛妃的委屈，朕會換種方法補償的。」

「那麼，臣妾就謝皇上了。」辛情笑著說道。

有太監來報說太后請皇上共進午膳，拓跋元衡這才同辛情一起出來。剛走下太華殿的臺階便碰上了一個人，是拓跋元弘，他的眼神裡有一絲驚訝，不過馬上就回復正常。

「臣弟參見皇上。」他行禮恭敬地說道。

「八弟不必行這套虛禮！」拓跋元衡笑著轉頭對辛情說道：「愛妃先回鳳凰殿吧！」
「是，臣妾知道了。」等他們二人一齊走了，辛情才轉身往回走。
「馮保，剛才的是……」拓跋元衡的弟弟，應該是個王爺吧？
「回娘娘，那是寧王殿下，先皇在時封衛王，咱們皇上登基改封的寧王。」
辛情點頭。
那天晚上拓跋元衡宿在鳳凰殿。
拓跋元衡所說的稍等幾日似乎長了些，辛情不著急也沒興趣，不過拓跋元衡的臉倒是一天比一天難看。辛情也不過問，每日扯出制式的笑容陪著拓跋元衡在鳳凰殿笙歌達旦，過著日夜顛倒、花天酒地的生活，辛情覺得自己像個坐檯小姐。所以白天拓跋元衡不在的時候，她便換上自己那兩套粗布衣裳，只有這時候她才覺得自己還像個好女人。有幾次被拓跋元衡看見，他沒說什麼。
二十幾天之後的一個晚上，拓跋元衡正一邊攬著辛情的肩一邊喝酒看歌舞表演，一個小太監走過來在他耳邊說了什麼，拓跋元衡將手裡的翡翠杯在地上摔了個粉碎，然後陰著臉說道：「這後宮到底還是朕的。」
「皇上好大氣性，嚇壞臣妾了。」辛情靠在他懷裡，一手輕撫他的胸口，一邊假笑。
「後日朕便為愛妃行冊封大典。」拓跋元衡的臉上仍然陰陰的，辛情有些害怕。
第二天便有許多太監來來回回穿梭於鳳凰殿，辛情也沒閒著，被馮保教導各種禮儀。那冊封文書和璽印又被拿走，馮保說是要等明日重新還給她。那天晚上拓跋元衡沒來。
到了典禮那日，又有人來宣讀了一遍「亂碼」，重新把那金子還給她。不一樣的地方是去太華殿謝恩的時候，除了拓跋元衡在，還有許多大臣，只不過沒有大臣抬頭就是了。然後又去慈壽殿和顯陽殿分別向皇太后和皇后謝恩。

辛情看皇太后一點都不像「身體不適」的樣子，看著她的眼神是冰冷而蔑視。皇后面貌端莊，氣質沉穩，辛情沒看出她有什麼表情。剛回到鳳凰殿，又有一群花枝招展的女人們來向她磕頭，這讓辛情心裡平衡了一點兒，跪了好幾次古代人，終於也有人給她跪了。在那一群人中，辛情看到了一雙幽怨的美目，微微一笑記在了心裡。

冊封大典過去之後，拓跋元衡對她的寵愛有增無減。不僅擴建鳳凰殿，還成立了裁霞院，專門為她做衣服，當第一件紫色繡牡丹的衣服送來的時候，辛情笑了。這衣服看起來華麗無比，卻是棉布做的。辛情穿上了，拓跋元衡來時直誇漂亮。

「天下女人無不愛綾羅綢緞，愛妃卻獨愛布衣，不過——」拓跋元衡拉她入懷，「愛妃穿這布衣也不減風姿。」

裁霞院做了各式各樣的衣服送來，辛情一一穿過，獨獨不穿紅色，因為蘇朵穿上紅色實在太妖豔了。

辛情冷眼看著，鳳凰殿的宮女太監們都是洋洋得意的樣子，對她逢迎有加，生怕有一點伺候不周，惹拓跋元衡不高興。

春天的時候拓跋元衡帶著他的女人和臣子們出城踏青，辛情被攬在拓跋元衡懷裡，接受女人們刀光劍影的洗禮，她微笑以對。

錦帳圍起的風景裡，拓跋元衡和妃子們飲酒作樂，妃子們當然不能放過表現的機會。有翩翩起舞的，有引吭高歌的，也有吟詩作賦的，辛情坐在拓跋元衡身邊微笑看著。

「愛妃覺得如何？」拓跋元衡笑著問。

「開眼界，長見識，皇上真是有福氣，眾位不僅貌美如花，而且多才多藝，臣妾可要恭喜皇上了。」

「既然愛妃說好，通通有賞。」拓跋元衡在辛情耳邊小聲問道：「愛妃說的是心裡話？」

「當然，臣妾可不敢欺瞞皇上。」辛情笑著小聲說道。

眾妃子見他們二人「親密」耳語，雖然差點咬碎銀牙，臉上卻笑得如花盛開。

「右昭儀娘娘如此誇獎，真是讓姊妹們不好意思。雕蟲小技不過博皇上娘娘一笑，要說多才多藝，臣妾們怕是連娘娘一根手指也比不上呢！」一位妃子不冷不熱地說道。

「是啊，右昭儀娘娘獨得皇上疼寵，必是我們這班姊妹遠不及娘娘，可今日既是出來玩兒，請娘娘賞我們個薄面，也讓我們開開眼界！」一個俏麗的女子說道，雖然不十分美貌，卻有小家碧玉的嬌俏。

這兩個人既開了頭，女人們當然跟著鬧下去了，甚至還有兩個膽大的跑到拓跋元衡身邊，伏在他的肩頭撒嬌，辛情藉機讓出拓跋元衡的胸膛。

「諸位愛妃今日就饒了右昭儀吧，她平日懶散慣了，就算要表演，也得給她些時日溫習一下才好！」拓跋元衡笑著說道。

「皇上，您就是偏心，單單怕右昭儀娘娘累著，您就不怕我們累著呢。」俏麗女子嘟著嘴說道。

「朕當然也心疼愛妃妳了！」拓跋元衡摸摸她的下巴，「既然愛妃妳累了，朕今晚便去為愛妃紓解疲勞如何？」

俏麗女子水眸轉動，「謝皇上心疼，那臣妾就恭候聖駕了。」嫵媚地看了拓跋元衡一眼，扭著楊柳小蠻腰回到座位上了。

拓跋元衡悄悄捏了捏辛情的腰，辛情笑了。不錯，她今天晚上可以好好睡個覺了。

回宮的時候，拓跋元衡讓辛情與他共乘御輦，辛情拒絕了，她就算是個傻子也知道這樣做的後果，即使現在沒人敢找她麻煩，等她失寵了，難保皇帝不拿這個秋後算帳。她不想得這種狗屁寵愛，更不想給自己找麻煩。

進了宮門已是太陽西下了，只在天邊留下一抹紅暈。拓跋元衡去給那杜美人「紓解疲勞」了，辛情一個人安靜地用晚膳，她現在的食量又回到原來的水準，江南那一年裡用麵條養起來的肉都被燕窩魚翅鮑魚溶解了。

吃完了，兩個宮女過來服侍她漱了口。

「娘娘今日出門怕是累了，不如早些歇了。」馮保說道。

辛情點點頭，她也是這麼打算的。但躺在寬大柔軟的床上卻睡不著，索性起身，隨便拿了件衣服披了往殿門外走，打算到鳳凰殿後的花園走一走。

「夜深天涼，娘娘還是不要出去的好！」馮保忙說道，今日皇上沒來這，右昭儀要是出了點問題他可擔待不起。

「我熱！」辛情說道：「給我拿件厚衣服便好！」早有宮女拿了衣服來等著了。

鳳凰殿擴建之後，不僅添了好幾處亭台，還新挖了一處不小的水塘，裡面放了各種彩色的石頭，看起來非常絢爛。池塘邊上除堆疊了一座假山，還散落著放著幾塊光滑的大青石。

雖已夜深，鳳凰殿各處還是燈火通明，辛情隨意走了走，果然風還是有些涼涼的。宮女為她披了斗篷，小心在後面跟著。辛情在一塊石頭上坐了，眼睛掃了一圈，扯扯嘴角哂笑——辛情啊辛情，早知道還是要進這龍潭，當初還費什麼功夫非要出那個虎穴，虎穴雖也險惡，卻有蘇朵有權勢的爹和姊姊，現在倒好，成孤家寡人了，連個靠山也沒有，這裡又比虎穴兇險了不知多少倍。

她現在唯一能抓住的是拓跋元衡這根不可靠的浮木，太后不喜歡她，甚至可以說是厭惡她，所以從冊封大典之後，她每次去向太后請安都被軟軟地擋了回來。皇后雖未有明顯的敵意，卻怕也是在暗中磨刀霍霍。妃子們更不用說了，她一個空降部隊不招她們嫉恨才奇怪。

在這樣的處境中怎麼睡得著？這日子比以前上班的時候可是難過一百倍，那時候頂多是包袱收收走人，現在隨時都有可能身首異處。現在她有個習慣——每次睜開眼睛的時候，都要摸摸自己的脖子。

今天那兩個人，赫連夫人雖等級低於昭儀，但她是太后的內侄女，後臺無比強大，太后之所以厭惡自己，恐怕就是因為這個赫連夫人。她辛情占了赫連的位置。不知道怎麼才能讓太后那個老太婆相信她沒想搶什麼，她最想的是離開這個食人魚塘。

不過這似乎有難度，拓跋元衡看起來不會那麼容易就把她放了。歪身看看水裡，蘇朵的容貌在水面上出現，即使有那塊疤痕，依舊美麗得很。她看了一會兒，隨手撿起塊石子朝影子扔過去，蘇朵的容貌立刻扭曲了。如果唐漠風當時用刀劃花蘇朵的臉多好。

「娘娘，夜深了，該回去歇了！」馮保走過來輕聲說道。

辛情站起來又慢悠悠地走回殿裡，直到天快亮了才睡著，一覺睡到日上三竿，睜開眼睛，拓跋元衡坐在床邊笑著看她，見她醒了，便一把把她抱在懷裡，「怕擾了妳睡覺，朕才沒抱妳。」

「謝謝您心疼！」辛情假笑著說道。

「生氣了，愛妃？」

辛情雙手環上他的脖子，「雨露均霑嘛，您又不是我一個人的。」

「愛妃真是賢慧。」拓跋元衡笑著說道。

辛情沒言語，鬆開手，掙開他的懷抱下了床，懶洋洋地讓宮女們服侍洗臉上妝，梳完了頭髮，辛情額頭上的疤被頭髮遮住了，整張臉毫無瑕疵，拓跋元衡就在一邊含笑看著。

「愛妃的臉真是讓人百看不厭。」

「那您就趁著我沒老之前好好看吧！」辛情又是假笑。

「愛妃就算老了也一樣會很美。」拓跋元衡撫摸著她的臉。

「年輕才美！」辛情說道。

正巧太監來請旨傳膳，拓跋元衡便說與右昭儀一同用膳。

那天晚些時候，杜美人晉為六嬪之隆徽，拓跋元衡晚上又去給她「紓解疲勞」去了。接連好幾天拓跋元衡都去了杜嬪宮中，不過她卻沒有再從六嬪晉為三嬪。雖然如此，可是後宮中已有不少人去捧她了，聽說她現在囂張得很，辛情笑了笑，覺得無聊。最近常常貪睡，似乎警覺性都降低了，好幾次拓跋元衡來她竟然不知道。等到這個月她的大姨媽沒來，辛情知道不該發生的事情發生了。

遣出所有內侍只留下馮保一人，辛情半天沒說話。

「娘娘可是有什麼吩咐？」馮保終於小聲開口問道。

「馮保，我要一種藥，一種可以流產的藥。」

馮保鎮定得很，似乎對這種事情習以為常。

「不知道娘娘什麼時候要？」馮保問道。杜嬪近日很得聖寵，右昭儀要對付她了嗎？

「越快越好！」辛情慢條斯理地說道。

「老奴知道了，這就去辦！」馮保的聲音平靜。

「去吧！」辛情在心裡盤算著怎麼封住他的嘴。

不到天黑，馮保回來了，交給辛情幾顆小小的藥丸。

「什麼名字？」辛情拿起一顆仔細看了看。

「回娘娘，這是紅花乳香丸。」

辛情點點頭，「好了，去吧！」馮保退出去了。

辛情手裡捏著兩顆藥丸，桌子上是已涼了半晌的水。摸摸肚子，辛情輕聲說了句「對不起」，然後狠心吞下了藥丸。

晚上拓跋元衡來的時候，辛情推說身體不舒服，把他支走了。下腹痛了幾日，又有暗紅的血流出，她知道自己的孩子沒了。拓跋元衡見她這幾日都是臉色蒼白，忙要宣太醫來看，辛情笑著說是女人都有的毛病，不過是自己體寒，每個月都要這樣疼幾天。左說右說，連撒嬌的手段都用上了，拓跋元衡這才讓太醫開了驅寒的方子。

自從流產之後，辛情有一段時間心情不好，她以前和隨心開玩笑說自己想要一個孩子留著養老，可現在她親手殺了這個孩子。如果是在以前，她一定會留下他的，可現在若留下他，她恐怕就永無離開之日了。不是她狠心，只是這個孩子來的不是時候。

拓跋元衡依然很迷戀她，這讓辛情很頭疼。她不喜歡被人纏著，有種喘不過氣的壓抑感。

六月十五是太后的千秋，各地諸侯王、官員提前進京向太后祝壽，拓跋元衡就忙了起來，因為和諸王搞好關係還要籠絡官員。拓跋元衡常常舉辦大型的歌舞宴會，飲酒歌舞助興，有時通宵達旦。聽說有一天高興，還賞了同宗諸王每人兩個美人。

後宮之中當然也要熱鬧熱鬧，王妃和誥命們便常常出現在後宮之中，陪伴皇太后吃酒說笑。辛情這位最得寵的妃子當然也得出來讓她們看看、拜拜。雖然皇太后還是不喜歡她，不過在外人面前總不能拂了她皇帝兒子的面子，偶爾也跟她說兩句話。

辛情坐在太后左邊第二位，她前面的是一位老太妃，右邊首位不用說，當然是皇后。三夫人分別坐在她們兩人旁邊，赫連夫人挨著皇后，兩人還時不時耳語一番。

酒席相當地無聊，辛情卻不得不打起十二萬分的精神撐著。老太后今天看起來挺高興，不知道誰送她什麼合心的玩意兒了。當然，奉承話聽多了就會當真，也許聽到自己可以千歲千歲千千歲太高興了。

晚宴之後，辛情回到鳳凰殿，緊繃了一晚的神經有些乏，因此不顧夜深非要洗澡，泡在滿是花瓣的熱水裡。她乾脆放鬆一會兒，把自己整個人都泡進水裡，看看憋氣的功夫退步了沒有。剛默數到二十五，一雙大手伸了進來，辛情一驚，忙抬起頭，是拓跋元衡。

她鎮定心神，身子往水裡縮了縮，只留脖子以上在外，然後笑著說道：「您來了，怎麼都沒個動靜，嚇了臣妾一跳。」偷窺狂！

拓跋元衡伸手將沾在她臉上的一縷濕頭髮撥到一邊，手指肚輕輕在她臉上滑來滑去，輕聲說道：「勾魂兒的妖精！」

辛情嫵媚一笑，馬上就被拓跋元衡撈出大水桶，迫不及待地往床邊走去。

拓跋元衡本就是帶著醉意來的，折騰一番之後沉沉睡去。辛情睡不著，披衣下地，在長毛地毯上走來走去，靠著大柱子坐下，長長地嘆了口氣。這日子什麼時候是個頭兒啊！

那大水桶因為皇帝的突然到來還沒有搬走，辛情走過去伸手試了試水溫，涼了，水面上的花瓣因為她的撩動緩緩起伏著……

「愛妃睡不著？」身後傳來聲音，辛情在水裡攥了攥拳頭。無處不在，陰魂不散。

「您怎麼起來了？」辛情在臉上擺出微笑，回頭笑著說道。

「朕夢見愛妃不見，所以急醒了！」拓跋元衡走過來將她攬進懷裡，「看來朕的預感還挺準的。」

辛情「呵呵」假笑：「皇上，沒您的命令，臣妾敢去哪兒，又能去哪啊？」

「聽愛妃的口氣，這宮中住煩了？」拓跋元衡撫摸著她的頭髮，動作很輕柔。

「煩了也沒地兒去呀！」辛情半真半假地說道。煩，她煩死了，這個鬼地方跟墳墓一樣，這些人不動的時候像僵屍，動起來像鬼，歌舞起來像群魔狂歡。

「哦，愛妃這是怨朕？」拓跋元衡在她頭頂上說道。

「是啊！怨，當然怨！」辛情說道：「您一點兒也不心疼臣妾。」

「沒良心的妖精！」拓跋元衡輕拍了她的背一下，「朕都把妳疼到心尖上了，妳還不滿意。」

「就因為您把臣妾疼到心尖上，臣妾才怨您呢，您這不是給臣妾樹敵嗎？臣妾沒有顯赫的家世，您還這樣寵著，後宮的人不恨死臣妾才怪。恨多了，臣妾的日子不好過，每天都提心吊膽的。」辛情在他胸口劃圈，「等臣妾哪天老了，不招您喜歡了，唉，估計臣妾都不知道自己是怎麼死的。」

「朕說過會把妳當鳳凰養的，朕雖然不能讓妳當皇后，可是朕答應妳，妳在後宮中永遠只屈居皇后之下，位於諸妃之上。」拓跋元衡雙手抓住她的肩膀，笑著說道。

「皇上這話對許多人講過，今兒又來哄臣妾開心了？」辛情假笑，「臣妾不敢奢求您永遠寵著，只希望您不喜歡臣妾的時候，可以放臣妾一條生路。」

拓跋元衡瞇了瞇眼睛，抓著她的胳膊用了些力。

「辛情，妳還是想著要離開嗎？朕勸妳還是放棄這個念頭，朕是不會放妳走的，妳這一生一世都要陪著朕。」

辛情愣了一下，拓跋元衡叫她「辛情」而不是「愛妃」，自從給她改姓獨孤之後他就只叫她「愛妃」，每次都聽得她頭皮癢癢的。

「知道朕為什麼給妳改姓獨孤嗎？」拓跋元衡直視她的眼睛，「獨者，唯一也；孤者，帝王也。明白了嗎，獨孤情？」

辛情點點頭，微扯嘴角，「真是謝謝您的厚愛。」

「明白了最好，以後不管妳要什麼，朕都會滿足妳，只有離開這一條永遠不要提起。」拓跋元衡又笑了，「要是再提，朕可要硬下心腸罰妳了……」

「臣妾謹遵聖旨。」辛情也笑著說道。

等再起來時，拓跋元衡已不在了，辛情伸了伸腿腳，懶洋洋地起身，宮女們早已一字排開準備服侍她洗臉了。馮保在一邊來回走來走去，似乎有些著急。

「馮保，有事？」辛情隨意披著衣服，不在乎自己香肩外露。

「啟稟娘娘，今兒是太后千秋，給太后行禮的時辰快到了。」馮保恭敬地說道。

「哦，我起晚了！」

「娘娘，還來得及。」馮保一揮手，宮女們便手腳麻利地幫辛情「收拾」。

帶著浩浩蕩蕩的人馬到了慈壽殿，連皇后都已經到了，眾妃便都看她，眼睛裡冒著火。辛情微微一笑，走到皇后身邊站好，微微一屈身：「給皇后娘娘請安！」

「妹妹不必多禮，皇上都免了妹妹跪拜之禮，哀家怎麼敢受妹妹這一拜！」皇后忙扶著她說道。

「皇上說的不過是玩笑話，君臣之禮臣妾哪敢不遵！」辛情說道。

「皇上一言九鼎，玩笑話也是金科玉律呢！」有人不冷不熱地說道，辛情沒回頭，聽這酸酸的口氣就知道是赫連夫人。

「多謝夫人教誨，以後皇上再說什麼話，我可要記清楚了。」辛情笑著說道。

太后出來了，在榻上坐了，一干人恭敬地行了禮，祝這老太太活成千年老妖怪。太后命她們起了身，正巧拓跋元衡來給他媽磕頭行禮。女人們自動讓出路來，然後目光灼灼地追隨著那個男人的身影。

拓跋元衡向老太太磕完頭，他的女人們又給他行禮，獨辛情未動，直著腰板站著，臉上似笑非笑。

拓跋元衡看看她，走到她前面，「愛妃身體有恙？」

辛情搖搖頭。

「那愛妃如何不向朕行禮？」拓跋元衡的聲音不像生氣。

「臣妾以前不懂規矩，以為皇上說免了臣妾跪拜之禮是玩笑話，不必當真，剛才聽赫連夫人說皇上的玩笑話也是金科玉律，臣妾不敢不遵。」

拓跋元衡笑了，「朕的話當然是金科玉律，愛妃可要記清楚了！」

「是，臣妾遵旨。」辛情低頭恭敬地說道，還是不行禮。拓跋元衡在威脅她。

拓跋元衡笑著走了，然後諸王妃、誥命又按品來給老太太行禮。跪跪拜拜好不容易完了又吃飯，一人一張桌子，辛情的位置和昨天一樣，只不過席間她接收到太后幾次經意不經意投來的目光。吃完了飯，老太太頂不住，回去歇了，辛情等人也都各自回宮，等著晚上再陪老太太看歌舞祝壽。

用過晚膳，又換了套拖沓的衣服去霄游苑陪老太婆玩樂。之所以選在這裡，馮保告訴她是因為皇帝要諸王、王妃一起陪太后欣賞歌舞燕樂。辛情咧咧嘴角，人數是夠眾多的，這些貴族又不能論排坐，當然得選個大地方。因為霄游苑比較遠，所以辛情乘了肩輿，以前看電視覺得挺過分，現在自己坐著才明白，原來真的很舒服。天氣熱了，宮女們特意在肩輿上放了玉片串成的墊子，坐上去涼涼的，很舒服。

辛情早上晚到了，晚上便特意早來了。誰知到的時候眾多妃子也沒來幾個，更高級的人物當然更是連影子都不知道在哪裡呢。辛情下了肩輿，看了看，如果她現在就跑到位置上坐好，看起來應該會像個笨蛋，而且她是昭儀，如果早到等她們，會被她們輕視，權衡了一下，辛情讓馮保帶著她四處轉轉，反正這霄游苑她是第一次來，順便看看。

這霄游苑裡的亭臺樓閣真不是普通的多，比奚祁那個行宮氣派多了，只不過這霄游苑裡的水沒那麼大面積。

前面有人過來了，辛情站定。那人來到她面前，原來是拓跋元弘。

「臣參見右昭儀娘娘！」

「寧王爺多禮了！」

「娘娘為何來得這麼早？」拓跋元弘問道。

「閒著也是閒著，到哪裡等都一樣，這裡還有風景可以看。」辛情說道：「王爺也來早了。」

「呵呵，臣也是閒得很。」拓跋元弘笑著說道。

辛情不說話了，慢悠悠地走上迴廊，走在燈籠下。拓跋元弘在一邊不說話，差了一步遠的距離走在辛情後面。

逛了一會兒，妃子、王妃們已陸陸續續來了。最後皇帝、皇后陪著太后來了，大家馬上起來迎接聽到太后的「自家人，免禮。」才重新落座。辛情這回坐到了左首第一位，因為老太妃病了沒來。

那些歌舞表演也沒什麼新意，比中央電視臺春節晚會的好點兒。老太后自己看著高興便不時有賞賜給歌者舞者，謝恩聲不絕於耳。辛情笑看，時常會感受到拓跋元衡投注來的目光，辛情只當不知道，輕握著小小的涼玉酒杯輕啜。

本來以為像春晚一樣沒意思，不過當節目過了五七八個的時候，辛情的精神還是被提起了一下。一個從天而降的大壽桃——辛情當然知道那不可能是真的，只是在猜那裡面出來的美女是何等傾國傾城。

那桃子周圍慢慢地飄起了仙氣，桃子也慢慢打開，果然一個美女緩緩露出顏面，辛情微笑，果然是個不可多得的美人，但是比蘇朵差多了——這不是辛情自吹自擂，蘇朵這張臉如果沒有那疤痕，可以說是完美。

一切都按辛情想的，那美人開始了曼妙的舞姿，一身白紗舞起來特有神仙的感覺，加上芙蓉面，以及周圍還未散盡的「仙氣」，連辛情都忍不住讚她出場方式的特別。

一舞完畢，那女子福身謝恩，一雙美目看向拓跋元衡——不是辛情特意看的，只不過她這個方向正好可以看得見罷了。

「說今天晚上給哀家一個驚喜，定城王，你倒還真是做到了。這閨女不僅美貌，氣質也端莊得很，真是招人喜歡。定城王，讓她入宮陪伴哀家如何？」太后問道。

「臣女不才，雕蟲小技，太后繆讚了。既承蒙太后不棄，臣斗膽命小女陪伴太后左右。」定城王，一個中年男人說道。

「好！」太后笑著說道，辛情總覺得她看了自己一眼。示威？辛情低頭喝酒以掩飾自己的冷笑。

這個「驚喜」過後，節目照常繼續。後來老太婆說有些倦了，先行回宮，讓大家接著玩，可鬧了好幾天，誰也沒那個精神頭了，都忙跟著太后一起散了。

回到鳳凰殿，辛情洗洗睡了。

不出辛情所料，那女子不出一個月便被封三嬪之光猷，一時間寵冠後宮。拓跋元衡來的次數少了，辛情覺得氣也喘勻了，神經也不繃得那麼緊了。去向太后老太婆請安也受到接見了。辛情在心裡感謝這個賀蘭光猷給她帶來的好運氣。只不過太后看她的眼神還是帶著些輕視，她便當自己白內障沒看見。

七月的天熱得很，即使入了夜也是熱氣騰騰，鳳凰殿雖然冰塊足夠用，也很涼快，辛情還是很難入睡。這天晚上便到後花園裡看星星，花園裡點著許多宮燈，星星也不甚明朗，她坐在水池邊的青石上，看到水裡映著的星光和宮燈倒影，忽然很想游泳——她白領時代的主要休閒運動之一。自從變成了蘇朵，她和水親密接觸的地方都是大木桶。

脫了鞋子，辛情慢慢踩著石子下了水，水還有些溫，只不過太淺，不到她的膝蓋。下面鋪的是彩色石子，她很放心地坐下了，雖然不能游泳，但是可以想像一下自己正在露天游泳池裡曬太陽，雙臂輕輕地划水，感受水從衣料鑽進去，滑過胳膊又溜出去。

「愛妃小心著了涼！」又是拓跋元衡。

辛情歪頭看，他正負手立在水池邊，臉上滿是笑意。

「皇上？您也是熱得睡不著？」辛情微扯嘴角問道。宮女們告訴她拓跋元衡又去賀蘭宮裡了。

「朕忽然想愛妃，便來了。」拓跋元衡半真半假地說道。寵幸過賀蘭，看到她一臉恬靜地睡著，就想起了這個妖精，然後便起身來了。

「想了明天再來也一樣，大半夜留給人家一個空帳子，熱乎乎的心都涼了。」辛情不起身，仍舊玩水。

「只要愛妃的心不涼就行了！」拓跋元衡說著，下水走到辛情身邊來，袍子濕了一截。他彎身抱起辛情，「既然這麼喜歡水，朕引泉水給妳建個溫泉宮如何？」

「好啊！」辛情胳膊環上他的脖子，堆出一臉假笑。溫泉宮？敢情還真有楊貴妃的待遇。看來這就是她在宮裡唯一得到的好處，可以體驗一下楊貴妃的真實生活。

那天晚上之後，拓跋元衡又成了鳳凰殿的常客。辛情去見太后覺得太后眼裡多了一絲探究，辛情記下了，只不過暫時不用拿出來綜合分析就是了。

這天嬪妃們來向她請安，其中幾個說說笑笑，似乎還提到了錢。辛情一時無聊便問了，胡世婦笑著回是她們幾人無聊打馬吊打發時間。辛情笑著說有趣，胡世婦便說若娘娘不嫌棄，她們願意陪她打馬吊。辛情微笑著搖搖頭，她會打不代表著她也願意打，大熱天的不好好歇著，勞神費力有什麼意思。

不過午睡起來，辛情想了想，便帶著幾個宮女信步出了鳳凰殿，往胡世婦這兒來了，她們正嘻嘻哈哈地算錢，見辛情來了都忙跪下請安。辛情笑著說打擾幾位了，只不過長日不好打發，因此來湊個熱鬧。一位更低級的御女忙讓出了座位。

打了幾回下來辛情笑看幾人：「如果妳們這麼跟我玩兒可沒意思了，倒像是我欺負人一樣呢！」她們不敢贏。

「反正不過是打發日子，該怎麼玩就怎麼玩多好！」幾位妃嬪交換了一下眼色，才恭敬地回了辛情的話。

又打了幾回下來，辛情不動聲色，心裡卻暗笑，很好，人多力量大果然是真理。現在她頭上的首飾、手腕上的鐲子、手指上的幾個戒指都輸得差不多了。

「唉，不玩了，手氣這麼差，再玩下去連衣服都要輸光了。」辛情假意說道。

「娘娘今日怕是累了，如果娘娘喜歡玩兒，可以隨時傳召臣妾們。」杜嬪笑著說道。

「好啊，改日再玩吧！」辛情起身，手掩著唇角，故意打了個哈欠，「今兒還要回去伺候皇上。」餘光看到她們眼中一閃而過的嫉妒，便微微扯了扯嘴角。

回到鳳凰殿，拓跋元衡還沒來，辛情趴在大床上，讓宮女幫她揉肩膀。醒了的時候，拓跋元衡斜臥在她身邊，見她睡意未消的眼睛，便笑了：「愛妃今日貪睡了。」

「有點累！」辛情習慣性扯出假笑。她容易嗎？坐了一下午陪人家打麻將，還得算計怎麼才能輸。

拓跋元衡把她抱進懷裡，一隻大手輕輕地幫她揉肩膀，帶著邪笑曖昧地問道：「既然愛妃累了，朕今晚給愛妃紓解一下如何？」

「那臣妾就謝謝您了。」辛情閉上眼睛，享受皇帝的按摩服務，心裡想著：這個流氓。

接連好幾天，辛情都是珠光寶氣地去，一清二白地回，還累得腰酸背疼。拓跋元衡問她為何每天累成這樣，辛情說是打馬吊，拓跋元衡便點點她的鼻尖，「朕沒讓妳累著，妳倒是自己找上門去了。」辛情假笑，「您每天忙於國事，臣妾自然得自己找樂子了。」

這天辛情又輸得一清二白，她攤攤手，嘆口氣：「唉呀，不玩了，家當都輸光了。可沒什麼再能輸的了。」

辛情這樣說著，眼睛快速地掃了一圈幾個女人，果然見到她們眼裡流露出的算計。

「娘娘真是說笑了，娘娘還怕沒了家當？皇上的東西娘娘喜歡不都是娘娘的嗎？」杜嬪笑著說道。

「我現在啊，首飾盒都空了，非說還有什麼家當——那就只剩下皇上了！」辛情狀似無奈。暗暗嘆氣，我都把話說得這麼直白了，妳們還裝什麼呀！

果然幾個女人掩口竊笑。

「娘娘的這份家當可是貴重得很，而且取之不盡，不如——」杜嬪又看看其她兩位妃子，「不如我們賭皇上！」

辛情假笑，「拿皇上賭？怎麼個賭法？」

「您說呢？」杜嬪眼波流轉，嘴角帶著笑。

「哦，明白了，原來各位是眼饞皇上啊！早說嘛，我又不是那麼小氣的人，那就這麼說定了，我輸一回便把皇上讓給贏家一晚，如何？」辛情瞇著眼睛。

「如娘娘所言。」幾個女人同時說道，迅速地交換了一下眼神。

辛情笑了。然後她贏了幾回，然後又輸得落花流水，把拓跋元衡輸了Z回。

最後一把牌打完，辛情露出滿臉無奈，「唉，我的運氣還真不是普通的差，不玩了不玩了，改天再說吧！」

「謝娘娘！」幾人忙站起身福身。

「妳們幾個合起夥來算計我，等我告訴皇上……」頓了頓：「看皇上晚上怎麼收拾妳們。」然後無奈地走了。一路忍著笑回到鳳凰殿，辛情才敢笑出聲。

「娘娘今兒贏了？」一個宮女笑著問道，她本來叫喜兒，辛情聽到她的名字時笑了一下，然後給她改了名叫茉茉。

「沒有，輸了。」辛情帶著笑意說道：「我累了，晚膳時候再叫我。」

茉茉答應了，卻有些納悶，輸了還這麼高興？

用過晚膳，辛情快睡著了，拓跋元衡大步進來了，說最近國事繁忙，辛情略略寬慰一番，才擺出一臉無奈仰頭看拓跋元衡。

「愛妃有事？」拓跋元衡摸摸她散開的頭髮。

辛情點點頭，「臣妾做錯事了，您聽了可不要生氣！」

「好，愛妃說吧！」拓跋元衡看起來有點累，隨意在長毛地毯上坐下，拉著辛情坐在他腿上。

「臣妾……」辛情低頭，「臣妾今兒又輸了。」

「輸了？沒錢了？」拓跋元衡抬起她的下巴，「不知道妳圖什麼，天天輸天天玩兒，被人算計了都不知道？」

「皇上，臣妾不僅輸光了錢，還……」辛情欲言又止，「還把您輸了。」

拓跋元衡愣了一下，然後瞇起眼睛，辛情看到了裡面危險的光芒。

「把朕輸了？怎麼個輸法？」拓跋元衡問道。

「就是——輸了您幾個晚上的時間！」辛情說道。把你輸了還能怎麼輸啊，當然是你的身體！

「呵呵！」拓跋元衡笑了，辛情瞇眼看他，猜不透他是什麼想法。

「愛妃是要朕去給她們暖床？」拓跋元衡問道。

「皇上，說來說去這件事終究是您占了便宜，既不用看臣妾吃醋，又能維持後宮的和睦，而且……」辛情胳膊又環上他的脖子，一隻手輕輕地擺弄他頭上的金絲冠，「而且還有新鮮感啊！」

「愛妃想的真是周到！」拓跋元衡笑著說道：「那麼，朕就去嘗嘗鮮了！」然後推開辛情起身，辛情懶散地坐在長毛地毯上，「恭送皇上！」

等拓跋元衡走出了殿門，辛情才趴在地毯上悶笑。誰占便宜？呵呵，皇帝像鴨子一樣夜夜伺候女人去，誰占便宜？不同的是，鴨子不能挑客人，皇帝可以挑客人，鴨子有錢拿，皇帝要倒找錢。辛情越想越樂，最後不由得笑出聲。滿宮裡的太監宮女都納罕不已，覺得這右昭儀莫不是腦袋有問題？要不怎麼生生地把皇上往別人懷裡推？

接下來幾天，拓跋元衡都沒露面。聽說皇帝流連於杜光訓、胡世婦、袁御女宮中，三人分別晉了級。杜光訓晉為三嬪之隆徽，胡世婦與袁御女同晉為六嬪之凝華和順華。

聽著宮女和她說的這些，辛情無聊地點點頭，這些花裡胡哨的名頭可是費了她好大功夫才記住，不過也只是記住了從昭儀到六嬪的名稱，二十七世婦、八十一御女實在太讓她崩潰了，念著都覺得拗口，甭提背了，她怕自己背完了神經失常。

「娘娘，杜隆徽、胡凝華、袁順華求見。」有宮女進來稟告。

「請！」辛情笑著說道。還好，沒有忘恩負義。

行過了禮，辛情看看三人燦若桃花的笑臉，笑著問道：「各位今天怎麼想起給我請安來了？」

「來謝娘娘恩典。」三人說道。

「恩典？」辛情低頭忍住笑，也算是恩典吧，給她們個男人伺候，在這男人的沙漠裡確實是大恩典，「既然是恩典，妳們打算怎麼報答我呀？」

「我們三人能有今日，不敢忘娘娘的大恩，以後聽憑娘娘差遣。」杜隆徽代表發言。

「呵呵！」辛情起身，狀似無聊，「差遣？都是伺候皇上的，還說什麼差遣，外道了不是？以後大家和和睦睦開開心心的才是正經。」

「是，娘娘！」三人忙說道。

等她們走了，辛情拿著酒杯玩兒。古人說什麼己所不欲勿施於人，看來也不全對，有的時候己所不欲施於人，也會有些意想不到的效果。現在她就多了三個犬牙，雖然不知道她們什麼時候會反咬，但是有人對著自己低聲下氣逢迎有加也不錯。

又接下來的幾天，拓跋元衡像一隻辛勤的小蜜蜂，在他的後花園裡忙著。很快的，二十七世婦、八十一御女的人數都以不規律的速度增長。宮女太監們看看右昭儀滿臉笑意，不禁更加納悶。

「唉，無聊！」辛情坐在鳳凰殿高高的護欄上吹風。

「娘娘無聊，要不要老奴去傳召幾位娘娘來？」馮保小心地問道。

「得了，人家都忙著呢！」人家都忙著扮花朵呢。她跳下來，「禁賭令都下了，叫她們來還能玩什麼呀！」

「娘娘，皇上……」馮保實在很想勸勸這位右昭儀別犯傻，皇上這些天擺明了跟她生氣呢，他們娘娘還在這兒喊無聊。

「馮保，你們後宮這些娘娘們平時都玩什麼消遣啊？」難不成天天扮花朵？時間長了不得成植物人啊！

「娘娘，宮中的消遣不外是花鳥魚蟲、琴棋書畫。既然娘娘無聊，老奴這就去辦，只是不知道娘娘喜歡什麼？」馮保問道。

喜歡什麼，應該問問她會什麼懂什麼。

「去給我買隻鸚鵡，要白色的！」楊貴妃不就養了一隻鸚鵡嗎？她也養一隻看看到底有什麼樂趣。

「是，老奴這就去辦！」馮保剛走了幾步，辛情叫住他：「等等，買兩隻，一黑一白！」

馮保吩咐一個小太監去了，然後仍舊跟在辛情身邊伺候。

天黑的時候，幾個小太監拎著黑白鸚鵡回來覆命，這鸚鵡訓練的好，會說人話。辛情給牠們取名「千羽」和「千尋」，因為她覺得自己就像那個在怪物世界裡生活的小女孩。當然，這兩個名字很美才是主要的。要不她就叫牠們「小黑」和「小白」了，比較貼切。

然後辛情不無聊了，每天多了件餵鸚鵡和訓練鸚鵡說話的差事。

這天，辛情正站在廊下餵鸚鵡，白色的千羽似乎有點食慾不振，「你怎麼了，寶貝兒？哪兒不舒服啊？」千羽叫了聲「娘娘吉祥」。條件反射，辛情跟牠說話，牠聽不懂的就喊「娘娘吉祥」。

「喲？病得不輕啊！」辛情摸摸牠，「我伺候你你還敢病？天底下還有比你更金貴的鸚鵡嗎？娘娘我有人伺候著，可是我還得伺候你們，兩個小畜牲比娘娘我都金貴！」

「娘娘吉祥！」千羽又喊道。牠不明白這女人在嘟囔什麼。

「吉祥個鬼！再叫就燉了你吃肉！」哪壺不開提哪壺，她吉祥？她都掉到活死人堆裡了還吉祥？

「愛妃真是有趣！」身後的雄性笑聲當然只能是屬於拓跋元衡。

「謝謝您誇獎！」辛情回過頭，馬上堆出假笑。

「愛妃，這鸚鵡可有了名字？」拓跋元衡走過來看鸚鵡，那兩隻鸚鵡一齊對他喊了句「娘娘吉祥」。

「白色的叫千羽，黑色的叫千尋。」

「好名字！」拓跋元衡笑著說道，然後轉頭看她，「和愛妃的名字一樣好聽。」

辛情想了想，敢情他認為她和這小畜牲是一類的，罵她是畜牲？

「您改得好啊！」罵吧，反正他罵的是獨孤情，不是她辛情。

「愛妃怎麼想起養鸚鵡了？日子又無聊了？」拓跋元衡抓下她正餵鸚鵡的手，將她手裡的米粒交給太監，拉了她進殿。

「也不是很無聊，還好！」辛情假笑著說道。

「這些日子冷落了愛妃，愛妃可有怨朕？」拓跋元衡一進殿便把她攬進懷裡，擁著她在榻上坐了。

「臣妾不敢！臣妾知道皇上日理萬機，哪裡能怨皇上！」辛情的頭被拓跋元衡按在胸前。

「哼！」拓跋元衡冷哼一聲，「愛妃懂事得很！」

「謝皇上誇獎。」辛情假笑。

伍之章　步步為營

等到拓跋元衡這隻蜜蜂又飛到鳳凰殿，辛情的神經重新開始緊繃。她的三個犬牙沒事來哄她開心，吹捧她多麼的美貌，皇上多麼的疼她。辛情聽著臉上總是笑得燦爛，嘴上總是說著謙虛話。到了九月初，杜隆徽來得少了，胡凝華和袁順華說她懷了龍種了，嘴上說著羨慕，辛情卻聽出話裡的不屑和嫉妒。

杜隆徽的有孕也沒能把拓跋元衡拉到她身邊去，他仍然是鳳凰殿的老主顧，常常在鳳凰殿開歌舞晚會。有次喝醉了酒還臨幸一名宮女，辛情便讓他把這宮女封了御女，搬出鳳凰殿。

秋天到了，天開始變得高遠，沸騰的空氣逐漸冷卻，早晚起來外面都有了涼意。有一天，拓跋元衡忽然說要帶她去秋圍，辛情不會騎馬，對這種事情當然沒有興趣，不過想著能走出這籠子看看北國風光也不錯，便答應了。

秋圍的地方是京北三十里的皇家圍場。辛情不會騎馬，因此乘了金碧輝煌的馬車，馬車車身用特製的紅色鮫綃所圍，外面看不到裡面，裡面卻可以清楚地看清外面，又能擋住塵土和寒氣。馬車很大，鋪著長毛白毯，擺著一個超級大的繡墩，她便靠著繡墩往外看。

車外的隨行人員都暗暗納罕，皇上秋圍歷來不攜后妃同行，雖然前朝曾有過弘德夫人女扮男裝隨行之舉，但畢竟也不是明目張膽，如今，皇上的右昭儀不但隨駕前來，而且明目張膽大張旗鼓地使用儀仗出行。因此便有許多人捉摸、算計起來了，時不時都有目光盯著馬車看。

而這些事情是到了圍場的行宮裡，辛情看那些宮女太監瞪大的眼珠子覺得有些異樣，召他們問了才知道的。辛情笑了，拓跋元衡真是昏君的料子。她無所謂，遺臭萬年也不是她留名，頂多史書上就寫個「獨孤氏」——一個姓獨孤的女人——誰知道她是誰啊！總之，不會有拓跋元衡名譽受損那麼嚴重。話說回來，他那樣的人，能有什麼好名譽？

深夜，渾身酒氣的拓跋元衡來了，辛情坐在他膝上，媚笑著說道：「皇上，聽說祖宗的規矩秋圍不能帶女人的。」

「規矩？」拓跋元衡抱著她大笑，「規矩是用來改的。」

辛情想了想，也對，他這種人和奚祁是一樣的，規矩就是一堆廢紙。不由得笑了。

「想什麼？」拓跋元衡的手又開始不安分。

「沒什麼！」辛情說道。

到了第二天，拓跋元衡帶著人去秋圍，晚上回來便在行宮的千樹園點燃火堆，宰殺獵物烤著吃。辛情奉旨出席，被攬在拓跋元衡懷裡，辛情一邊接收著四面八方的目光，一邊打量著看回去。可惜篝火不夠亮，很多人都看不清楚。

「愛妃怎麼只顧喝酒，肉不好吃？」

「臣妾怕吃了肉會胖！」

「無妨，愛妃豐腴些會更好看！」

「那臣妾恭敬不如從命了。」辛情叫來太監，囑咐了幾句，那太監去了。過了一會兒才恭敬地端著托盤回來了，托盤上的金盤裡放著一片肉，旁邊是一把小刀和銀叉子。拓跋元衡端了酒杯看辛情，辛情動作嫻熟地左刀右叉切了一小塊還帶著血絲的肉下來放進嘴裡。

「好吃？」拓跋元衡問道。

「您嘗嘗？」辛情笑著又切了一塊兒送到拓跋元衡嘴邊，拓跋元衡吃了，然後笑著看辛情，「愛妃總給朕出人意料的驚喜。」

「謝皇上誇獎！」辛情說道，又吃了幾口，端起酒杯輕啜便住了手，從宮女手裡接過帕子擦了嘴。

拓跋元衡眯著眼睛看辛情，不知道在想什麼。

秋圍到了第四天，拓跋元衡說帶辛情去騎馬，辛情點點頭去了。說是去騎馬卻不教她，只帶著她一路狂奔，也不知道跑出去多遠拓跋元衡才停了馬，指著遠處依山而建的一座建築群說道：「朕為愛妃建的溫泉宮，明春便可完成了。」

辛情暗自驚了一下，回頭看拓跋元衡。

「為我建的？」皇帝們都這麼大方嗎？建那麼大一片建築只為了讓她洗澡？奢侈過頭了吧？給她一個小小的游泳池就行了。

「當然！」拓跋元衡抱著她躍下馬背，「朕不是答應過要為愛妃建溫泉宮嗎？天子怎麼能食言。」

辛情實在不知道說什麼好了，衝擊波太大她被震暈了。在她們那個年代一顆鑽戒就能讓女人感動的稀里嘩啦，可是現在拓跋元衡送了她一座龐大的建築群，說一點都不感動，除了騙人也是騙鬼的。

「愛妃不喜歡？」拓跋元衡見她不說話，便問道。

「太重了。」她都能感覺到自己心跳的速度。

「愛妃喜歡就行了！」拓跋元衡擁著她往前走，「只要愛妃留在朕身邊，別說區區一座溫泉宮，妳要個水越城朕也給妳建。」

辛情被衝擊波打成漿糊的腦袋清醒了——他要用這個東西囚禁她。沒錯，她辛情是很物質的人，但是在她有足夠錢的情況下，她更愛自由。

「那好啊？哪天臣妾住夠了溫泉宮，您再建個水越城給我。」辛情笑著說道。

「好！」拓跋元衡說道。好像他國庫裡的銀子都是石頭一樣不值錢，知不知道建個水越城的花多少錢啊？現在辛情明白了，禍國殃民原來真是沒什麼技術含量的工種。只要張嘴說「我喜歡什麼想要一個什麼」就行了，當然大前提是：妳得是皇帝的寵妃。

拓跋元衡帶著她逛了一天，有一半時間是抱著她纏綿的。天黑的時候才回到行宮，宮門外寧王拓跋元弘率人靜靜佇立等候。

回宮之後，拓跋元衡又去大宴群臣，辛情推說累了沒去，但是心裡不平靜，坐也不對站也不對，便出門隨意逛著，馮保帶著兩個宮女在後面跟著。辛情走上了一座觀景台，站在這裡可以看到遠山的輪廓，那裡有一座正在修建的宮殿。

拓跋元衡為了把她留在身邊還真是捨得花錢，為了什麼？愛她？這話鬼聽見都會笑的。那為了什麼？就因為蘇朵這張臉嗎？也許是的，女人的臉有的時候可以換到很多貴重的東西。

「明年這時候，妳就可以住進妳的溫泉宮了。」辛情回頭看看，是拓跋元弘。在宮門外就愣愣地看著她的寧王。

「今年還沒過完呢，明年誰知道什麼樣子？」這皇宮裡的變數都是出人意料的，活過了今天也不知道明天什麼樣，扯到明年就更遠了。

「沒想到妳也會有這種想法！」拓跋元弘走到她旁邊站定。

「居安思危能多活些日子。」

拓跋元弘轉頭凝視她，「妳到底是什麼人？」

辛情仍看向遠方，「我？江南小生意人，麻雀攀了高枝變了鳳凰。」

「說謊！」拓跋元弘肯定地說道。

「謊話真話在這裡有分別嗎？」辛情覺得身上有點冷。

「妳很聰明，為什麼還要逾矩而行？這會招來殺身之禍。」

辛情又笑了。逾矩而行？男人荷爾蒙分泌過剩的罪過都要推到女人身上，果然是顛撲不破的真理。

「那就要看皇帝肯為我改多少規矩，看我這張臉能迷惑皇帝多長時間了。」殺身之禍她當然知道，不過仔細算算，她好像沒主動做過什麼逾矩的事，只不過這裡算帳的方式是把主動和被動都算在女人身上的，真是吃虧。

「三思吧！」拓跋元弘說完，轉身走了。

「三思？如果三思有用，我還會待在這鬼地方嗎？」辛情自言自語。

正欲下樓梯的拓跋元弘，腳步頓了一頓。

秋圍六天之後，拓跋元衡下令起駕回京。辛情有些訝異，畢竟出來六天就回去也太短了點兒。拓跋元衡沒告訴她為什麼，只是臉陰沉得很，而且有點嗜血。

回宮之後，宮女茉茉告訴她杜隆徽去了胡凝華那裡之後，龍種沒了。辛情聽完沒言語。

這後宮殺人的速度可真快，杜隆徽兩個月的身孕就那樣沒了？現在自己要想的問題是，這是單純的嫉妒，還是針對自己而來的。也許兩者兼而有之，這就是一石二鳥。杜隆徽既沒了孩子，順便剪除掉右昭儀的左膀右臂——杜隆徽、胡凝華、袁順華。

那麼是誰有理由這樣做呢？答案是：很多人。上自太后下至宮女，每個人都有這樣做的動機。

拓跋元衡的妃子們在辛情腦子裡像幻燈片一樣閃過，每個看起來都可疑，可是每一個似乎都又很清白。在這些人裡，辛情也看到了自己的影子。她右昭儀當然也有這樣做的理由，竟然敢先於右昭儀懷上龍種。

那麼到底是誰？忽然一雙幽怨的美目跳進腦海裡揮之不去，那個看起來相當端莊的正德夫人，在後宮現在總排名第四的女子。馮保曾告訴她，正德夫人是皇上在藩府時相當寵愛的側妃，皇上登基之後是唯一和皇后同時冊封的妃子。弘德夫人赫連也還是稍後幾日才冊封的。

辛情又想赫連，她對自己的敵意從來都表現得很明顯，看得出來是個衝動的人，她若一時氣憤下手也有可能。不過她很快又否定了自己的想法，從赫連的幾次表現中就可以看出她的腦筋多麼簡單，她就算下手肯定也只是為了除掉那個可憐的小嬰兒。

接下來還有皇后，她和赫連的關係看起來不錯，還會竊竊私語。不過能出言挑撥赫連和她右昭儀

——這關係就有待商榷了。赫連看起來更像是她的槍和盾牌。

想來想去，辛情還是覺得正德夫人的嫌疑最大。皇后和赫連似乎是從來沒得過寵的，所以怨恨再大也不會過於曾經被捧在掌心的正德夫人。既下了論斷，辛情就等著看拓跋元衡的決斷了。她不知道有什麼證據，只是分析而已。

很快，剛晉封沒多久的胡凝華被打入冷宮，袁順華被降為御女。辛情知道結果之後笑了。多麼利索的手法，將她右昭儀的黨羽一鏟而淨。如果她右昭儀不為她們討個說法，以後她在後宮之中就永遠孤立了。可是要她去討個說法她還真有些懶，畢竟作為她的「犬牙」，她們從來沒替她咬過人，只不過是吠了幾聲罷了。

拓跋元衡來了，見辛情正側躺在地毯上笑。

「朕的皇子沒了妳還笑。」拓跋元衡從她身邊走過，到榻上坐了。

「那您希望臣妾怎麼樣呢？」辛情坐起身，有一下沒一下地用手指繞著頭髮玩。

拓跋元衡瞇著眼睛看她，「辛情，妳的心真的很冷。」

辛情的手頓了頓，「如果我不是這樣，也不會引起你的注意。」

「這個皇宮倒真是適合妳，永遠都不能心軟的地方。」拓跋元衡有點累，靠著床榻閉目養神。

「拜你所賜。」辛情不笑了，低頭想事情。

「愛妃！」拓跋元衡仍舊閉著眼睛說道，「朕唯一不能容忍的事是，對朕的子嗣下毒手，記住了。」

「臣妾記下了，記在心裡了。」辛情又笑了。

「過來，到朕身邊來！」

辛情到他身邊坐了，被他擁在懷裡，也不言語。既然他都這樣說了，她當然不好去動正德夫人給自己找麻煩。

這件事沒多久就被人遺忘了，甚至宮女太監都不提了，也是，在這個皇宮裡，這種事就像喝茶吃飯一樣平常，沒什麼好驚訝的。辛情這個右昭儀依然是拓跋元衡寵妃。

到了十一月，天一下子就冷了，一點過渡的時間也不給。鳳凰殿裡溫暖如春，鮮花怒放，辛情在殿裡只著單衣，拓跋元衡說她看起來太單薄了。辛情嘻嘻笑了說，身輕如燕是她畢生的追求。這是她在北方過的第一個冬天，外面刺骨的寒冷她領教過了，覺得這冷實在是和皇宮相配，因此她便少出去，除非是去向太后老太太請安。

快到十二月時下了一場特別大的雪，早起還沒有停，辛情實在是懶，不想出去，可是太后老太太那裡不去是不行的，她只好裹得厚厚的帶著宮女們出去了。一路走著，不停有人跪下向她請安——這也是她不願出門的一個原因，被人跪得太多，容易折了自己的壽。

到了慈壽殿卻見太后老太太和一幫妃子們在廊下看雪。辛情過去請了安，心裡哀嘆，這下好了，怕什麼來什麼，她都懷疑這老太太是不是故意要凍凍她給妃子們出氣。在廊下站了一會兒，女人們沒動，嘰嘰喳喳地誇著雪有多好，還打算著去霄游苑賞雪。老太太答應了，皇后忙說早就派人準備下了，請太后移駕便可。

太后剛要走，回頭看了看辛情：「右昭儀，妳身子骨單薄，回去歇著吧！」眾妃子便看她，辛情想了想說道：「謝太后體諒，臣妾告退。」等太后和妃子們走了，辛情才轉身往回走。

出了慈壽殿，辛情加快了腳步，可是穿得過於厚重，想走快也不是那麼容易。運動量一大便有些熱，一時間也不覺得那麼冷了。她便放慢了腳步，慢悠悠地走。剛離開慈壽殿不遠，前方有兩個棕紅斗篷晃過來了，辛情微微扯了扯嘴角，果然是兄弟，品味都一樣。等那兩人走近了，發現是拓跋元弘和一個年輕男子，看起來不過二十一二歲，放肆大膽地打量辛情。辛情端著肩膀站好，等著拓跋元弘跟她打招呼。

「右昭儀娘娘！」拓跋元弘沒說「臣參見」，聽起來倒像是給旁邊的人做介紹一樣。

「寧王爺！」辛情禮尚往來。

「娘娘是去向太后請安了？」拓跋元弘問道。

辛情點點頭，「王爺若是請安，不妨直接去霄游苑，太后剛剛移駕賞雪去了。」

「謝娘娘提醒。」

辛情朝他略點了點頭，便從他身邊過去了。

回到鳳凰殿卸下沉重的行頭，辛情爬到床上冬眠。睡到不知什麼時候宮女在旁邊輕聲呼喚她，辛情睜開眼睛，直視宮女：「什麼事？」

「回娘娘，皇上口諭，請娘娘即刻前往耀德殿。」

「耀德殿？可說了什麼事？」辛情起身，任宮女為她穿衣。頭髮雖然亂了，但是既然皇帝著急，她便自己動手挽了頭髮，拿條絲帶隨便繫住了，重又裹得厚厚的，乘肩輿往耀德殿來了。快到耀德殿時又見了兩個棕紅斗篷，還是拓跋元弘和那年輕人，兩人站定等著肩輿過去，辛情只向他們略微點了點頭便過去了。

等她的肩輿過去，年輕人對拓跋元弘說道：「八哥，這個右昭儀倒是相當美貌，難怪會成為皇兄的寵妃。」

「十二弟，這個右昭儀是惹不得的人物，你不要造次。」慶王拓跋元緒和皇帝一母同胞，自小深受父皇和太后的寵愛，因此他多少有些行為放浪。

「知道了，八哥！」拓跋元緒笑著說道。

肩輿停在耀德殿前，辛情下了肩輿走上台基，奇怪殿門口居然沒有太監。邁步進了大殿，辛情愣住了。那兩個正坐立不安的人也愣住了。

「老爹？魚兒？」辛情輕聲叫道，生怕嚇著他們。

「小情！」、「辛姊姊！」兩人叫道，一時有點不相信這是真的。

辛情跑過去抱住兩個人，眼淚在眼睛裡打轉，「我想你們了，老爹、魚兒。」

魚兒也哭了，緊緊地抱住她，「辛姊姊，我和爹一直以為妳出事了，很害怕，還好妳沒事。」

「沒事，辛姊姊怎麼會有事呢！」辛情幫她擦擦眼淚，這才想起個問題。

「老爹、魚兒，你們什麼時候到京城的？」拓跋元衡為什麼接他們來？

「前幾天就到了。不過那些人說要等幾天才能來見妳。」富老爹說道。

「那些人？」辛情重複道：「他們沒對你們怎麼樣吧？」上上下下地打量兩人。

「沒有，辛姊姊，他們很客氣。」魚兒說道。

「這就好！」辛情點點頭，拉著兩人坐下了，讓他們講了講經過。原來自從她失蹤之後，他們便報了官，可是等了好久也沒有消息，他們想自己出去找，又怕辛情忽然回來找不到，只好天天等著盼著。一個半月前，一隊人深夜到了店裡，說帶他們來見辛情，兩人雖然半信半疑，但想想他們不過是平頭百姓，算計也算計不到他們身上，便來了。到了這裡被安置在一處院子裡，有僕人伺候著，只是那些人問什麼都不說。直到昨天才有人來通知他們，今天可以見到辛情了。

「辛姊姊，妳為什麼住在皇宮裡啊？」魚兒問道。

辛情笑了笑，決定實話實說，「因為辛姊姊現在是北朝皇帝的妃子，所以只能住在這裡。」

魚兒吃驚地瞪大了眼睛，富老爹拉著她欲跪，辛情忙拉住了，「老爹，您要跪我我可生氣了。我還是小情，永遠都是小情，您永遠都是我的老爹。」

「小情……」富老爹有些激動。

「在這個世界上只有您和魚兒是我的親人，要是你們也拿我當外人，我就太沒意思了。」

兩人點了點頭。

門口一個太監悄無聲息地出現了，躬身走到辛情身邊，「啟稟娘娘，皇上說娘娘可以在鳳凰殿宴請兩位貴親，之後讓奴才等送貴親出宮。皇上還說，以後見面容易，娘娘不必傷心難過。」

「我知道了，替我謝皇上。」辛情左邊一個右邊一個拉著兩人出了耀德殿的門下了臺階，太監們忙躬身請她上肩輿。辛情讓他們後面跟著，她要走走。一路上又有無數的人向辛情跪地行禮，魚兒有些緊張地拉緊了辛情的手，辛情朝她笑了笑，讓她放鬆。

到了鳳凰殿，早有太監回來知會過了，滿殿的宮女太監都在殿前垂首侍立。富老爹和魚兒見了這陣仗，更是緊張。

「散了吧！馮保，準備酒菜！」辛情吩咐道，太監宮女忙行禮散開。

很快酒菜擺好了，辛情拉了兩人入座，兩人又很拘謹。辛情想了想，揮了揮手，馮保馬上讓太監宮女都下去了，自己在旁邊侍立伺候，「你也下去吧，有事再進來。」馮保也出去了。

只剩下他們三人，富老爹和魚兒才放鬆了些，看著滿桌子的美味佳餚卻不敢吃。

「再不吃可涼了！」辛情先夾菜吃了，然後笑著看兩個人，他們才自在了些。說著笑著好一會兒，兩人才不緊張了。一不緊張話就多了，魚兒給她講店裡的回頭客更多了，隨心也回來過一次，沒看見她回來有些著急。後來說到南宮行雲被富老爹攔住了。

「老爹，您讓魚兒說嘛，我也想知道南宮怎麼樣了啊？宗老太太還給咱們管店嗎？」辛情笑著問道。這些人這一年來似乎都已經忘記了，可是現在一提起來還是那麼鮮明，就像昨天大家還在一起吃飯玩樂一樣，尤其是宗老太太那張嚴肅的臉似乎就在眼前。

「南宮少爺很著急，派了人在城裡城外找了好幾天，可惜都沒有找到，後來不知道發生了什麼事，南宮少爺走了，還特意跑來囑咐我說，如果辛姊姊妳回來了，一定讓妳寫信給他。」魚兒說完，小心翼翼地從袖子裡拿出一張紙遞給辛情，「辛姊姊，這是南宮少爺給您的位址。」辛情接了，看了看，記在心裡，然後把紙條扔進手爐裡燒了。

「勞他擔心真是不好意思，魚兒，以後妳再見到南宮少爺，替我跟他說聲對不起，告訴他不用擔心，辛姊姊很好。」南宮這個朋友真的很好，他讓她以後有事要去太湖找他，「宗老太太怎麼樣了？」

「宗老太太教我識字、管帳呢！」魚兒笑著說道。

「嗯，教會了以後給宗老太太當兒媳婦兒去。」辛情逗魚兒。

魚兒紅了臉，低了頭，辛情看看富老爹笑了。

有說有笑一頓飯吃了近一個時辰，天色不早了，馮保進來在辛情耳邊小聲說外面有人奉旨送貴親出宮。辛情笑了笑，「老爹、魚兒，你們先回去，過兩天我去看你們。」

「辛姊姊，妳能出宮嗎？」魚兒問道，她聽說宮裡的娘娘們是不能隨便出宮的。

「當然能，魚兒放心好了！」辛情笑著說道。

親自送了他們到殿外，已有太監在等著了。

「路上小心些。」辛情交代，太監們忙躬身答了，馮保已拿了銀錢給他們打賞了，一行人這才走了。

辛情站在原地，直到連影子也看不到了。馮保早已輕輕給她披了大斗篷。

「天氣寒冷，請娘娘移步回宮。」馮保說道。

辛情點點頭進殿去了。酒菜已收拾完了，宮女們正在熏香。辛情心裡有些酸酸的，靠著柱子坐下了。拓跋元衡說她的心冷，可是心冷的人面對著離別也會心酸嗎？抱著膝蓋，辛情回憶起水越城的日子，似乎還是觸手可及的那些人、那些事……

「朕本來是讓想妳高興高興，卻把妳惹得不開心。」拓跋元衡的聲音。

「謝謝！」辛情沒抬頭，頭仍趴在膝蓋上。

「朕在京郊賜了他們府第，想見還是容易。」

「府第？」辛情抬頭看拓跋元衡，「你要他們長住？」

「愛妃不想他們陪伴？」拓跋元衡在她身邊坐下。

想！可是不能！這個兇險的虎狼之地，不適合富老爹和魚兒生存。

辛情搖頭，「手無寸鐵的人到了這裡，會被吃得屍骨無存。」

拓跋元衡瞇了眼看她，「難得愛妃也有在意的人，還真是讓朕意外。」

「不是在意，只是不想將來給自己再添一筆罪孽。」辛情說得雲淡風輕。自己什麼時候屍骨無存都不知道，她不知道有沒有能力去保護他們周全。

拓跋元衡笑了。

「我求你放他們走，不要讓他們在這裡。」他們回去，她心裡就有那個小小的店和那盞小小的燈火，就會有希望。

「求？」拓跋元衡笑得更讓人捉摸不透，「愛妃居然會說這個字。愛妃，妳要怎麼求朕啊？」眼神邪邪的。

「皇上，除了這個身體還讓您喜歡，臣妾一無所有。」辛情假笑。

「愛妃猜朕會不會答應？」拓跋元衡又抱住她，手指頭輕輕地在她臉上畫來畫去。

「天底下最難猜的就是皇上您的心思，臣妾怎麼猜得到。」辛情笑著說道。

「那就要看愛妃妳怎麼做了。」拓跋元衡瞇了眼睛看她，辛情在他的眼睛裡看不出任何意義。

還沒等辛情出宮去看富老爹父女倆，他們又進宮了，只不過這次不是拓跋元衡下的旨，而是太后那個老太婆。辛情去向太后請安之後，正要說「告退」，太后就說道：「妳的貴親來京，怎麼都沒來見見本宮？」

辛情稍稍一愣，馬上就笑著說道：「太后，臣妾的親戚出身寒微，不敢朝見太后。」

「出身寒微也是國戚，不來參見本宮倒是有點失禮了。不過看在妳的面上，本宮也不計較了。」

「謝太后！」辛情說完仍舊坐了，心裡盤算這是怎麼回事，不經意對面赫連的笑臉映入眼簾，辛情立刻明白了，敢情這幫女人太無聊，藉著她出身寒微的「親戚」來看她笑話了。心裡冷笑了一下，就看妳們的本事了。

正想著，太監來報說右昭儀的貴親來向太后請安。辛情悠閒地看門口，等到他們進來了，還沒等太監讓跪，辛情起身來到他們面前，笑著說道：「爹、妹妹，給太后磕頭謝恩。可要知道，以咱們的寒微出身能得見太后可是幾輩子都想不到的恩典呢，還有，未經太后允許可不能抬頭，這宮裡的娘娘可不比咱們鄉下的女子，不是可以隨便看的。」

富老爹和魚兒點點頭，跪下磕頭行禮。太后卻不讓他們起來，只讓他們抬頭。

「貴親在何方高就？」太后問道。

「爹，太后問您靠什麼生活過日子。」辛情說道。

「我們開了一間麵店，賣麵過活。」富老爹說道。辛情聽到了輕笑聲，冷冷一眼掃過去，然後才笑著跟富老爹說道：「爹，您可真是的，前些日子女兒跟您說了，見貴人要自稱草民，否則會被笑的。您就算為了要討娘娘們高興，也不用故意裝作忘了呀。」

辛情看太后，太后的臉色稍變，讓他們起來並賜了座。辛情笑著替他們謝了太后，然後又對兩人說：「儘管實話實說，娘娘們很有涵養，不會嘲笑你們出身寒微。」這才回到自己的位置上坐了。

女人們的話被辛情堵死，又都看魚兒，誇魚兒看起來就像右昭儀一樣有福氣，將來一定可以嫁入官宦之家。魚兒臉紅了，偷偷看辛情，辛情笑了，對魚兒說道：「小妹，娘娘們說笑呢，像咱們這樣的出身，除非有美貌，否則不可能一步登天的。妳又沒有姊姊我這樣的美貌，怎麼可能嫁入官宦之家呢？姊姊還是為妳物色一個踏實的人嫁了的好。」

女人們又有些訕訕，辛情微笑著看富老爹和魚兒。

「太后，臣妾的父親和妹妹久在鄉下沒見過世面，言語上若有冒犯之處，還請娘娘恕罪。太后恐怕也累了，臣妾這就帶父親和妹妹下去好好教導，以免將來見皇上的時候有失禮之處，貽笑大方。」辛情起身說道。

「好，本宮也累了，都下去吧！右昭儀，替本宮好好招待貴親。」太后順勢說道。

「是，臣妾告退。」辛情拉起兩人的手，端著肩膀往宮門外走。她生氣，很想找人吵架。

還沒到大殿門口，一個小太監匆匆忙忙進來回事，差點撞著辛情。

「給娘娘請安！」小太監跪地說道，肩膀有些抖，他差點衝撞了右昭儀娘娘。

辛情沒讓他起來，看看他，「當這是跑馬場啊，橫衝直撞，這是太后宮裡，怎麼也如此沒有規矩，毛手毛腳。衝撞了本娘娘是小，哪天衝撞了聖駕，十個腦袋也不夠砍。」

「娘娘饒命。」小太監忙磕頭。

「起來吧，看在你還會給本宮請安求饒的分上。再有下次，小心你的腦袋。」等那太監顫抖著起身側身到一邊，辛情才昂首挺胸出去了。

帶著兩人到了鳳凰殿，富老爹和魚兒都低著頭，辛情滿懷歉意：「老爹、魚兒，對不起，讓你們受委屈了。」

「小情，我和魚兒讓妳丟臉了。」富老爹的聲音蒼老了許多。

辛情笑了，拉著魚兒到那邊看鸚鵡。鸚鵡一見她，齊聲說「娘娘吉祥」。

「老爹、魚兒，你們看我養的鸚鵡好玩吧？會說人話呢。可惜呀，說再多的人話終究還是畜生。您說要是哪天牠啄了我一下，難道我還真跟小畜生計較不成？那不是自降身價，承認自己是畜生了？」辛情笑著說道，餵了千羽和千尋些米粒。

「辛姊姊，她們都是壞人。」魚兒說道。

「魚兒啊，這天底下有幾個真正的好人呢？這皇宮裡她們也是迫不得已，只不過不值得同情罷了。」辛情嘆了口氣坐下，又看看富老爹，「老爹，本來我是求了皇上放你們回江南的，可如今太后要攪進來，我就不能讓你們走了。」他們走了怕以後會是凶多吉少。

「我知道，小情，只是又要給妳添麻煩了。」富老爹說道。

「是我給你們添麻煩了才對，如果不是我，你們也不會被捲進這渾水。老爹、魚兒，對不起，我現在還想不出什麼好辦法，不過我會努力想的，然後送你們去安全的地方，遠離這個虎狼之地。現在你們先在京城住下，我會多派些人過去保護你們。」她不想連累別人，卻還是把這兩個對她最好的人連累進來了，如果真有人對他們不利，她一定不會放過她們，就算是太后也一樣。

「小情，妳自己也要小心。」富老爹說道。

「我？」辛情笑了，「您放心吧，我現在還是皇上的寵妃，沒人敢把我怎麼樣。」

送走富老爹和魚兒，辛情收了臉上的笑，面色陰沉地端坐在桌前。太監宮女們放輕了腳步，一點聲音也不敢弄出來。

「啟稟娘娘，皇上賜宴，請娘娘移駕太華殿。」馮保小心翼翼地說道。

辛情半天才動了動，「賜宴？還有誰？」

「只有娘娘。」

「好，走吧！」辛情起身，宮女們忙給她穿戴齊整。辛情想了想，走到銅鏡前看了看鏡子中的自己，對著自己笑了笑。

乘肩輿到了太華殿，拓跋元衡似乎已經等了一會兒了。

「愛妃不高興？」拓跋元衡自然地將她攬在懷裡。

「沒有，高興！這後宮裡還有誰有這麼大的福氣，蒙您在太華殿賜宴哪！」辛情笑著說道。

「言不由衷！」拓跋元衡說道。

辛情沒言語，假笑。

晚膳已備好，拓跋元衡和辛情落座。拓跋元衡拍拍手，馬上就有太監端了托盤來，上面的白玉杯裡是暗紅色的酒。太監將酒放在辛情面前，辛情看看拓跋元衡。

「西域進貢的玩藝兒，愛妃嘗嘗看。」

「謝皇上。」辛情假笑著端起酒杯，拿到眼前看了看，然後輕輕在鼻端搖晃，輕啜一口，使之在嘴裡停留了片刻才嚥了下去，最後放下酒杯，「謝皇上賜美酒。」

「愛妃懂得品酒。」拓跋元衡看完了她優雅連貫的動作，笑著看她，「愛妃還有什麼是朕不知道的？」

辛情微微笑了，品酒？喝酒是她的排解方式，為此她還特意學了調酒，品品這葡萄酒當然不在話下。

「過獎，臣妾獻醜了。」辛情悠閒地品酒，菜就不怎麼吃了。

拓跋元衡喝的是白酒，他說這種西域酒太淡。

辛情想了想，命太監拿冰塊、一只水晶杯和一杯高粱酒來。

拓跋元衡看著她放了四塊冰塊在杯裡，倒了些高粱酒，又倒了約三倍的葡萄酒，然後拿了乾淨的象牙筷子攪拌了約一刻鐘。她專注地看著酒杯，專注地攪動，旁邊的太監們也都好奇地看著。

「蒙您賜酒，臣妾沒什麼好回禮的，請您嘗嘗這個！」辛情讓太監端了酒過去。

拓跋元衡喝了一口，看著她笑了，「好，清冽，還有股葡萄酒的清香！」

辛情假笑。

那天賜宴結束，拓跋元衡命人把西域進貢的葡萄酒都送到鳳凰殿，辛情便每天喝一些美容養顏。

快過年了，皇宮裡到處都是忙碌的人影，拓跋元衡一會兒祭天，一會兒祭地，一會兒祭祖宗，辛情想像他這樣有昏君潛質的皇帝拜祖宗的時候，祖宗們會不會心驚肉跳。

拓跋元衡忙，辛情也忙，跟著太后老太婆出宮去廟裡上香祈福，辛情祈禱自己能快點離開這個鬼地方。跟著太后跑完了，又要跟著皇后這裡拜拜那裡拜拜，時常累得腰酸背疼。給別人拜完了，還要在鳳凰殿正殿裡接受別人的拜拜，她那時候覺得自己就是塊牌位。不過她可是很安心地接受她們行禮，畢竟她們踩著她玩也得讓她找點平衡感。

大年夜哪裡都一樣都要放煙火，辛情本來不想去，可是拓跋元衡說要給她個驚喜，辛情微笑，驚喜？難道大變活人把嫦娥給她弄回來？

辛情很吃驚，驚喜倒談不上，驚訝肯定是有的。

當那一大堆焰火點燃在天空中綻放出一個女子的容貌和幾行詩文時，辛情愣了一下。那女子的容貌當然看不出誰是誰，詩文是「北方有佳人，絕世而獨立。一顧傾人城，再顧傾人國。寧不知傾城與傾國？佳人難再得！」閃耀了一會兒，消失之後，拓跋元衡笑著問她：「如何，愛妃？」

「漂亮！」他說的驚喜就是這個？那麼那個人就是她辛情囉？拓跋元衡這個昏君。

「可惜不能做得更細緻些，比愛妃的美貌差之千里。」拓跋元衡說道。

「臣妾謝您了。」辛情假意說道。可以預見，麻煩正在向她招手，雖然她已經盡力在表現自己在這個後宮中不爭不求的態度了，可是只要旁邊這個昏君稍稍動動心思，她的努力就會付之東流，女人們就會紅了眼看她。辛情知道之所以沒有大的麻煩是因為她們還忌憚拓跋元衡。

到了初五，辛情說初六要去看富老爹和魚兒。拓跋元衡准了，也准了辛情微服前去，所以初六一大早辛情就起來了，穿了她最樸素的衣服出宮，只有馮保和四位鳳凰殿侍衛隨行。

拓跋元衡賜的府第沒有牌匾，裡面的僕人也不多，很安靜。下人們忙去通報，辛情往裡走的時候，富老爹和魚兒迎了出來，身上穿著一看就是價值不菲的綢緞衣服，可辛情卻看出了他們的不自在。

遣退了跟著的人，辛情在魚兒的櫃子裡翻來翻去，找了一件艾綠色的粗布衣服自己換上了，然後伸了伸胳膊、腿，覺得身體輕快了許多。魚兒看著她怪異的舉動，問道：「辛姊姊，妳幹什麼？」

「還是這種衣服穿著舒服。」辛情坐下，「魚兒，這件衣服送給辛姊姊吧！」

魚兒點點頭，盯著她看了一會兒說道：「辛姊姊，妳的疤沒有了，更好看了。」

辛情看看她，自己伸手摸了摸，又到處找鏡子，仔細看了看，還真的沒有了，連一點淡淡的痕跡都沒有，整個額頭光潔如玉。

「辛姊姊，怎麼了？」魚兒有些納悶，辛姊姊難道不知道自己的疤痕沒了嗎？

辛情搖搖頭，「沒事。」一直以來宮女們給她梳頭髮都是遮住額頭，她根本就沒留心看過自己的疤痕，今天出宮是她自己隨便挽的頭髮，都弄到後面綁到一束，故意露出額頭，就是為了出門不惹人注意，沒想到……她不會傻到相信它是自己沒的，那麼就是宮女們給她化妝時偷偷上了藥，而這一切的主使者只能是拓跋元衡。後宮之中，只有他希望她的臉越來越好看，其餘的人估計恨不得在她臉上潑硫酸。這個拓跋元衡實在太不尊重人了，擅自改變她的容貌。

中午，辛情纏著魚兒做麵條吃。午飯後辛情讓下人拿了精緻的銅盆盛著炭端進來，然後和富老爹、魚兒圍著桌子烤土豆、胡蘿蔔、地瓜。聞著陣陣的香氣，辛情眼巴巴地看著，感覺好像以前的日子，想念。

直磨蹭到天黑，馮保進來催了好幾次，辛情才依依不捨地起身回宮。趴在馬車的毛毯上，感受馬車平穩的前進，她萬分不願意，好幾次想跳車逃跑，可是衝動歸衝動，理智讓她還是維持著這個姿勢趴在毛毯上。忽然馬車劇烈地震動了一下，辛情一個沒注意，額頭磕在木頭上眼冒金星。

「還不讓開？」坐在外面的馮保尖著嗓子喊道。

「怎麼回事？」辛情揉著額頭，蘇朵這輩子就是碰撞的命，碰完了柱子碰木頭。

「娘娘，一匹受驚的馬而已，沒事了，請您放心。」馮保小聲而恭敬地說道。

「沒事就走吧！」回去得用點紅花油揉揉。

等馬車繼續前行，辛情坐了起來邊揉著額頭邊想事情。如果這次遇到的是刺客，她還有機會活著嗎？答案是一半一半，刺客更厲害的話，會連同侍衛都殺了不留後患。如果所有人都死了，就沒人知道是誰幹的了。辛情心裡一動，沒人知道……如果她再死一回而沒人知道她是假死，那她就可以自由了。

可是她要去哪裡找刺客？最關鍵的是她有什麼權利為了自己的自由讓這些侍衛無辜喪命？辛情搖搖頭，她的心是冷，可是沒有冷到草菅人命、無視人命的地步，只能另想他法。

進了宮門換乘轎子，辛情也沒注意他們是要把她抬到哪裡，直到落了轎，馮保扶了她出來才知道是太華殿。看馮保一眼，他馬上說道：「按禮，娘娘省親回來當要向皇上謝恩。」

辛情無奈地點點頭，出個門這麻煩勁兒的，煩死人。

快步走上台基，殿門口的太監看到她愣了一下，辛情回頭看馮保。

「右昭儀娘娘省親回宮，特來向皇上謝恩，還請通報。」馮保對那太監說道。那太監這才去了，不一會兒出來恭敬地說道：「娘娘請。」

皇帝在太華殿的飛虹閣，聽到裡面傳來的朗笑聲和窗戶上映出的衣香鬢影，辛情實在很想轉身回去。邁上臺階，辛情一低頭才發現自己居然穿了魚兒的粗布衣服就回來了，可已經走到人家門口了，再回去換衣服也來不及了。

進了飛虹閣才知道原來又是一場宴會，正在歡宴的人都停下來看她，這些人裡除了拓跋元衡，她還認識拓跋元弘和幾位妃子，唯一一個和她一樣站著的是賀蘭光猷，她站在拓跋元衡桌前的地毯上，看樣子是正在跳舞。

辛情福了福身，「臣妾來謝皇上恩典。」

「愛妃不必多禮。」拓跋元衡向她招手，辛情雖然不想過去，不過眾目睽睽之下她是不會做反抗拓跋元衡的蠢事，因此她走到拓跋元衡桌前站定，「皇上還有什麼事？」

「今日是朕和兄弟們的家宴，愛妃雖冊封日久，這些兄弟們卻沒有都見過，正好今日見一見。」拓跋元衡讓她到他身邊坐下。

「是，皇上。」等到宮女為她除去大斗篷和雪帽，在場的人都愣了。諸王以前聽說這位右昭儀愛穿布衣，皇帝特意建了裁霞院為她做布衣，可是前次太后千秋所見也沒有這般樸素，況且臉上脂粉不施，頭上、手上也沒有半個首飾。

「愛妃今日怎麼如此打扮？」拓跋元衡笑看她。

「微服出宮自然不好太招搖。」辛情接收到女人們殺人的目光，忽然很想使壞。

「皇兄，右昭儀娘娘果然是傾國傾城的佳人，皇兄真是豔福不淺。」辛情看向說話的年輕人，是那日與拓跋元弘一起的棕紅斗篷。

「王爺過獎了。」辛情朝著他一笑，然後問拓跋元衡：「不知道這是哪位王爺？」

「十二弟慶王。」拓跋元衡說道，辛情點點頭。

拓跋元衡又一一給她介紹了餘下的兄弟，都是封了王的。介紹完了，那慶王又端著酒杯站起來，到拓跋元衡桌前直視辛情，「臣弟敬娘娘一杯，只是不知道娘娘是否賞臉。」

辛情笑了笑，輕輕端起酒杯，「慶王爺抬舉，那就恭敬不如從命了。」掩杯一飲而進，笑著對著他說道：「慶王爺，有請了。」

慶王一愣，馬上回過神來，一飲而進，然後歸座。他開了頭，其餘的幾位王爺都湊趣，辛情看看拓跋元衡，他只是端著酒杯笑著看她，眼睛裡充滿著探究。辛情喝了幾杯酒之後，故意輕輕撫了撫額頭，一副不勝酒力的樣子，靠在拓跋元衡肩上，「皇上，臣妾喝酒有些頭疼，就先告退了。」

「好，愛妃先回去歇著吧！」

辛情起身，任宮女為她重新穿戴好了，向諸王略點了點頭才走了，到了門口又故意差點撞到門上。

皇帝叫住馮保，問他昭儀如何碰了額頭，馮保忙說了，拓跋元衡聽完之後沒說什麼，只是看了看掌管京城治安的安王和在場的女人們，一股涼意在飛虹閣升起。

第二天，拓跋元衡賞了兩顆夜明珠到鳳凰殿，當時馮保等人有些驚呆。因為大白天看不出來是夜明的，在辛情眼裡就是兩顆普通珠子。拿在手裡顛了顛，馮保的心都提到喉嚨了。

「娘娘，此夜明珠是前朝龜茲所貢，只有四顆，可謂價值連城，娘娘還是小心為妙，若不小心損壞……」馮保沒有說下去。

辛情看看他，「你的意思是，這東西比娘娘我的腦袋值錢？」

「老奴不是這個意思，娘娘您誤會了。」馮保忙說道。

「只有四顆？其餘兩顆呢？」

「一顆現在慈壽殿太后手中，另一顆已隨太妃入葬了。」

「這麼說，我比太后她老人家還多一顆？」辛情拿著珠子暗暗咬牙。拓跋元衡看起來是吃了秤砣，要讓她不得安生了。

「是，娘娘！」皇上對右昭儀的寵愛簡直是史無前例了，就因為出門受到驚嚇就賞兩顆夜明珠。他偷偷看看辛情的臉，這娘娘的臉也是真美，尤其那疤痕去掉之後更美。

辛情沒說話，只是拿著那兩顆珠子看了又看。

到了晚上，辛情命熄了燈，拿出夜明珠，果然是亮得很，便吩咐從此不用燈燭。

辛情一向知道自己在後宮中是招人討厭的，只是沒想到連一個十來歲的素未謀面的女孩子都討厭她。那天辛情去拜完了太后老太太，往回走，半路遇到正德夫人帶著一個打扮華麗的漂亮女孩兒。那女孩兒恭敬地向她行了禮，可是抬頭的那一瞬間，辛情看到她眼裡的憎恨。

她問馮保那是誰，馮保說是正德夫人所出的邯鄲公主。

然後有一天，辛情在御花園碰到了邯鄲公主，因為除了奴才之外只有她們倆，小姑娘便毫不掩飾對她的厭惡。

「我討厭妳。」小姑娘說道。

「我也不喜歡討厭我的人，和妳一樣。」辛情笑著說道。正德夫人要派女兒出場對付她了，「妳為什麼討厭我？」

「就是因為妳，我母妃失寵了。不過妳不用得意，早晚有一天父皇也會不要妳了。」

辛情暗嘆，果然是宮裡長大的孩子，都這麼早熟。

「我離那一天還遠呢！」辛情仍舊笑著說道。

「哼，妳等著好了！」小姑娘的聲音惡狠狠的。

「好啊，我等著！」辛情看看她，「妳父皇不是很喜歡妳嗎，妳替妳母妃纏住妳父皇就好了，妳覺得呢？」

小姑娘瞪了她一眼，走了。辛情看著她的背影笑。

果然第二天就聽說邯鄲公主病了，拓跋元衡當然去了正德夫人宮中。辛情在鳳凰殿端著酒杯看那紅色的液體，笑了。

邯鄲公主纏綿病榻，病了一個月才稍稍好轉。連太后都去探視了好幾次，辛情還是笑。她自然也去看了幾次，還送了貴重的補品和禮物，只不過小公主看到她都沒有好臉色。

春天快到了，空氣暖和起來，草色遙看近卻無的時候，御花園的太液池水也解凍了。邯鄲公主的病有了起色，據說要好了。

這天，宮女說太液池裡飛來了幾隻天鵝，辛情反正無聊，便帶了人往太液池來了。果然有不少妃子們都來看天鵝，見她來了忙向她請安。正德夫人陪著邯鄲公主來向她請安的時候，正德夫人說很感謝右昭儀娘娘這一個多月來的照顧，辛情說應該的，公主的病好了才重要，可是那孩子看起來實在是一點都不像病的樣子。

一行人慢慢走著，等走到一座浮橋之上時，小公主和她並排走。辛情冷笑，小孩子就這麼壞了。

「我以前很討厭妳，不過現在要謝謝妳。」小公主小聲地說道。

「不客氣。」辛情也小聲說道。

「所以，我要送妳一份禮物，抓一隻天鵝給妳。」小姑娘笑著說道，手慢慢抬起來。

撲通！一聲落水的聲音。

片刻之後，許多「撲通」聲，宮女們亂成一團，浮橋也左右搖晃。

很快，遠處那道明黃的身影旋風一樣出現。

「怎麼回事？」他的聲音很冷，眼神很陰。

宮女們齊齊跪下：「娘娘、娘娘落水了！」

「娘娘？」皇帝看向在場的人，正德夫人母女、賀蘭光猷還有幾位世婦。下水的太監們不停地浮上來換氣，可是那位落水的娘娘卻仍然沒有蹤影。

「誰？」皇帝問道。然後看到他的妃子們哆嗦了一下，「說！」

「是、是右昭儀娘娘。」一位世婦顫抖著說道。

皇帝立刻看了一眼正德夫人和邯鄲公主，眼神凌厲。小姑娘往她母妃身後躲了躲。

過了一會兒，還是沒有找到右昭儀，皇帝的臉色更加難看了，在場的人都噤若寒蟬，她們也不知道右昭儀好好的怎麼會落水。

遠遠的有笑聲傳來，所有人立刻看向那邊，然後不約而同鬆了口氣。離浮橋很遠的地方，右昭儀冒出頭來，身邊是一隻天鵝。

辛情遠遠看見岸邊的人影，笑了，拍拍天鵝：「委屈你了。」然後慢慢地游到岸邊，太監們七手八腳地拉了她上岸，順便把那隻天鵝也提了上去。

看到拓跋元衡鐵青陰沉的臉，辛情故作不知，笑著向他請安。

「愛妃怎麼會落水？」拓跋元衡沉著聲音問道。

辛情笑指天鵝，「公主說要送臣妾天鵝，我自己又忽然很想抓一隻，怕下水驚著牠們，只好潛水過去了，還好抓到了一隻。」

「這種事愛妃以後交給奴才去辦就好！」拓跋元衡說道。

「是，臣妾遵旨。」辛情笑著說道。宮女們早拿了斗篷給她披了，前呼後擁著回到了鳳凰殿，泡在大桶裡，辛情笑了。

洗完了澡，辛情特意讓宮女把天鵝送去給邯鄲公主。結果第二天，那天鵝被發現死了。

辛情想了想，又讓人拿錦盒裝了幾樣珍珠首飾送去，說當日嚇著了公主特意賠罪。聽說錦盒被扔在地上。

接連送了幾天，這天辛情親自裝了盒子，然後讓人送去了。

結果，全宮上下很快都知道邯鄲公主摔壞了右昭儀送她的一顆夜明珠。

辛情聽到這個消息，笑了。

然後，聽說皇上下令將邯鄲公主交由太妃撫養。

辛情正在喝葡萄酒，果然是養顏的東西，現在在水盆裡看蘇朵的臉是白裡透紅，美呆了。放下水晶杯，辛情看桌上的錦盒，慢慢打開，是那顆碎了的夜明珠。

「這麼好的東西真是可惜了。」辛情輕輕搖頭。她那天下手摔的時候還真是有點心疼。拿起一塊碎片看了半天，辛情叫了馮保過來。

「明天叫些玉匠進宮來。」辛情吩咐道。馮保忙記下了。

第二天剛用過早膳，一名年老的玉匠被宣來了，辛情讓馮保把那碎了的夜明珠給玉匠看，然後告訴他要怎麼做。玉匠領旨出去了。

這天辛情被太后宣召。雖然不明白這老太太怎麼忽然想起找她聊天了，可是她不能不去。到了慈壽殿，老太后正端坐榻上，宮女在給她揉肩膀。辛情行過禮在老太后賜的位置上坐下了。也不說話，只是笑著看太后。

「落了水沒有著涼？」老太后說道。

「謝太后關心，臣妾是窮人家的孩子，沒那麼嬌貴。」

「妳最近出落得更漂亮了。本宮十四歲入宮到現在四十年，所見妃子無數，沒有一個比妳漂亮，連先皇最寵愛的弘德夫人都比不上妳。」

「太后過獎了。」自貶容貌的詞怎麼說來了？好像什麼蒲什麼柳來著。

「弘德夫人當年是最受寵愛的妃子，卻也只能封為夫人，妳知道為什麼嗎？」老太后端起茶杯，擺出閒話家常的姿態。

「臣妾不懂後宮的規矩，請太后明示。」為什麼，能為什麼，不是沒後臺就是沒兒子。

「弘德夫人出身草野，是當年先皇微服出巡帶回來的，從她入宮直到病死都是先皇最寵愛的妃子，可是先皇卻沒有辦法封她為昭儀，只有在她死後追封了個左昭儀，不過有什麼用，死後的風光給誰看！」

「您的意思臣妾明白了。」

「歷來後宮的地位都是與母家相連的，互為表裡，一榮俱榮，一損俱損。」老太后看了她一眼，「若妳有好的身世，以妳的容貌可以做皇后，既可以母儀天下，又可以光宗耀祖。」

「可惜臣妾出身寒微，這右昭儀的位置已是皇上和娘娘天大的恩典了，臣妾為此日日感激皇上和太后。」她感激得日日盼他們早點駕崩。

「出身寒微？」老太后發出一聲輕笑，「富平並不是妳的父親，富魚兒也不是妳的妹妹，妳真正的出身是什麼？」

「真正的出身？」辛情微笑，「臣妾從出生就被拋棄，從來都不知道自己的生身父母是誰，一直都是一個人過日子，直到遇見富老爹和魚兒才穩定下來。」

老太后看她，研究她這句話的真假。不過此話是辛情的真實狀況，所以辛情很坦蕩地與老太后對視。

老太后看了她一會兒，重又低頭喝茶，半晌才說道：「既是被拋棄，如果有線索，應該可以找到妳的生身父母。」

辛情笑了，「臣妾尋找了許多年，可是一無所獲，現在臣妾已經放棄了。」她的父母肯定不在這裡，她就算有線索也沒有用，何況她沒有線索。

老太后看著她笑了，「什麼東西都可以成為線索。」

辛情明白了，老太后打算把她收歸己用。

「還請太后明示。」辛情說道。

「妳這麼聰明怎麼會不明白。」老太后從身邊拿起一個盒子遞給辛情。辛情打開看了，裡面是塊金鎖片，上面刻著「長命百歲」。

「您是說這就是臣妾尋找生身父母的線索？」辛情合上錦盒。

「沒錯。妳的生身父母是本朝國相，也是本宮的兄弟，妳真實的身分是赫連國相的九女，出生時被國相五夫人掉包拋棄，而妳被拋棄的時候身上帶著本宮當年送妳的金鎖片。」

「很可憐的身世。」當時怎麼說這老太婆也是皇后，就送個金鎖片？真是小氣！

「是很可憐，妳被拋棄之後被尼姑庵收養，直到前年妳的師傅才讓妳出寺尋找生身父母，所以妳才流落江南，認識富家父女，後來與皇上相識，皇上登基之後將妳封為右昭儀。」

辛情沒作聲，這老太太編故事的能力真強。胡說八道都不打草稿的。將她兒子的強搶民女美化成一段浪漫的愛情故事，還屬於那種不離不棄型的故事。

「怎麼樣？」老太后問道。

「這樣的故事皇上是不會相信的。」拓跋元衡那種人會信？除非他腦袋燒成漿糊了。

「不，他會信的。為了讓妳這個右昭儀做得更穩當，他會信的。」

「太后覺得皇上如此看重臣妾？」

「哼！」老太后冷哼了一聲，然後說道：「違逆本宮之意，封妳為右昭儀，將臨華殿改為鳳凰殿，擴建鳳凰殿，秋圍、溫泉宮、夜明珠，難道妳認為這些還不能說明問題嗎？」

「因為臣妾這張臉皇上還喜歡罷了。」今天聽這老太太一說，才發現拓跋元衡還真是個不折不扣的昏君。

「也許。不過，如果妳有了強勢的外家，將來就算失寵，妳的地位也不會輕易動搖，明白嗎？」

「謝太后教誨。」辛情也喝了口茶才問道：「如此說來，太后打算將臣妾納入赫連家，與赫連夫人、賀蘭光猷同為赫連家效力了？」

老太后點點頭，「歷來，外戚的榮華富貴都與後宮戚戚相關，一朝天子一朝臣，本宮在時還可保赫連家的地位，可是若本宮殯天，後宮易主，赫連家的富貴恐怕就保不住了。不僅如此，若新君要集權，可能會誅殺前朝外戚，本宮不能不算到。」

真是血腥，親戚間下手也這麼狠，果然都是「禽獸」——錯，禽獸不如！

「太后已有了兩人在皇上身邊，還怕不保險嗎？」這種事情又不是多多益善。

「若不是她們兩人不中用，拴不住皇上的心，本宮何苦找妳一個外人。」老太后的眼神又變冷了。

「那麼，我除了右昭儀這個位置更穩當之外，還有什麼好處？」辛情直接問道。既然話都說道這個分上，就不用雲裡霧裡瞎扯了。

「富家父女的榮華富貴如何？」老太后也不客氣。

辛情瞇了瞇眼睛，若她在乎老爹和魚兒的生死就必定得答應她。這個混蛋老太婆，如意算盤打得倒是響亮。她在後宮中左不過還是個右昭儀，卻得為了她赫連家當牛做馬，只為了老爹和魚兒能好好活著。那她什麼時候才能有望逃離升天？

「太后，以臣妾現在受寵愛的程度來看，富老爹和魚兒的榮華富貴唾手可得，皇上已經在京郊賜了府第！」

太后笑了，輕輕地笑了。

「沒有名分的府第在這京城裡數不勝數，有名分的也數不勝數，這要是哪天沒名分的出了事，妳說……」太后沒說下去。

「名分？名分還不是皇上動動手的事？一道旨意可是容易得很。右昭儀這麼難，皇上也做到了。」

辛情笑著說道。

太后瞇了眼，冷冷地看她，「妳要什麼？」

「我要什麼，太后什麼都肯給嗎？」辛情笑著問道。

「說！」太后冷聲說道。

「我要赫連夫人和賀蘭光猷永遠不會母憑子貴。」辛情輕聲地說道。

「妳——大膽！」太后說道。

「太后，這樣才公平，您好好想想吧！呵呵，富老爹和魚兒是對我還不錯，不過報他們的恩給幾萬兩銀子也就是了，這個代價我還付得起。太后，您可是要為赫連家族考慮，這個就不用臣妾多說了吧！」辛情把錦盒還給太后，「等您想明白了我再來拿，臣妾先告退了。」

「妳下去！」太后的聲音有些抖，辛情背對著她都能感受到這老太太的怒氣。

她可以被太后收為己用，反正也沒什麼壞處，不過前提是另外兩個人不能生兒子。她們兩個不管是不是真正的貴族身分，起碼現在是。皇后無子，弘德夫人又失了寵，萬一哪天赫連或者賀蘭誰生了兒子，老太后就可以把她一腳踢開了，這種鋼絲她沒興趣踩——她可沒打算生拓跋元衡的孩子。

自從落水事件之後，辛情的日子過得還算舒服，只不過正德夫人還是她心裡的隱憂，因為她還有一個兒子可以威脅她，她可以把兒子過繼給皇后，然後和皇后聯手對付她。這一點讓她有點不舒服。畢竟拓跋元衡現在的五個兒子的母親，除了正德夫人地位較高之外，其餘四個都是嬪級或者是世婦。這個兒子被立為太子的機會還是很大的。當然了，誰當太子都跟她沒關係，但是在她成功離開皇宮之前，她還是不想讓自己面臨這麼強大的敵人。

三月初九是拓跋元衡的生日，排場比他老娘的都大。除了本國官員孝敬的東西，還有其他國家派使節送來的禮物，收的盆滿缽滿。皇宮裡熱鬧了近半個月才消停了。藉著拓跋元衡的光，辛情的鳳凰殿也成了儲藏室，各種新奇的玩意兒辛情足足看了好幾天才看完。可巧了，有一件奚祁送的寶裙——就是百鳥的羽毛做的，不同方向看效果不同。拓跋元衡把這東西給了她，她穿上了他說比仙女還美。辛情明白了，原來仙女都是個鳥兒。

禮品中還有幾個高眉深目、身材高瘦的西域美人兒，拓跋元衡迷了好些日子。少了他的糾纏，辛情便每天算計著怎麼離開。

奚祁說過，後宮有名分的女人只有死了才能離開皇宮。她辛情現在不僅有名分，還是個大大的名分。如果只有死了才能離開，那她要怎麼個死法？死是很簡單，可是死去又活來就難了。電視裡曾有神神叨叨的什麼藥，吃了會處於假死狀態，過了多久會活過來。可是她去哪裡找啊？就算找到了假死了，拓跋元衡要是把她真埋了，她要去哪裡找小燕子、紫薇那樣聰明講義氣的人哪？

忽然腦中出現一個人——太后。如果她肯幫忙，是不是會容易點？她可以像電視劇裡那樣賜死她，然後把她的「屍體」運出去。可是這老太太跟她沒那麼好的交情，賜死肯定也不是玩假的，此路不通，還是算了。

如果她偷偷溜出宮，然後毀容換面，拓跋元衡就找不到她了。可是老爹和魚兒怎麼辦？如果提前讓他們走，肯定會引起懷疑。如果和她同時走，目標又太明顯，她總不能也毀了老爹和魚兒的容貌，而且他們三個在這裡都是人生地不熟，估計連出城的門都找不到。

說來說去，就是得有人和他們裡應外合，可是誰有這個膽量和一個皇帝對著幹啊？辛情光著腳在地毯上走來走去，心情有些煩躁。就像接到任務頭腦中卻毫無思緒，而明天就是期限一樣。

神哪，救救她吧！

她不信神，所以沒有神來救她。

老太后還沒派人來找辛情，辛情那日回來之後又把事情仔細想了想，發現自己實在是考慮不周。讓那兩個人沒有子嗣——第一是讓拓跋元衡永遠都不碰她們倆，雖說赫連不得拓跋元衡的歡心，可是賀蘭還是偶爾能和拓跋元衡共度春宵的，所以這個方法行不通。第二是給她們服藥，可是這藥若是太后給她們的，她辛情當然不會相信那是真的，若是她辛情提供，老太后完全可以跟拓跋元衡說她要謀害他的子嗣，她可不認為蘇朵的臉比得過拓跋元衡的小蝌蚪，所以事情很麻煩。

這所有的事情攪在一起讓辛情如同困獸，煩躁不已，因此偶爾會摔東西，責罵宮人。以前她心情不好的時候會把房間裡所有東西都弄亂，再慢慢地收拾，收拾東西也收拾自己的心情。

這天早上起來，辛情看哪裡都不順眼，終於沒忍住開始扔東西，把鳳凰殿裡拿得動的都扔在地上，包括被子、枕頭、巨大的床幔、那一大堆的衣服、首飾、香爐等等等等。看著滿地的狼藉，太監宮女們都嚇得噤若寒蟬，這位一直笑得有些沒心沒肺的右昭儀發瘋了。不禁在心裡揣測，是不是因為皇上近些日子少來的原因。

站在一堆狼藉之中，辛情覺得自己的氣息慢慢地平穩了。看到有宮女要開始收拾，辛情說道：「都給我站著，不准動手，娘娘我自己收拾。」宮女們忙垂首侍立。

辛情在地上坐了一會兒，開始慢慢地收拾東西，整座宮殿裡就只有她走來走去和擺放東西的聲音。正蹲在地毯上一顆顆地撿珍珠，一個黑影在她不遠處彎腰也撿東西，辛情沒抬頭說道：「聽不懂人話是不是？一邊站著去。」

「愛妃今天好大的脾氣！」是拓跋元衡，他走過來把撿起來的那顆珍珠放進辛情手裡。

「得罪了，請皇上恕罪。」辛情接著撿珍珠，看也不看他一眼。

「朕惹愛妃生氣了？」拓跋元衡半蹲在她身邊，笑著問她。

「說笑了皇上，臣妾怎麼敢跟您生氣啊！」

「那是誰惹了愛妃生氣？朕治他的罪。」拓跋元衡幫她一顆一顆撿珍珠。

「沒誰，誰敢惹我這個大紅人啊，又不是嫌命長了！您別多心，可能是春天到了，心裡煩躁罷了。」辛情還是不抬頭。這個討厭的流氓還來惹她，怕她氣不死。

「愛妃又是悶了？」拓跋元衡說道：「朕本來打算今天帶愛妃出宮走走，既然愛妃心情不好，還是算了。」

辛情抬頭看他：「出宮？去哪裡？」

「去了就知道了。」拓跋元衡說道：「愛妃要不要考慮一下？」

辛情假笑，「不用考慮，臣妾盼著呢。」然後手一鬆，一把珍珠又都落在了地上。走到被她扔地上的那一大堆衣服中，辛情把魚兒那件粗布衣裳翻出來穿上，又把頭髮隨便綁了，然後走回來，看看拓跋元衡，「可以走了，皇上！」說完了又看看宮女太監：「不准收拾。」

拓跋元衡是帶著她一直走到宮門口的，辛情不禁納悶，這個流氓皇帝是要當暴走族嗎？到了宮門口已有十幾名黑衣侍衛等著了，一匹黑色的駿馬昂首挺立。辛情看看這陣仗又看看拓跋元衡，「皇上的意思是？」讓她走著去，還是讓她共乘？她寧可走著去。

「愛妃不會騎馬，當然與朕共騎。」拓跋元衡牽著她的手來到馬邊，辛情恍惚看到那馬睨了自己一眼，辛情衝這畜牲冷笑了一下。了不起啊，再了不起也是個畜牲。

上了馬，拓跋元衡的雙臂把她困在懷裡，一點動的自由都沒有。

馬跑得很快，看到街兩邊慌張閃躲的百姓，辛情皺眉，非機動車上馬路還這麼囂張，可真是——就算這路都是他家的，也不用這麼得瑟吧！典型的臭顯擺。

出了城又跑了很遠，辛情很想讓拓跋元衡慢點兒，她想看看路邊的花兒，她想下去走走，可惜每次她一張嘴都被風嗆得差點背過氣去，後來她用手拽拓跋元衡的衣服，示意她有話要說。拓跋元衡放慢了些速度，辛情說要下去走走，拓跋元衡的聲音在她頭頂說：「沒聽清她說什麼，讓她轉頭說。」辛情轉頭還沒說話，嘴唇就被拓跋元衡輕薄了一下。辛情瞇了瞇眼睛，臭流氓。乾脆轉回身不說了，大不了不看了。

「愛妃想下去走走？」拓跋元衡帶著笑意的聲音在她頭頂接著問道。

辛情點點頭。

「不急，一會兒到了地方，愛妃就可以下去走了。」拓跋元衡還是笑，辛情很想回身給他一個耳光——真心實意的。

遠遠地看到一處小莊子，拓跋元衡鬆開一隻手指給她看，說他們要去的就是那個地方。又跑了一會兒才到，一個看起來古樸莊重的小莊子，遠遠地就見兩個人在等著。

等近到可以看清人臉了，辛情皺皺眉，那兩個人她認識。

顯然那兩個人也認出她了，其中一個瞪大眼睛，指著她說不出話。

「若水，不得無理。」辛情認識的那個隨心的僵屍爹說道。

「辛情，妳、妳、妳是……」隨心——赫連若水有點結巴。

「我是。」辛情說道。

「臣參見皇上、娘娘。」隨心她爹說道。

「德勖，好久不見了。」拓跋元衡笑著說道，然後看赫連若水，「這就是若水？長這麼大了。」

「是。若水，還不參見皇上、娘娘。」赫連德勖說道。赫連若水這才恢復了一點點正常，請了安。

進了莊子，拓跋元衡說這地方這麼多年都沒變樣，赫連德勖就說謝皇上派人照看。辛情和隨心面面相覷。

「若水，妳帶她出去走走，她在宮裡悶得慌。」拓跋元衡說道，然後又補充了一句：「別惹她，她今天火氣大！」

「是，皇上舅舅。」隨心忙拉著辛情往外跑。

她們出了門，馬上就有侍衛悄無聲息地跟上了。辛情勾勾手指，等一個侍衛到了跟前，辛情笑著跟他說：「退後，退到我看不見你為止。」

「娘娘，微臣等奉旨保護娘娘安危。」

「我又不是傻子，有人要殺我我不會跑嗎？走開！」

那侍衛思索片刻退後了，退到看不見。

「天哪！辛情，妳是我皇上舅舅的右昭儀？我舅媽？」隨心還是有點震驚。

「妳見著我就沒有別的話嗎？」辛情不想說這個讓她煩的話題。

「妳居然被我舅舅看上了，真是挺可憐的。」隨心笑著說道。

「我問妳，妳舅舅當時在店裡出現，妳幹嘛不告訴我？」辛情斜著眼睛。告訴她她就可以躲了。

「呵呵，辛情，妳怪我有什麼用啊，今天也是我第一次見我皇上舅舅。」隨心說道，還是用很可憐的眼神看辛情，「那個……跟妳說：過得好會給自己找麻煩的人是皇上？」

辛情搖頭。是另一個皇上。

「那個人還真是厲害，一語中的。妳還真是給自己招麻煩了。」

「妳少給我幸災樂禍。」

「我不是幸災樂禍，我是真可憐妳。後宮啊，吃人不吐骨頭的大凶之地，日子很不好過吧？」

「隨心，我發現妳就算當了娘，說話還是那麼不中聽。」

「我說的是實話，沒有比這一句還實在的了。不過，我看皇帝舅舅對妳好像還不錯。」

「哼！」辛情瞪了她一眼，「我現在後悔了，如果當初當妳小後媽多好！」

「喂，姊姊，啊，不，舅媽，現在這話兒妳可別隨便說了，皇帝舅舅聽著還以為我爹曾經調戲過妳呢，滅門哪！」隨心笑著說道。

「皇帝是妳親舅舅？」那太后不就是她姑奶奶了。

「算是吧，我娘是先皇弘德夫人生的，寧王才是我親舅舅。」

「妳也姓赫連，和太后是一家子吧？」

隨心點點頭，「太后是我姑奶奶，可惜跟我們家關係不好，因為我爹娶了我娘。不過，聽說皇帝舅舅對我娘還是挺照顧的，所以對我爹爹也不錯。」

「真夠複雜的。」辛情聳聳肩膀。

「還可以。」隨心笑著說道：「說來聽聽，為什麼今天火氣大呀？」

辛情沒說話，冷冷笑了。

「看來妳是真不喜歡皇宮，那妳怎麼不跑啊？」

「跑得了我還用在那兒等死啊！」辛情恨恨地說道。

「跟我外祖母一樣。」隨心說道：「我爹說我外祖母雖然很受寵愛，可是一直都鬱鬱寡歡，後來我母親生下來沒多久，我外祖母就病死了，死的時候才二十八歲。」

「我離死也不遠了。」沒准哪天她就豁出去了，能跑就跑。

「妳不會死的！我猜我外祖母的死有一半原因是太傷心了，因為看不開皇外祖過多的女人，可是妳根本就不喜歡我皇帝舅舅，所以妳不會死的，除非妳自己找死。」隨心撇嘴說道。

「謝謝妳的恭維。」

「說實話，辛情，我覺得妳這種冷心冷腸的人真的比較適合在皇宮裡生存。」隨心的聲音很真誠。

「我適合就活該在那兒活著？狗屁不通的理論！」

「當娘娘的人了還是不改粗俗。」隨心笑著說道：「走吧，皇帝舅舅讓我帶妳到處走走，我可不能抗旨不遵。請吧，娘娘……」

辛情站起身，跟著她出了莊子逛，看到田野才感覺到久違的自由。辛情深深吸了口氣，隨心在旁邊搖頭。

逛沒多大一會兒，就有人過來說拓跋元衡讓她們回去用午膳。

回到莊子，七拐八拐進了客廳，膳食已擺好了。隨心向拓跋元衡請了安，笑著說向皇上覆命。拓跋元衡看了看辛情，辛情衝他笑。

席間拓跋元衡半真半假地問赫連德勖什麼時候續弦，隨心笑眯眯地說，本來有一個小後媽的，可是還沒進門就被人捷足先登了。辛情在桌子底下狠狠踹了她一腳。

飯畢又坐了一會兒，說了些廢話，拓跋元衡說下午還要接見偃朝使者，所以先回宮了。還讓隨心以後有時間入宮陪伴右昭儀。隨心笑著答應了。

回城的路上，拓跋元衡放慢了速度。

「愛妃可高興些了？」

「臣妾本來也沒生氣！」

「辛情，朕想看到真實的妳，不要總戴著面具對朕說話。」

「臣妾說的就是真話，是您不信！」真實的她？真實的她是什麼樣子的她都不知道，面具戴久了就會認不出自己最初的面孔。

「沒關係，朕會慢慢等的，反正……」拓跋元衡頓了頓，「反正朕和愛妃有一輩子的時間。」

辛情身子僵了一下。一輩子的時間？一輩子，多讓女人感動的詞，可惜他們天生不是一對。

「愛妃害怕了？」拓跋元衡的聲音一下子變得聽不出情緒。

「是啊，臣妾怕，一輩子太長了。」

拓跋元衡輕聲笑了，辛情的氣息一窒。

剛回到鳳凰殿，馮保就捧了一樣東西來，辛情掃了一眼笑了，讓馮保展開給她看。

「好看嗎？」辛情問馮保。

「娘娘巧心，此夜明紗會將娘娘的絕世風姿襯托得更加完美。」

「聽著受用，賞你件什麼東西呢？」辛情自己拿過那紗，「去偏殿自己挑吧，喜歡什麼拿什麼。」反正不是她的東西，她是不會心疼的。

「伺候娘娘是奴才的福分，不敢再要娘娘的賞賜。」馮保趕緊說道。

「嫌少？」辛情看他一眼，「你為娘娘我做的事我心裡有數，賞你的你就拿著。」

「謝娘娘賞賜。」馮保躬身到一邊。

辛情把那綴滿了點點碎夜明珠的紗隨意扔到床上，又開始收拾滿地的東西。好不容易撿完了珍珠，天已黑了，太監來請示晚膳。辛情正好有些餓便命傳膳。吃完了接著收拾，滿殿的宮女沒人敢插手，都在一邊看著。

收拾到衣服時，辛情看到那件奚祁送的羽毛裙，在夜明珠的光芒下，它正發著七彩的柔和光芒，十分誘人。想了想，辛情脫下粗布衣裳換上羽毛裙，又翻出塊淺粉色的綢緞裏了身子，在胸前繫出一朵綢緞花，撈起夜明紗披著，到鏡子前晃了晃，自己給自己拋個媚眼，找著了舞娘的感覺。

讓宮女將夜明珠收進盒子裡，辛情眼前一片黑暗，同樣眼前忽然漆黑的太監宮女們只見那夜明紗上點點微光，在那微光下，羽毛裙的七彩光芒也是一閃一閃的。然後就見那紗和裙動起來了，在漆黑的殿裡有種鬼火閃耀的感覺。

宮女太監們適應了一會兒，隱約可以看見辛情了。從她身體扭動的情況來看，她在跳豔舞。不禁都是一愣，眼睛卻直直地看著。

忽然，只聽辛情「哎喲」一聲跌坐在地毯上，宮女們忙拿出了夜明珠，只見辛情坐在那兒揉腳，便都急忙圍了上去，生怕她傷著了哪兒，到時候不好交差。

辛情命她們散開，自己趴在地毯上摸索了下，然後笑了，手裡拿著一顆不小的珍珠，「敢情還有個漏網之魚。」一甩手扔向殿門，沒聽到迴響，卻見滿殿的人都跪下了，回頭看看，拓跋元衡正邁步進來。辛情也不起身，媚笑著看他，他在她身邊坐下，手伸到她面前，「下次不要扔門口，砸到朕，可是要治罪的。」

「是，臣妾知道了。」辛情看著拓跋元衡的手拿起了她的夜明紗。

「巧心思。」拓跋元衡輕笑，然後抬頭看她，「不可惜？」

「可惜呀，不過如果就那麼放著不是更可惜？還不如派上用場呢。」

「一舉兩得。」拓跋元衡將視線移到她身上，「這樣打扮倒是新奇。」

「無聊嘛，一時心血來潮。」辛情笑著欲起身拿件衣服裹一裹，冷不防被拓跋元衡拉著跌到他懷裡。

「朕剛才看得不真切，跳給朕看。」拓跋元衡在她耳邊說道，吹得辛情耳後起了一層雞皮疙瘩。

「呵呵，您想看？」辛情把眼睛笑成彎月。

拓跋元衡點頭。

「可是臣妾剛剛扭了腳，怎麼辦？」辛情一臉的無辜。

「扭了腳，那就沒辦法了。朕雖然想看，可是更捨不得愛妃腳疼，只能下次再說了。」拓跋元衡捏捏她的臉。

「謝皇上心疼。」辛情笑著說道。

過了兩日，辛情正無聊地在鳳凰殿裡逗鸚鵡，身後傳來一句：「娘娘，赫連若水求見。」

辛情沒回頭，繼續逗鸚鵡，「轟出去，不見。」

「娘娘好大的架子。」來人笑著說道。

「哎喲喲，妳當我是妳拿銀子就能見的？」辛情回頭斜著眼睛看她，「妳們都下去吧！」

等宮女太監都退下了，赫連若水在殿裡各處掃視一遍，然後嘖舌，「果然是得寵的娘娘，這籠子，金子做的呢，金碧輝煌啊！」

「呵呵，妳看我這倆鸚鵡好看不？」辛情笑著問道。

「還行。」赫連若水跑過去抓抓鸚鵡的腳。

「我想給牠們找個伴兒，陪牠們玩兒。」辛情笑瞇瞇地看赫連若水。

「喲，娘娘，您不是打算把我掛上吧？」

「妳願意的話也行啊，我給妳打個金腳鏈，十個人伺候著。」

赫連若水搖頭。然後看辛情。

「看什麼？沒見過女人？」辛情坐到桌邊喝水，「妳不是特意來看我的吧？」

赫連若水又搖頭，「給太后請安，順便來的。」

「我就說我也沒那麼大面子。有些人啊，白眼狼，知恩不圖報。」辛情笑著說道。

「妳別冤枉人啊，知恩圖報也得看報什麼啊？」赫連若水瞪她一眼。

「滴水之恩湧泉相報，不是沒聽過吧？」辛情眼波流轉，「比如，給她養老啊！」

赫連若水一個小箭步衝到她身邊，壓低了聲音說道：「養老？妳以為我舅舅家窮得要讓別人給養老嗎？」

「妳舅舅家人口太多，僧多粥少，萬一餓死幾個怎麼辦？」辛情也壓低聲音。

「粥再少，得意的那些也得吃撐了。」

「不得意的呢？」辛情挑挑眉毛。

「那就難說了。」赫連若水說道，眼睛看了看門外，伏在辛情耳邊問道：「妳先老實點兒吧，我舅舅沒那麼好騙！」

「這麼說，妳會養老喔？」

赫連若水挪開視線，不置可否，走到那邊逗鸚鵡，扯扯鏈子，「拴著還真可憐，妳這個狠心的！」

辛情端著茶杯，冷笑兩聲，「那鏈子結實著呢，沒有拿鑰匙的人根本解不開。」

赫連若水回頭看了看她，五官都動了一遍，說道：「雖有鑰匙，可這麼牢固的鏈子也不好弄。」

「只要功夫深，鐵杵磨成針。」辛情笑著說道。

赫連若水走了，辛情便開始捉摸怎麼降級為那個不受得意被餓死的。她知道最直接的方法是什麼，可是不到最後她不想踩鋼絲。要拓跋元衡不注意她，那就儘量轉移他的注意力。在這後宮裡能轉移他注意力的，當然只能是女人——有特點的女人。

辛情擦亮了眼睛，每日必去給兩塊牌位請安，趁機看女人，然後「不經意」地推薦給拓跋元衡。為了這「不經意」，辛情沒事就要請人來鳳凰殿喝茶聊天，或者在御花園來個「偶遇」，還好，拓跋元衡是個敢於追求新事物的皇帝，對於新事物也很有探究精神，所以也沒枉費辛情費心思給他挑選各式花朵。

從那次請安之後，赫連若水又進宮了次，事情卻沒有實質的進展，赫連若水只告訴她難辦，稍安毋躁。辛情咬牙切齒打了她兩個暴栗子。這一拖便是兩個月過去了。

夏天剛剛有點苗頭的時候，辛情又開始貪睡。有了上次的經驗，她便十分小心，擔心自己是不是又懷孕了，但是思來想去又不能請太醫來看，若是沒有還好說，若是有了——那會是個天大的麻煩。

正當她為此心情煩躁的時候，一個宮女悄無聲息地進來說太后召見。辛情點點頭，帶著人往慈壽殿來了。意外的，拓跋元衡也在，臉色相當沉，目光陰冷地看著辛情。辛情心裡隱隱不安，也許她掉進圈套了，她想著，看了看太后、赫連看似平靜的臉，她們的眼睛裡有嘲諷。

請過安剛要起身，太后厲聲說道：「獨孤氏，妳謀害皇嗣，可知罪？」

「請太后明示，我謀害皇嗣，什麼時間什麼地點，什麼人可以作證？」辛情一臉平靜。真是老套的招數！不過，她忽然有了盤算，既然有人好心給她鋼絲，不利用一下豈不是可惜。

「看來妳還嘴硬得很！來人，把東西拿上來！」太后冷笑著說道。拓跋元衡只是冷冷地看著她。

看到進門的人，辛情神色平靜地看了看她。那宮女瑟縮了一下，在辛情後面跪下，口中說著奴婢叩見皇上、叩見太后。

「娘娘我指使妳謀害皇嗣了？」辛情問她，聲音很平靜。

宮女又抖了一下。

「把東西拿上來。」太后說道，馬上就有小太監過來取走了宮女手上的東西呈給拓跋元衡。

「這是什麼？」太后問道。

「知道就不必做戲了，太后，可您打算憑這小小的藥丸怎麼指證我？」辛情一臉輕蔑。

「哼，指證？」太后看向那宮女，「妳說！」

「回太后，右昭儀娘娘前幾天交給奴婢兩顆藥丸，讓奴婢想辦法放進光猷娘娘的補品裡。奴婢當時不知道是什麼藥，可是沒過兩天奴婢就聽說光猷娘娘小產了，奴婢這才知道右昭儀娘娘給奴婢的藥是……是……奴婢不敢說。」宮女口齒還算清楚。

「敢做了不敢說？」辛情甩手扇了她一個耳光，「吃裡爬外的東西，簡直給我丟臉！」

「哼，獨孤氏，妳迷惑皇上專寵後宮，又謀害皇嗣，妳可知罪？」老太太很囂張。

「太后可真是冤枉臣妾了，臣妾哪裡有專寵後宮？若是專寵，賀蘭怎麼有機會懷了龍種啊？還有，您隨便找個人拿兩顆藥丸就說我謀害皇嗣，是否太草率了？一面之詞就定了臣妾的罪……看來，您還真是看我不順眼。兒媳婦爭寵，您這個婆婆都跟著插手，想要幫皇上管理後宮嗎？您別忘了，如今母儀天下的是皇后，不是您這個先皇后。」辛情一臉挑釁囂張的笑，「太后，您若想指正我，還是想想有沒有其他證據吧，否則臣妾不服氣。」

「妳——妖妃，給我拖下去關起來！」老太后的手在抖，辛情笑得更開心。

「送右昭儀回鳳凰殿。」一直沒作聲的拓跋元衡冷著聲音開口，殿上的人，包括太后都愣了一下。

「皇上，這件事關係到皇室血脈，你怎麼……」老太后一臉正氣。

「母后要替朕管理後宮嗎？」拓跋元衡起身，冷冷地說道，陰冷地掃視一圈，「這件事朕查清楚之前，敢有亂嚼舌根的，一律拔舌。」眾人忙跪地稱是。

經過那宮女身邊時，拓跋元衡一腳踹她在地，「叛主，死罪！」話音一落就有太監上來拖著她出去了，她一聲聲的慘叫聲讓殿內的人都哆嗦了一下。辛情看看太后，笑了。

回到鳳凰殿，辛情喝了杯茶水壓驚。血淋淋的殺戮就在她面前上演，饒是她這種冷心冷腸的人都覺得害怕。拓跋元衡……他的心才真正冷硬，輕輕一句話就取了別人性命。

她故意表現得囂張就是想讓人誤會「是我做的，但是你們能耐我何？」，拓跋元衡的反應表面上是相信她，至少是有偏袒的意思，可是她心裡不安，拓跋元衡這個人心思不好猜。

剛想著，拓跋元衡就來了，身後跟著一個表情嚴肅的老太醫。辛情心臟停跳了幾秒鐘，太醫來做什麼？一面又擔心自己真的有了身孕，可是事到如今只有走一步看一步了，就算真的有了，也只能另想他法。暗暗鎮靜了心神，辛情起身行禮，他仍舊是冷冷地看著她。

「給右昭儀請脈。」他說道。太醫恭敬地答應了。宮女欲抬屏風來，辛情揮揮手，「不必了，就這樣請吧！」伸出手腕放在桌上，太醫小心伸手搭在她腕上，仍舊是一臉的平靜，辛情心裡卻是七上八下。半晌，太醫蒼白的鬍子隨著嘴角動了動，辛情瞇了瞇眼睛，等待判決。

太醫跪在拓跋元衡面前，「啟奏皇上，右昭儀娘娘雖脈象有些不穩，不過沒什麼大礙。」

「沒了？」拓跋元衡冷聲。

「是，皇上，娘娘一切安好。」太醫答道。

「下去吧！」拓跋元衡揮手。太醫和所有太監宮女都出去了，殿裡只剩下兩個人。

拓跋元衡便維持著面無表情看她，辛情微微低頭，快速開動腦筋，心裡盤算著。

「給朕一個解釋。」

「解釋？皇上認為臣妾真的謀害皇嗣了？」

「辛情！」拓跋元衡的聲音又沉了兩分，「親手殺掉自己的孩子，妳還真是蛇蠍。」

辛情抬頭看他，瞇著眼睛，「臣妾不懂皇上的意思。」

「不懂？」拓跋元衡走到她面前，捏起她的下巴，「朕提醒妳，紅花乳香丸。」

辛情心裡一驚，一時之間想不到藉口遮掩。

「朕對妳太縱容了是不是？陷害邯鄲就罷了，連自己的骨肉也下得去手。朕本以為妳只是面冷，沒想到，妳還真是蛇蠍心腸。」拓跋元衡的眼神陰狠。

辛情反倒不怕了，冷冷笑了，「蛇蠍，沒錯，我就是蛇蠍，為了自己，我誰都可以不在乎。我陷害邯鄲，那是因為她要害我，我只不過先下手為強，給她個小小的教訓罷了。」頓了頓，「既然知道我殺了你的孩子都不處置我，今兒個因為一件冤案來罵我是什麼意思？這張臉不討你喜歡了？要秋後算帳了？」

啪！

辛情嘴裡有血腥味，拓跋元衡的一巴掌很用力，她臉上正火辣辣的疼。

「上一個孩子，朕給妳機會。辛情，朕告訴過妳不要妄圖離開，不死心是不是？朕告訴妳，妳這輩子就算是死也要死在宮中。」拓跋元衡冷冷地看她，「為了讓自己失寵，妳還真是無所不用其極。好，朕成全妳，去溫泉宮思過吧！」

「我也說過，我只有死了才不會離開你。」辛情擦擦嘴角的血，笑了。

「哼！」拓跋元衡冷笑，「辛情，妳可以試試從溫泉宮逃跑，看看跑不跑得出朕的手心。」

「好，我知道了。」辛情喝了口茶水，和著血嚥了下去，好腥。

拓跋元衡拂袖而去，辛情拿鏡子看了看，果然臉都腫了，碰一碰還是火辣辣的。不一會兒，宮女太監們進來了，站成一排，沒人敢言語。

「拿冰塊來。」辛情命令道，馬上就有宮女跑著去了，回來了小心翼翼給辛情敷臉。殿裡靜得像墳墓。

然後，沒有了任何動靜。鳳凰殿裡沒人來，似乎都當這裡正鬧瘟疫。辛情每每撫著臉心裡都要痛罵拓跋元衡，只是不知道他又在玩什麼把戲。

陸之章　冷宮藏嬌

過了兩天，這天的黃昏時分，辛情正在吃飯，太華殿的總管太監來傳旨，辛情當沒看見，依舊慢條斯理地吃飯，那太監說道：「皇上口諭，右昭儀獨孤氏即刻前往溫泉宮，不得片刻耽擱。」

說完了小心翼翼走到辛情身邊，「娘娘，皇上正在氣頭上，過些日子等皇上氣消自然會召娘娘回宮，請娘娘寬心。」

辛情喝下最後一口熱湯，放下湯匙，擦了擦嘴角，抬眼看那太監，「即刻起程，現在，是不是？」

「是，娘娘！請娘娘移步。」

辛情起身，下腹脹痛得很，蘇朵的這副皮囊，大姨媽總是搞突然襲擊就算了，每次還都疼得要死要活，這兩天精神一緊張又光顧她了。走到殿外，一頂緋呢軟轎停在台基之下。馮保和一干宮女太監都跟在辛情之後，準備隨行，那總管太監說皇上口諭，只要鳳凰殿大太監及兩名宮女隨行即可。

上了軟轎，辛情捂著肚子彎著腰，疼得很。

還沒出宮門，天就已經黑了。下了軟轎，只見右昭儀儀仗在等候，隊伍長得不得了。辛情撇嘴，囚犯的待遇還這麼高級。在隊伍最前面是寧王拓跋元弘，他走到辛情面前，「臣奉旨護送娘娘到溫泉宮。」

「有勞！」辛情頷首，宮女扶她上了馬車。

「娘娘，夜間趕路會有些辛苦，請娘娘忍耐些，到了城外十五里有一處驛站，娘娘就可以稍事休息了。」拓跋元弘說道。

「寧王爺，您看著辦吧！」辛情躺在厚厚的毛毯上，彎曲著身子，這樣肚子舒服些。

馬車開始走了，辛情把自己催眠了，睡著了就不知道疼了。

不知什麼時候馬車顛簸了一下，辛情醒了，睜眼看看，馬車裡有些光亮，是車上掛的兩盞燈籠的光亮。掀開簾子前後看了看，儀仗隊中人手一只燈籠，看起來像點點的鬼火。放下簾子，辛情閉著眼睛靠著馬車。她的一輩子被拓跋元衡這個混蛋毀了，若跑不出去，她就只能在那個溫泉宮裡待到死了。不過這總比在他身邊好，這個混蛋。

感覺又走了很久，馬車忽然停了下來，拓跋元弘的聲音在馬車門口處響起：「請娘娘下車。」

辛情扶著馮保的胳膊下了馬車，前前後後看了看，笑著說了句：「百鬼夜行。」

拓跋元弘只看了她一眼便側身請她先行過去。

驛站很簡單，不過還是專門給辛情準備了一間還算舒適的房間，宮女們忙仔細打掃了才請辛情坐了。拓跋元弘也跟著進來，身後還跟著一個年輕人。

「寧王爺還有事？」辛情看看他們二人，她累得想睡了。

「娘娘鳳體不適，臣喚太醫來給娘娘看看。」拓跋元弘說道。

「沒什麼不適，老毛病，都歇著吧！明天不是還要趕路嗎？」辛情說道：「寧王爺，多謝了。請出去吧！」

「是，娘娘既然累了就請早些歇了吧，臣等告退。」

辛情爬到床上，蜷著身子睡了。夢到富老爹和魚兒的時候忽然驚醒，一抬手滿臉的冷汗。睡不著了，抱著被子坐著直到天亮。

沒睡好再加上生理痛，辛情的臉白得像鬼一樣。拓跋元弘讓太醫看了，太醫看過之後便退了出去，命宮女熬藥。等端上來，辛情一口氣喝了。

儀仗繼續前行，到了中午休息之時，辛情覺得胸悶吃不下去東西。晚膳時分到了皇家圍場的行宮，她還是吃不下去，還有些頭暈目眩。馮保去稟告了拓跋元弘，他又帶著太醫來了。喝過重新開方熬的藥，辛情仍舊沒什麼起色，以至於第二天離開行宮前往溫泉宮的路上，她粒米未進，馮保急得團團轉。

拓跋元弘責問太醫，太醫只說藥要過三劑方能顯效。

「娘娘心中不快，但是身體要緊，還請娘娘自己保重。」拓跋元弘遣出太醫，對辛情說道。

辛情笑了，「我再不快也不會跟自己的命較勁，寧王爺不必擔心，我會老老實實去溫泉宮，不會給你半路找麻煩。」

拓跋元弘讓馮保去看看藥如何，又讓宮女去吩咐廚子多準備些花樣。等只剩他們兩人在了，辛情笑了笑問他：「寧王爺想說什麼？」

「妳做了什麼？」拓跋元弘問道。

「我？」辛情直視他，「寧王爺，您先告訴我，我是什麼理由出宮的？」

「靜養。難道……」拓跋元弘猶疑片刻，「妳真的謀害皇嗣？」

「沒有。」辛情的手不自覺地摸了摸肚子，「我心壞了，要靜養。」

「最好是沒有，那樣妳還有回宮的盼頭，否則……」拓跋元弘欲言又止。

「呵呵！」辛情只是笑，不說話。

為了讓辛情多休息，那天快黃昏時分大隊人馬才到了溫泉宮。以前遠遠看過就覺得規模不小，今天到了它跟前看才發現它真得是很宏偉。抬頭往上看，依山而建的亭臺樓閣錯落有致地分佈著，此時連接宮殿、樓閣的遊廊、飛橋都已亮起了燈籠，看上去恍如天宮。

辛情看完了，下車，自言自語說道：「真是華麗的墳墓。」

拓跋元弘看了她一眼。

溫泉宮門口，一眾人等黑壓壓地站了一片。見辛情下車，齊刷刷跪下了，說道：「恭迎右昭儀娘娘、寧王殿下。」

「起來吧！」辛情說道，眾人才起來了。一個穿深綠衣服的中年人走到辛情面前，「微臣溫泉宮總管延成，參見右昭儀娘娘。」

辛情點點頭，「以後有勞你了，延總管！」

「為娘娘效勞是微臣的榮幸。娘娘一路勞頓，請入升蘭殿歇息。」這溫泉宮的主子終於來了。

辛情點點頭，馮保忙攙著她隨溫泉宮小太監往內走了。拓跋元弘等也各自被引到各處外殿歇息了。

到了升蘭殿，辛情看看，比鳳凰殿精緻多了，有點江南建築的風韻。好像剛才一路走來這些宮殿亭台都是很精緻小巧，不像皇宮裡那樣巨大敦厚。升蘭殿裡的擺設也頗有江南的味道。

辛情撇撇嘴，當皇帝的果然出手不凡，看看這裡的環境，用來養老也不錯，雖然沒有自由，但是她會想辦法，畢竟天高皇帝遠，再說一個失寵的妃子，誰有那個閒工夫管她，因此便很開心，也不顧勞累非要去泡溫泉。宮女們忙去準備了。

到了溫泉室，辛情看了看上面的字，決定還是不改為華清池了，因為蘭湯這兩個字實在很美。蘭湯很大，她可以在裡面游泳，而且水永遠不會涼掉。跳進溫泉裡，她本想痛痛快快地折騰折騰，可是這幾天擔驚受怕又吃不下飯，實在沒力氣，於是便老老實實地泡著。溫暖的水包圍著，辛情有了睡意。

蘭湯伺候的宮女們等了近一個時辰還沒見右昭儀有起身的意思，有些擔心，領頭的宮女忙過去看了，一看才知道右昭儀雖然泡著，卻是暈過去了。宮女們七手八腳將她弄了上來，用準備好的衣服裹了才讓太監進來背她回了升蘭殿。

溫泉宮的太醫們被延成傳來，看過之後說需要靜養，仍按原方進藥即可。一干人等這才放了心。

第二天，辛情喝過藥有些精神了，因此勉強喝了些粥。拓跋元弘來辭行，要回京覆旨。辛情說了句多謝。

辛情開始了在溫泉宮的囚禁生活，她先是花了半個月時間養好了身體，然後開始在溫泉宮各處參觀，仔仔細細看了個遍。看的時候仔細留意各處的守衛，也將地形暗記在心，每日回到升蘭殿，就把地圖在腦中重溫一邊。十天下來，溫泉宮被她走了個遍，也記得差不多了。

之後辛情在和宮女太監閒聊時套出溫泉宮往東二十里有一座溫泉鎮，就因這溫泉而得名，她也暗暗記下了。

然後她總結了一下，基本上這溫泉宮的守衛和皇宮裡一樣森嚴，有一次她看依山的宮牆處似乎沒有守衛，裝作無意走過去，結果不知道從哪裡忽然冒出來的幾個黑衣侍衛把她嚇了一跳。又有一次她晃到宮門處，見到檢查極其嚴格——宮門內就要三道權杖。她不知道去哪裡弄三道權杖，而且她不知道出了內宮還需要幾道。這些都需要調查。

看完了，她冷笑，拓跋元衡還真是要讓她死在這裡。她身邊永遠有至少兩個人跟著。升蘭殿周圍的守衛更多，就差房頂上沒有了，睡覺倒是安心。

辛情想走，可是除了這裡森嚴的防衛讓她犯愁之外，富老爹和魚兒的安危她也不能不顧及。以拓跋元衡的性格來說，如果她偷跑了，富老爹和魚兒就一定會死。她不能冒險。她的心冷，可是他們兩個人是她珍惜的。畢竟長了那麼大，他們兩個是從來不算計她又對她很好的人。有了這份顧忌，她有些無奈，而且近一個月的光景來看，這溫泉宮雖是囚籠，但沒有拓跋元衡在，她也還自在，所以先住一段時間享受享受也無妨。

辛情對溫泉情有獨鍾，每天一半的時間都在裡面泡著。泡了半個多月，連她自己都能感覺到自己的皮膚越來越水靈靈了。所以偶爾泡完了，她會光溜溜地照鏡子，權當孔雀開屏自娛自樂了。

溫泉宮的宮女太監們對她相當恭敬，似乎她還是正當紅的妃子。她想想就笑，皇帝寵愛的女人應該是一絲不掛地被圈養在龍床上伺候禽獸的，再怎麼也不可能被孤零零地丟這裡來儲藏。不過，反正都這樣了，好與不好不過都是囚禁。

天越來越熱，辛情依舊固執地泡溫泉，熱得喘不過氣也不出來。宮女們不敢大意，幾乎是不錯眼珠地盯著她，辛情習以為常。偶爾出浴的時候會裝妖嬈逗她們，問她們：「娘娘我的身體好看嗎？」看到有的小宮女紅了臉，她就開心地笑。

有一次睡不著，她溜達出升蘭殿，爬到長樂殿殿頂躺著吹風看星星，當她起身在房脊上像貓一樣爬行的時候，看到下面一排的侍衛，她忽然很想試試他們的功夫，於是她小心地走到房檐邊，伸開雙臂，裝作吹風的樣子，然後身體前傾折了下去。這種像蹦極一樣的感覺還不錯，可惜還沒享受完就落進一個懷抱，然後隨著那懷抱一起降落，腳踏實地，她被安穩地放到地上。

她笑著睜開眼睛，一雙毫無表情的眼眸目視前方，看都不看她一眼。辛情笑了笑，功夫不錯。

「娘娘以後請小心。」

「不好說！」

延成飛奔而來，「娘娘沒事吧？」然後轉身訓斥宮女，「妳們怎麼伺候的，這麼不小心？還不快去傳太醫。」

「沒事，我自己不小心！延總管，溫泉宮的侍衛身手不錯，賞！」然後笑著問道：「你叫什麼？」

「回娘娘，卑職二等侍衛蘇青。」那人說道。

「蘇青？哦！」辛情回升蘭殿去了。

延成遣退眾人，獨獨留下蘇青，「蘇青，你今天表現不錯，以後這長樂殿的安全就由你來負責，不得有任何差池。右昭儀娘娘在溫泉宮這段日子不能有半點閃失，否則連我都會跟著受牽連，明白嗎？」

「是，延總管。」蘇青說道。

辛情趴在地上，地上鋪了一大片玉墊，身體涼涼的，很舒服。蘇青？蘇豫？他怎麼會在這裡？他應該在南朝當官的，怎麼會跑到這裡當侍衛？

原來那麼溫暖的眼神也可以隱藏得滴水不漏，可是哪一個才是真實的他呢？蘇豫的兩種表情在腦中交替閃過，辛情嘆氣，原來自以為最簡單的人忽然之間也會變得高深莫測。比起蘇豫，拓跋元衡雖然有時候讓人摸不著他的想法，但是他的本性還看得清楚，可是蘇豫……也許是沒有太多的接觸，所以本性還真的不好妄下論斷。

自那天後辛情便經常溜達到長樂殿，在殿外台基的欄杆上坐著，然後一一看過，觀察侍衛們。可惜什麼也看不出來，一個個都是固定的表情，在那兒排排站著像兵馬俑一樣。蘇豫也一樣。辛情看了四五天之後便不去了。既然蘇豫來了，知道她在這裡應該會來找她。

辛情便繼續在溫泉宮各處晃啊晃，找人套話。

那個秋天到來的時候，溫泉宮上下傳言說皇帝秋園會到溫泉宮來，辛情不以為意，每天照舊過自己泡澡、吃喝玩樂、揮金賞賜歌兒舞女、日夜顛倒的日子。蘇豫從來沒有露面，辛情一度懷疑自己是不是認錯人了。

傳言變成了現實，某一天辛情正舒服地在溫泉裡泡著的時候，一個宮女慌慌張張地跑了進來，氣都沒喘勻就說：「來了來了，皇上、皇上來了，娘娘！」

辛情滑進水裡，把自己泡起來當沒聽見。她不想看見他，他毀了她的生活。宮女們見她這樣就不好說什麼了，默默地退到一邊。

泡過澡，辛情睡了一會兒，醒了的時候，馮保等人正靜靜地站在一邊。

「怎麼了？」辛情慵懶地起身，身上只一件薄薄的棉布衣服，頭髮散著，眼睛半睜著。

「娘娘，該傳膳了。」馮保低聲說道。

「傳吧！」辛情懶懶地說道，光著腳下地到桌邊。

宮女們安靜無聲地擺好了膳食，辛情沒什麼胃口，吃了幾口就放下了。轉了轉覺得沒意思，便讓馮保傳歌姬。馮保猶豫了一下才說道：「娘娘，老奴斗膽，有句話不知當說不當說。」

「這意思就是想說，說吧！」辛情看他一眼。

「娘娘，此次與皇上同來溫泉宮的是新封的左昭儀娘娘。」

「哦！」辛情點點頭。女人如衣服，拓跋元衡換衣服的速度一向迅速。

「娘娘，左昭儀新封不到半年卻隨駕秋圍，這……」馮保還是猶豫了沒說，話說到這個分上，右昭儀娘娘該懂了吧？這左昭儀的寵愛大盛於她右昭儀了。再不想辦法補救，恐怕皇上就真想不起她來了。

「怎麼，你想伺候她去？」辛情似笑非笑地問道。

馮保撲通跪下了，「娘娘誤會老奴了，老奴不是這個意思。老奴只是、只是擔心娘娘……擔心……」

「擔心我右昭儀會老死溫泉宮？」辛情笑了，晃著杯中的葡萄酒，「馮保，我右昭儀就算老死在這裡，將來也會跟皇帝合葬的。如果你活得比我長，可以看看我右昭儀的風光大葬。」

「娘娘恕罪，老奴說錯話了，請娘娘恕罪。」馮保磕頭。

「起來吧！你為本娘娘的心我知道，不過……」辛情側頭看看他，「本娘娘現在還不想回去，本娘娘沒泡夠溫泉。」

「是，娘娘，老奴知道了。」

「知道了就去傳旨吧，長夜漫漫不好打發啊……」

馮保忙命人去了。辛情悠閒地晃到升蘭殿後的升平殿，懶散地靠著大錦墩等著看表演。沒一會兒，歌姬們恭敬地進來了，開始了她們這些日子來常做的表演。一時間升平殿當真是笙管齊鳴，霓裳羽衣，歌舞昇平。

辛情邊喝著酒邊看表演，看完了照樣有賞，直鬧到夜深才命散了，又叫了歌姬的師傅來，讓她排幾場新歌舞，這些都看膩了。

回到升蘭殿辛情躺了一會兒睡不著，又披衣起來去泡溫泉。太監宮女們已習慣了她這種不正常的生活規律，所以立刻就準備好了陪伴她去蘭湯。一番折騰，辛情爬到床上睡覺的時候東方已露魚肚白了，宮女們也換了班，整個升蘭殿裡靜悄悄的沒有一絲聲音。

辛情睡到太陽快下班了才爬起來，傳膳——泡澡——歌舞——泡澡又迴圈了一圈。她這種生活迴圈了五圈的時候，拓跋元衡走人了。

天一點點冷了，辛情的活動範圍縮小到蘭湯和升蘭殿。在蘭湯泡澡，在升蘭殿胡鬧。有一陣子心血來潮拿了各式的布料、幔帳、珠簾等裹裙子給歌姬們穿著跳舞，有的時候沒繫牢春光外洩，辛情就開心地笑，時間長了，歌姬和宮女們習以為常也就不臉紅了。

這天辛情喝多了酒，覺得有些熱，就命宮女們將殿門全部打開，靠在繡墩上睡著了。後來被一陣乒乒乓乓的聲音吵醒，她睜開眼睛，在她眼前上演的是功夫混合打的表演，那一柄柄的劍都發著寒光。她周圍聚集著宮女太監，地上還有幾具太監宮女的屍體。坐起身，辛情冷冷地看著這場搏殺。這些人同樣都是黑色侍衛服，不同的是有一部分人臉上蒙了黑布。

「娘娘，請您到升平殿暫避。」馮保護在她面前，左臂上有血跡。

「升蘭殿周圍現在恐怕都是刺客，出了門就是自己找死。」辛情說道，然後對著侍衛們說了句：「留幾個活口，不要都殺了。」然後就靜靜地靠著繡墩看著眼前的殺戮。死亡的恐怖氣息在她身邊圍繞，辛情訝異自己竟然不害怕，沒有驚聲尖叫。

一個蒙面人費勁跳出戰圈，舉著劍從她頭頂劈下，可惜有人動作比他快，一把劍刺入他的後心，他就這樣直直地撲倒在離辛情不到一尺遠的地方，眼睛瞪著她，嘴角的血流到了地上。馮保馬上爬過去搶過他手裡的劍，又給他補了一劍，那人才掙扎了一下嚥了氣。辛情攥緊了拳頭，告訴自己絕對不可以閉上眼睛。

又幾次有驚無險後，蒙面人除了跑掉的一個，其餘九個都被解決掉了，屍體橫七豎八在地毯上。升蘭殿的侍衛還剩下三個，衣服上或多或少都劃破了。三人一起半跪到辛情面前：「娘娘受驚，臣等無能。」

辛情站起身，走到他們面前說道：「你們的救命之恩，我記下了，實在受不起你們的跪！」然後一一扶起他們，扶到第三個人，她愣了一下，是蘇豫。蘇豫看著她的眼神裡有擔憂。

辛情轉身吩咐馮保：「將侍衛都送回老家安葬，他們家裡多多給些銀子，替我賠個不是。刺客……」猶豫了片刻，「刺客在宮外隨便葬了就是了，還有，記住，不准侮辱死者，即使是刺客。」

「娘娘，刺客的身分未明，娘娘善心將其安葬，恐怕會助長其刺殺娘娘的野心，老奴以為……」馮保想說話。

「來刺殺我，你以為他們還會帶著讓你指證的東西嗎？不過是奉命行事，就算將他們掛在宮外曝屍，該來的還會來的，以後小心防範就是了。」辛情又吩咐道：「讓延成給我滾過來。」

馮保忙命一個小太監去了，那太監因為嚇得腿軟，出門的時候摔了兩個跟頭。辛情仍舊回榻上靠著繡墩歪著，命宮女給三位侍衛賜了座。宮女們搬了椅子之後，都害怕地聚在她周圍。

沒一會兒延成來了，看到滿地屍體大吃一驚，慌忙跪地：「微臣失職，娘娘受驚，微臣該死。」

「混帳東西，我看你也該死。」辛情涼涼地看他一眼，「看本娘娘不得皇上寵愛，就連本娘娘的生死都不管了，是不是？勢利的東西，果然只配做奴才！」

「娘娘饒命，微臣以後一定唯娘娘馬首是瞻，忠心效命，只求娘娘不要將此事告訴皇上，請娘娘饒了微臣這次。」延成不停地磕頭，辛情不作聲，只是冷笑著看他。

「把命交到你這樣的奴才手裡，等著你哪天親自殺我？」辛情冷聲說道：「給你兩條路，一，自動請辭，讓出這個位置。二，我讓侍衛殺了你，然後跟皇上說你忠心護主而死，給你封妻蔭子，死後榮光，怎麼樣？」

「娘娘，請娘娘饒命！」延成磕頭。

「饒命？那就是要讓出位置了？」辛情說道。

「請娘娘相信微臣一次，微臣以後一定盡心盡力護娘娘周全……」延成還想說。

「從我眼前消失，否則……我讓你永遠消失。」辛情輕聲說道，延成卻像見了鬼一樣爬起來，踉踉蹌蹌地跑了。看著他的背影，辛情冷笑。

「馮保，知道怎麼做了？」辛情看他一眼，馮保忙點頭，「他們三人調到升蘭殿吧，本娘娘睡覺也放心些。」蘇豫沒看她，仍舊端坐。

「你們回去吧，讓太醫看看，好好上些藥，傷好後再回升蘭殿當值。」辛情說道。三人起身低頭行禮然後出去了。

看著滿地的屍體，辛情閉上眼睛深深吸了口氣，起身來到殿外，守衛已然增加了許多，辛情這才覺得有些害怕。帶著宮女去了蘭湯泡一泡放鬆，脫了衣服才發現後背已經濕了。泡在水裡，辛情看著自己的左手，因為剛才攥拳太緊，指甲扎進了肉裡，現在一沾水便開始疼。

原來看到活生生的人就在自己面前死去真的很恐怖，那種害怕是慢慢地滲透到心裡的，就像她現在雖然泡在溫泉裡，可是渾身卻如同墜入冰窖，一動就能聽到骨頭的響聲。

泡到天亮，辛情才覺得暖和了一些，宮女們服侍她出浴，因為一夜未合眼，辛情有點頭重腳輕，回到升蘭殿，雖已整理得乾乾淨淨了，空氣中卻還有淡淡的血腥味。辛情厭煩地皺了皺鼻子，「做場法事吧，我先去住月影台。」然後帶著宮女去了月影台。升蘭殿的侍衛們也都調到月影台了。

辛情根本睡不著，一閉上眼就是那刺客瞪著她看的眼睛和鋪天蓋地的血，讓宮女們拿了許多燈點亮了，然後披著被坐在床上沉著臉坐著。

是誰要殺她？而且是明目張膽地在宮裡面殺人？辛情想到了很多人，又否定了許多人，這皇宮裡的事往往都是出乎意料的，這些人裡，也許你認為是最恨你的人下的手，可是往往卻是那些你認為安全的人捅的刀子。她辛情在那皇宮裡不信任任何人，也不真正恨哪個人，可是想她死的人太多了……拓跋元衡除外，起碼在她又老又醜之前，他是不會想她死的。

現在她還擔心富老爹和魚兒的安危，守衛嚴密的溫泉宮都有人來刺殺，他們的情況不能不令她擔憂。想到這些，辛情有些煩躁，可是現在她等於是與世隔絕，仔細算來，身邊竟沒有一個「心腹」能幫她。因此，她只能祈禱拓跋元衡念在她沒有逃跑的分上，保富家父女的安全。

馮保來回話，說是已替延成上了奏摺請辭。刺客已葬了，沒有搜出任何有用的東西。侍衛們今早已分別派人運屍回鄉安葬了，每人厚恤千兩白銀。辛情點頭。

沒過兩天，馮保捧著一個批覆過的奏摺來給辛情。辛情懶得看，讓馮保念給她聽，聽完之後笑了，看看馮保，「既然從此以後溫泉宮我說了算，當然用自己人。馮保，明兒起你做個這個總管吧，別的事甭管，別再讓人把娘娘我宰了就行了。」

馮保跪地磕頭謝她的恩典。

月影台顧名思義是賞月的好地方，只不過辛情從來沒有那個閒情逸致罷了，她不喜歡月亮，慘白得沒有一點溫度。不過近些日子到了晚上常常不敢閉眼睛，所以偶爾也會在月影台的高基不聲不響地坐著。月影臺上燈火通明，放眼看向四周就覺得更加黑暗。辛情有時候會盯著一個地方看，看看那黑暗中會不會忽然出現些什麼東西。

這幾天快到十五，月亮每天都慘白地亮著，辛情坐在那兒一動也不動，涼風把她隨意披著的衣服吹得簌簌作聲。

「娘娘，夜深天寒，請入內歇息吧！」馮保在旁邊恭敬地說道。

辛情沒動。

「你們下去吧，我一個人坐會兒。」

「娘娘……」馮保猶豫，有了上次的事誰敢大意。那延成已被祕密押解進京，若幸運便是他人頭落地，不幸，則可能禍及全家。

「下去。」辛情聲音大了些。馮保這才揮揮手，太監宮女們慢慢退出去了，「蘇青，出來吧！」

一道人影在她面前現身，不說話，只是平靜地看著她。辛情歪頭看他，「蘇青，你什麼時候開始在溫泉宮當值？」

「今年。」蘇青的回答只兩個字。

「哦！」辛情點點頭，「你是哪裡人？」

「京都人。」蘇青回答。

「京都？南朝的京都還是北朝的京都？」

「娘娘想知道？」蘇青看向她，眼睛裡還是沒有任何情緒。

「不想。」辛情搖頭，「南朝北朝與我有什麼關係，不過……」辛情站起身走到他面前直視他的眼睛，「你讓我想起了一位故人。」

蘇青不說話了。

辛情只是看著他，也不說話。

兩人互相看了大半晌，蘇青說話了：「辛情。」

辛情點點頭：「蘇豫。」

有腳步聲傳來，蘇豫的身影快速消失在黑暗裡。辛情看著他離去的方向，有些失神。

回到殿內，辛情隨意坐下了，宮女們端了她每日要喝的葡萄酒來，輕輕地放下，然後侍立一邊。辛情端起酒杯對著明亮的一盞盞燭光，杯子裡的酒被燭光穿透，透出金黃的顏色。

蘇豫承認了自己的身分，可是他為什麼出現在這裡？他還值得信任嗎？他還是疼愛蘇朵的二哥嗎？好複雜，人真的好複雜。忽然之間你認識的人變得面目全非，讓你完全陌生。

此後辛情便常有意遣走太監宮女，她很想知道蘇豫還是不是原來那個蘇豫。這天，她又爬到月影台的高基之上，蘇豫果然也來了。

「蘇豫，我不想跟你拐彎抹角，我只想問你，你還是蘇朵的哥哥嗎？」

蘇豫毫不猶豫地點了點頭，眼神中回復了往日的溫暖，「我當然永遠是小妹的哥哥。」

「那麼，我辛情可以信任你嗎？」辛情問得直接。

蘇豫看向她，「妳還會信任別人嗎？」

辛情愣了一下，她還會信任別人嗎？她敢信任別人嗎？

「不知道，人心難測。」辛情轉身看向四周。

「蘇豫呢？」蘇豫問道。

辛情搖頭，「我想，但是不知道能不能。」

「只要妳想就可以。妳是辛情，也是我的小妹。」蘇豫的聲音很誠懇。

「說實話，蘇豫……」辛情頓了頓，「對我來說，學會去信任別人，尤其是我看不透的人──很難。不過，我現在也沒什麼能失去的了，所以，我決定信任你。雖然這樣說很傷人，可是──蘇豫，你明白的吧？」

「我知道，在這樣的地方實在很難做這個決定。」蘇豫說道：「辛情，我會像對待小妹一樣對妳，所以，也請妳相信我。」

辛情點點頭，猶豫了片刻問道：「我想求你一件事。」

蘇豫示意她說。

「富老爹和魚兒被軟禁在京城，我想知道他們是否安全。」

「我知道了，我會想辦法。」蘇豫陪她看了會兒月亮，跳下高基，消失了蹤影。

之後每次出了月影台，辛情都留意當值的侍衛，觀察了幾日之後，裝作隨意的樣子問馮保：「怎麼不見那個蘇青啊？你給調走了？」馮保說蘇青因母親重病告假，回家侍奉了。又隔了幾日，蘇豫回來了，找了機會告訴辛情，富家父女一切安好。辛情這才放了心，只不過，後來的幾次相見，總覺得蘇豫似乎有話要說，她問了，他說是自己的事，辛情也不好多問，她一向尊重別人的隱私。

這天，辛情剛剛起床，剛喝了兩口茶，馮保進來了，手裡拎著個圍著紅絨的籠子。辛情看看那籠子，「什麼東西？」難道又給她買了鸚鵡玩兒？

「回娘娘，是一隻波斯貓。」馮保說道，躬身來到辛情面前，把籠子放在桌上，然後輕輕將紅絨撤下，裡面是一隻有著黑色光滑皮毛的波斯貓，瞇著綠色的眼睛蜷伏著。

辛情笑了，她喜歡，這貓看起來可真是邪行得很，真是對她胃口。

「放牠出來。」辛情吩咐道。馮保小心地將籠子打開，那貓兒卻不動，只是防備地看著他們二人。兩人一貓對視了一會兒，辛情伸手進去讓那貓出來，馮保忙忙地攔住了，「娘娘，萬萬不可。副總管說，這貓兒脾氣大得很，還未馴服，娘娘還是等過些日子命人馴服了牠再說。」

聽他這麼一說，辛情微扯嘴角，扯出了哂笑，「馴服了的東西還有什麼意思？」然後伸手進去，果然那波斯貓脾氣大，爪子一伸，辛情就覺得手背上刀劃過一樣。瞇著眼睛和波斯貓對視，辛情輕聲說道：「小畜生，你最好給我乖乖的，否則我扒了你的皮。」然後對著貓又瞇了瞇眼睛。

辛情的手終於抓到了波斯貓的脖頸，將牠拎了出來，舉到自己眼前，「算你聰明，這就對了，最重要的就是要學會識時務。你這個小東西，給你取個什麼名字呢？」

「娘娘，副總管說皇上已賜了名。」馮保的眼睛一瞬不瞬地盯著波斯貓，生怕牠再野性發作，傷了辛情。

「哦，叫什麼？」

「回娘娘，皇上賜名墨玉。」

辛情用另一隻手摸摸波斯貓的腦袋，「墨玉？你一個小畜生擔得了這麼文雅的名？不如就叫你小畜生吧！」

「娘娘，這萬萬不妥，皇上已賜了名，娘娘還是不要更改的好！」

辛情斜眼看他一眼，馬上又轉回去看那貓，「既是賞我的，自然就是我的了，我愛怎麼叫就怎麼叫。」

「是，娘娘！」

辛情將貓抱在懷裡，輕輕地撫摸著牠的皮毛。馮保在一邊暗暗納罕，這貓據說在宮裡已抓傷了好幾個宮女太監，可是右昭儀用了沒有一盞茶的功夫就將這貓馴服了，看看牠現在正溫順地任右昭儀抱著。

辛情抱了牠一會兒，想了想，將牠放在桌上，仍舊和牠對視：「你不用進籠子裡了，不過，你要是敢跑掉的話……」摸摸牠的腦袋，「我會剝了你的皮，抽了你的筋，燉了你的肉，明白了嗎？」

那貓一動也不動，馮保在旁邊聽得卻是冒冷汗。這右昭儀有點變態。

辛情笑著摸摸波斯貓，「既然你這麼聽話，我就給你取個好聽的名字吧！叫什麼呢……」辛情撫著下巴，嫵媚地看著貓，想了一會兒說道：「就叫朵兒吧！」她的靈魂被蘇朵的軀體困住，這貓就當是蘇朵，也讓她困住她一回。

波斯貓懂了似的點點頭，優雅地跳下桌子，幾個跳躍就消失在殿門口。

「娘娘，這……老奴這就派人去把牠抓回來。」馮保轉身欲走。

「不用，等牠真跑了再抓也不遲。」常聽說黑貓有靈性，看來是真的。

馮保雖然答應了，可是一出了門還是偷偷讓宮女太監們去把貓兒找回來。只是找了近兩個時辰，整個溫泉宮都翻遍了也沒找到。

過了子時，辛情打算睡了，正梳洗著，殿門口一道黑色的影子優雅地躍進來，輕輕地來到辛情身邊，辛情抱起牠，「知道你聰明不會跑，真是好孩子！」

辛情抱著波斯貓坐到床上，拍拍牠的腦袋，放開牠，「喜歡哪兒就睡哪兒！」波斯貓在一邊，看辛情懶懶地爬進被子裡，然後牠蜷在辛情枕邊，一人一貓沒多一會兒就睡著了。

宮女們見此情景都有些不知所措，這波斯貓離她們的右昭儀那麼近，要是半夜發了野性怎麼辦？因此忙去告訴了馮保，馮保想了片刻，讓她們瞪大了眼睛看著點，別吵到右昭儀，然後往自己的住處去了。他現在是總管，有了一處三間的房子。

進了屋子，桌子邊正坐著一個粉面的太監，馮保忙過去說道：「副總管還沒歇著？」

「右昭儀娘娘還喜歡那貓兒？」副總管問道。

「是，娘娘喜歡那貓兒喜歡得緊，還請副總管代為謝皇上賞賜。」

「好說！馮保，娘娘——可曾想過何時回宮啊？」

馮保搖了搖頭，「副總管，依卑職看，娘娘一時半會兒還不想回去。再說，皇上不下旨，卑職看，依右昭儀的脾氣，是不會主動要回去的。」

「馮保啊，我說你也常勸著點兒，皇上雖說現在還念著右昭儀，可是右昭儀若總這樣的脾氣，我看皇上也不會太有耐性了。去年，偃朝送來了五位美女，皇上寵得不得了，專門建了翔鸞殿，最美的那一位封了左昭儀。我看寵愛的程度雖不如當年右昭儀風光，但是……這位左昭儀不僅貌若天仙，而且性子恬淡，皇上常說有左昭儀的陪伴，天大的煩惱都煙消雲散了……你可明白？」

「卑職勸過不止一回，可是右昭儀娘娘……」馮保有些無奈。

「這就看你的本事了。馮保啊，我想你也知道，主子風光了奴才才能跟著風光的道理。」副總管提醒道。馮保忙抱拳作揖謝過。

「時候不早了，歇了吧！明兒一早還要回京向皇上覆命。」副總管說道。

辛情睜開眼睛的時候，冷不丁看到枕邊的一團黑色，嚇了一跳，然後才想起來是那隻波斯貓。伸出手輕輕摸摸牠，波斯貓睜開幽綠的眼睛看她，詭異而妖媚。

「真是乖乖的小東西。」辛情笑著說道。

辛情下床梳洗，波斯貓就老實地蹲在床上瞪著綠眼睛看她，一動也不動。辛情招招手，牠就會輕盈地跳下床，優雅地走到她身邊。

辛情越來越喜歡牠，從來不圈著牠，常讓牠出殿門去玩兒。偶爾心情好，還學牠走路看人。宮女都覺得她們的右昭儀看起來有點像那波斯貓。偶爾實在無聊，辛情就抱著貓在溫泉宮各處走走。

這天來到了花園，辛情靠著亭子坐下，走得久了有點口渴，便讓跟著的人回去倒茶來。那貓輕輕一跳就躍上了辛情的膝頭蜷著，辛情拍拍牠，「小東西這麼纏人。」

「辛情！」有聲音叫她。

辛情沒回頭，是蘇豫。

「妳不想回宮？」蘇豫問道。

「我沒說過要回去，你怎麼會這麼想？」

「副總管親自送東西來，皇帝應該是要妳回去。」

「他要我回去我就應該想回去？這是什麼邏輯。」辛情回頭看他。

「既然不想回去，為何還要待在這裡？」蘇豫問道。

辛情笑了笑，「這兒多好啊，吃穿不愁。你看看，這裡還不錯吧？」

「這不像妳。」

辛情挑挑眉毛，「不像我？你知道我是什麼樣的嗎？我不是蘇朵，我是辛情。」

「辛情不是這樣認命的人。」若認命，便會以蘇朵的身分活下去。

「不認命？」辛情笑了，「不認命又能怎麼樣？」

「妳可以離開，妳不喜歡這樣的生活。」

「我是不喜歡，可是——」辛情撫摸小貓，「你見過死人可以爬得出棺材嗎？你可以幫我嗎？」

「如果妳願意。」

「你幫我？」辛情歪頭看看他，「你幫我，你可以順便幫我讓老爹和魚兒安全離開京城嗎？」

「有些困難。」她果然不是蘇朵，蘇朵除了唐漠風，應該不會有她想珍惜的人，更何況是毫不相干的人，「辛情，妳為了他們甘心留下？」

「不，不是，我沒你想的那麼高尚，只是他們本來就無辜，如果因為我而送死，我會下地獄，永世不得超生。」

「我會想辦法。」

「如果沒有十成的把握就不要去做，畢竟這很難，也很危險。」

蘇豫點點頭。

「那麼，這段時間我要做什麼？」

蘇豫搖頭，「不需要做什麼，安靜地等著就好了。」

「謝謝！」

「自己小心。」蘇豫說道，然後辛情只聽得微微的衣袂飄起的聲音，蘇豫又走了。辛情低頭漫不經心地摸著那貓，「你也小心。」

冬天來了，溫泉宮的第一個冬天。冬至那天，馮保弄來了個什麼九九消寒圖，說每日一筆，都寫完了這冬天就過去了。辛情只是掃了一眼，當天晚上閒來無事把九個字都寫完了。馮保第二天又弄來一張更細緻的，辛情揮揮手，讓他拿一邊去，她沒那個心情描龍畫鳳似的寫這玩意兒，有時間她寧可在溫泉裡泡著。

快過年了，溫泉宮在馮保的指揮下也有模有樣地準備著，人人都開心地忙碌著，只有辛情看著這忙碌覺得刺眼。因此大年除夕，她藉口說累了，要歇一會兒，遣走了月影台的宮女和太監。偌大的殿裡就只剩下她一個人，倒了些葡萄酒，辛情到桌邊坐下，那桌子正對著殿門，可以看到外面滿天的煙火。

「新年快樂，辛情。」辛情端著酒杯自己跟自己說道。酒杯剛碰到唇邊，馮保快步進來了，臉上帶著明顯的笑意，這和他平時的沉穩持重有些不一樣。他來到桌邊，撲通跪下了，嘴裡說著「恭喜娘娘」。

「恭喜？什麼喜事兒啊？」辛情喝了口酒，她能有什麼喜事兒。

「娘娘，宮裡的賞賜……」馮保剛說到這兒，辛情擺擺手，「賞賜？這是什麼喜事兒啊？收了吧，看看你們喜歡什麼自己拿去。」

「娘娘，送東西來的人就在外面，娘娘是否見……」馮保說道，看來皇上還是沒忘了他們娘娘。見一見他們，回去在皇上面前美言幾句，右昭儀也許就能回宮了。

「大冷的天在外面幹什麼，安排他們歇著吧，明天是不是要趕回京啊？就不見了。」辛情說道。

「可是娘娘，老奴以為娘娘還是見一見的好。這些人常在皇上身邊，如果能替娘娘在皇上面前美言幾句，娘娘……」馮保的話又被打斷了。

「馮保，你老了！」辛情看他，「耳朵不好用了，我說過，娘娘我還不想回去，別費心思。」

「老奴知錯，那——老奴這就去安排了他們。」馮保恭敬地起身出去了。

辛情便接著喝酒，兩個宮女拎著食盒進來了，辛情皺眉，「誰准妳們進來的？」

「回娘娘，總管說娘娘晚上沒吃什麼，空腹喝酒易醉，所以吩咐奴婢給娘娘準備了些小菜。」宮女恭敬地說道。

「放下吧。」辛情仍舊晃著酒杯，看著宮女打開食盒，一樣一樣地將菜擺在桌上。她忽然有些頭暈，眼前也有些朦朧，似乎是喝醉了。心裡一驚，她才只喝了兩杯葡萄酒怎麼可能會醉？那麼只可能是酒中有毒。用力睜著眼睛，卻發現兩個人影也越來越模糊，「妳們……」

「娘娘喝醉了？」一個宮女笑著靠近她，宮女的臉模模糊糊的。

「混……蛋……」辛情終於軟軟地趴在了桌上。最後一個念頭是，她辛情終於要見閻王了。

……

覺得耳邊有人不停地說話，辛情沒睜眼睛，說道：「滾出去，沒看見我在睡覺嗎？」

「娘娘，該起了。」一個好聽帶著些戲謔的嬌俏聲音說道。

辛情勉強睜開眼睛，看到一張完全陌生的臉，不是她身邊的宮女。辛情看了看她，又挪開視線看周圍的環境，大紅大綠刺激了她的視網膜。大紅的桌布，大綠的簾子，一邊的衣架上掛著花花綠綠的衣服，梳粧檯堆了一堆五顏六色的絹花，拉近視線，床的幔帳是粉紅的，被子是粉紅的，空氣中還漂浮著嗆人的香粉味，辛情的第一感覺就是這家是做「小姐」的。

「看完了？」那女子接著說道，辛情看她，一張濃妝豔抹的臉，一身七彩斑斕的衣服——像隻野雞。

「看完了。」辛情答道：「今兒初幾了？」

那女子一愣，馬上又笑了，襯著那妝看起來像吃完人的老妖，「真是鎮靜啊，不愧是宮裡混過的。

妳怎麼不問問我是誰、這是哪兒？」

「問了妳會放我走嗎？」辛情坐起身，低頭看看自己，衣服已換過了——野雞裝。

「千辛萬苦把妳弄出來，沒撈到好處就放妳走，不是太虧了？」那女子掩口嬌媚一笑，震落了臉上的粉。

「那——妳打算撈什麼好處啊？」辛情問道。

「我告訴妳，這兒是本地最大的青樓。妳說，我把妳弄來要撈什麼好處？」女子抬起她下巴，「嘖嘖，瞧瞧這張小臉兒，不知道要迷死多少男人呢！只要妳乖乖聽話為我賺銀子，我保證不虧待妳。」

辛情轉轉眼珠，妖媚地笑了，「好說，妳費了這麼大心思把我弄來，我怎麼也不能讓妳虧了啊！不過，給妳賺夠多少錢妳才放我走呢？」

「妳說呢？」女子笑著問道。

「依我說，妳不如把我賣給達官貴人、皇親國戚什麼的，一來可以狠狠地撈一筆，二來可以結交貴人給自己找個後臺，怎麼樣？」辛情好心建議。

「好主意，不過，妳說，誰敢買妳呢？妳的身分那麼特殊，皇上的女人呢……」女子撫著下巴。

辛情打個哈欠，伸了伸懶腰，「餓死我了！不跟妳瞎掰了，我要吃飯！」趿拉著鞋到水盆邊欲洗臉，手一碰到水便縮了回來，「這是什麼待客之道啊，大冬天的用涼水洗臉。」

「妳不怕？」那女子還是笑。

「我給妳講個故事。」辛情撩了水在臉上，隨手拿了手巾擦了擦，接著說道：「幾年前我在江南遊玩兒，有一天玩得高興忘了時間，等我發現的時候，已經走到了一個很偏僻的地方，路上也沒幾個人，好不容易才找著一家小牛肉店，人家老闆娘正要關店，看我實在餓得可憐才答應賣吃的給我。妳知道嗎，她家那牛肉啊特好吃，讓人欲罷不能，我就吃啊吃，妳猜怎麼著？」

「被下藥了。」那女子說道。

「妳真聰明，那老闆娘真是個下三爛的東西，竟然給我下藥。我醒了的時候，發現自己被扔在稻草堆上，周圍都是血腥味，我那個怕呀，正盤算著怎麼跑呢，聽見有人進來了，一個男人和一個女人，我忙裝著沒醒，偷聽他們說話。結果他們邊說著邊在那兒剁肉，那女的還過來踢了踢我，說『妳這個自尋死路的，老娘看妳小模樣標緻，本想放妳一條生路，妳撞了邪，非要吃我的牛肉，可就別怪我了，這細皮嫩肉的做出來應該是最上等的牛肉，哈哈』，等他們忙完出去了，我爬起來一看，滿地的血，牆上掛著好幾個血淋淋的人頭，嚇得我腿軟，還好他們以為我沒醒，門沒鎖上，我連滾帶爬地才跑了出去。好不容易撿了條命，後來回了家，對那牛肉的味道念念不忘，唉，最後沒辦法，抵不住誘惑，只好自己開了家牛肉店，做了些傷天害理的事。妳說，我還怕什麼呀？」

「真會編故事。」那女子撇嘴一笑，「不過，妳放心，我不會把妳做成牛肉的。」

「是啊，妳不僅不會把我做成牛肉，還會好吃好喝地供著我，免得妳們的主子到時候罰妳。」辛情看著她，「什麼時候把我獻給妳主子？」

「風聲過了再說，要先委屈妳一段日子了，昭儀娘娘。」女子笑著說道。

「好說，讓我吃飽喝足就行了。」

「我給妳準備吃的。」那女子走到門口又停住了，「妳不想知道是誰要劫妳？」

「想啊，但是妳不會告訴我，我何必浪費口水。」辛情笑著說道，在梳粧檯邊找了把木梳，坐下來一下又一下地梳頭。

「別妄圖逃跑，妳跑不掉的。」女子說完出去了，門看似隨意地關上了，辛情聳聳肩，對著鏡子笑了笑說了句：「又當了把死人，辛情，妳這是什麼命啊，唉……」

放下木梳，到了窗邊推了推，發現窗戶打不開，又去開了門，門口站著兩個看起來十三四歲的丫鬟打扮的小姑娘。左看看右看看，一個人都沒有，辛情撇撇嘴，退回房內，關了房門。

過了一刻鐘左右，那女子回來了，身後跟著一個面貌普通的端著托盤的丫鬟，那丫鬟將飯菜放在桌上，她看了看，不錯，兩個菜呢，還香噴噴的，辛情笑了笑，「謝了。」坐下便吃，自在得當那兩個女人不存在。

吃完了放下碗筷，辛情看看那女子，「有什麼要囑咐的，說吧！」

「識相！那我不用多言了，妳老老實實在這房間待著，不准亂跑，其實就算妳想跑也跑不了，芳兒會看著妳，她要是不小心弄折了妳的胳膊啊腿啊，可別怪我沒提醒妳。等過了這幾日消停了，自然會送妳走。」

「這是不是就叫逼良為娼？」

「哼！」女子起身，慢條斯理地收拾了碗筷，「芳兒，看緊她，她可是詭計多端。若她跑了，妳知道是什麼後果。」芳兒忙答應了。女子端著托盤出去了。剩下辛情和芳兒，芳兒面無表情地站著，辛情左看右看，她愣是連眼睛都不眨一下。

「我和妳聊天行嗎？」辛情問道，芳兒抬眼皮看了她一眼，然後又垂下眼簾，恢復原有表情。辛情自討沒趣，聳聳肩，爬到床上，面向裡準備睡覺。濃郁的香粉味嗆得難受又睡不著，她便仰面朝天，看著粉紅粉紅的幔帳。

她的生活還真是戲劇化，綁架就趕上兩次了，角色也變來變去，一會兒是王爺的媳婦，一會兒是皇帝的小老婆，現在變成了身分不明，不知道是哪個不要命的連皇帝的女人都搶，想到這兒，辛情忽然坐起身。三年之約！奚祁！

她第一個年是在水越城過的，第二個是在拓跋元衡家過的，第三個是在溫泉宮過的，她是人年除夕夜被搶，正好第三個年頭。如此想來，這些人是奚祁派來的？看來皇帝的話還真是金科玉律，說三年還真是一天不多一天不少。

「砰」的躺倒，辛情冷笑，好不容易把自己算計進了溫泉宮，離了一個「禽獸」，卻又要掉進另一個「禽獸」的魔掌。側頭看看芳兒，辛情開始盤算，如果非要選擇一個龍潭虎穴，她寧可待在拓跋元衡身邊。拓跋元衡雖然和奚祁一樣高深莫測，但拓跋元衡是直接果斷型的，喜歡就搶過來，得罪他就一巴掌扇到冷宮待著，估計他恨的人就是直接咔嚓掉了，起碼不會太折磨人。

而奚祁——雖然只見過三次，但是一想起奚祁，她眼前就會出現一隻狐狸。真得罪了他，恐怕會生不如死，而且奚祁身邊有蘇朵的姊姊，姊妹共侍一夫，想想就噁心。

那麼現在就有一個問題，既然不想去奚祁身邊，她就不能坐等給奚祁當祭祀品，就只能逃出去了。可是怎麼逃呢？這些剽悍的女人都能把她從皇宮裡弄出來，可見本事多大。她沒有內應，沒有外援，單靠自己，成功機率估計是零——否則她早從拓跋元衡身邊跑了，也不用活活守了兩年。

拉著被子蓋到頭上，辛情想著她認識的屈指可數的幾個人，可惜都遠在天邊，一個都幫不上忙，只能靠自己、自己……

想了半晌，走廊傳來「噔噔噔」上樓的聲音，聽腳步聲，人還不少，還有那女子故作嬌笑的聲音，「各位官爺，這樓上是姑娘的閨房，此時還都未起身，恐怕不很方便……」

辛情聽到這兒，明白應該是溫泉宮的人搜查，既然沒有兩全其美的法子，不如先回去再說，可惜還沒等她起身，芳兒一下子飄到床邊，在她身上點了兩下，辛情便口不能言手不能動了。她眼睜睜地看著芳兒一把拉開床後的木板，輕輕一推，把她像棉絮一樣扔了進去，然後眼前一黑，木板被拉上了。木板外傳來窸窸窣窣的聲音，一定是芳兒在佈置。等了一會兒，傳來那女子的聲音：「芳兒啊，快開門。」

然後是芳兒懶洋洋的聲音，開門聲之後，芳兒發出了一聲害羞的驚呼，辛情想扯扯嘴角冷笑，可惜臉皮不聽指揮，只好翻個白眼，果然都不是好對付的人。房間裡似乎進來了許多人，桌椅板凳都發出了抗議聲，連帶著芳兒的「媽媽，這是幹什麼呀？搜什麼？」那不滿的嬌媚聲音讓辛情活生生地起了一層雞皮疙瘩，果然，人不可貌相，海水不可斗量，小姐的演技實在優良。

「誰知道搜什麼，官爺不肯說咱就別問了。」那女子說道。

又過了一會兒，雜沓的腳步聲出去了，那女子也笑著跟著出去了，臨走前還跟芳兒囑咐道：「芳兒啊，好好準備著，晚上還有客人呢。」

過了好久，木板被拉開，辛情又被人家像棉花團一樣輕輕一拉拽了出來，她衝著芳兒眨眨眼睛，芳兒冷笑了下：「先忍會兒吧，那些蠢蛋還沒走呢。看來妳也不怎麼得寵，這都第三天了才開始搜。」

辛情眨眼睛表示不同意，她不是不怎麼得寵，她根本就是失寵。

芳兒又恢復了面無表情站在一邊，辛情想笑，芳兒真像給她守靈的。知道芳兒不好說話，辛情也不求她，只閉上眼睛接著盤算，這等人來找她的路果然被堵死了，她到底要怎麼辦呢……

門又開了，辛情睜開眼睛，那女子進來了，跟芳兒說道：「怎麼這麼對娘娘，太失禮了，還不快解開？」她的話音剛落，辛情還沒看清芳兒怎麼動的就感覺全身一鬆。

「娘娘委屈了。」女子掩著嘴角笑。

「沒事，等我到了妳主子身邊，我也讓他委屈委屈妳。」辛情坐起身，看她，「妳怕嗎？」

「我只是奉命行事，主子明白的。」

「那我只好多加油鹽醬醋，用枕邊風將火吹旺，好好炒炒了。」辛情笑著說道。

那女子的神色雖然立刻恢復如常，但是辛情沒漏掉她一瞬間僵硬的嘴角。

「如果妳願意，請便。」女子還是笑著說道：「但是現在只能對不起了。」然後轉身走了。

她走了，辛情走到梳粧檯邊拿了梳子整理頭髮，眼睛將梳粧檯上仔仔細細看了，竟然沒有一件可以當武器的首飾，都是些珠子和花，連只簪子也沒有，想得還真周到。慢騰騰弄完了頭髮，辛情到桌邊坐下，眼睛四處仔細搜索，桌子、椅子、燈檯、水盆，都不能當利器。忽然看到束著幔帳的銅鉤，辛情便挪不開視線了，整個房間最有用的利器竟然是這只鉤子，可是芳兒在，她要怎麼拿到手呢？

看了看桌上的茶壺茶碗，辛情想了想，用手摸了摸茶壺，然後看芳兒，「我渴了，想喝茶。」芳兒看她一眼，拿了茶壺出去，辛情剛起身走了兩步，芳兒又轉回來了，辛情只好硬生生轉回來坐下。茶很快被送進來了，辛情喝了一口放下了，支著下巴拿著茶杯玩兒，忽然眼前一亮，茶杯！又拿了一個茶杯倒了茶，看芳兒，「喝茶嗎？」芳兒搖頭，辛情拿著那杯子起身，嘟囔道：「白倒了。」手一鬆，等著茶杯落地的悅耳響聲，可惜——

「小心點。」芳兒將茶倒掉，將杯子放到茶盤裡放好。

辛情開始一杯一杯地喝水，然後鬧著要去茅房，芳兒看她一眼，只得帶她出門去，自己就站在門口等著。辛情一臉無奈地出來了，她總不能拆塊木板當武器。

重回桌邊，發現茶水又換了新的。辛情接著喝，看看茶杯，又看著芳兒，笑著說道：「芳兒，接著！」說著話將手裡的茶杯用了力扔了出去，芳兒輕輕一個躍起去接那杯子，辛情立刻兩手拿了杯子一個向門口一個向地上，果然，「啪」的一聲，杯子碎了。辛情彎腰撿了碎片，笑著看芳兒，「看，碎了。」

「妳想幹什麼？威脅不了我。」芳兒冷笑。

「誰說要威脅妳了，原來妳的功夫不過如此。」辛情笑著拿著碎片在手腕處比劃來比劃去，「如果我到了妳們主子那兒的時候變成屍體了，會怎麼樣？」

「妳割下去吧，死不了人。」芳兒說道。

辛情點點頭，將碎片放在喉嚨處，「那割了這裡呢？喘不過氣，憋也憋死了吧？」沒等芳兒動，辛情馬上說道：「別過來，否則我手一抖，割下去，連累到妳們可別怪我。」

「你想怎麼樣？」芳兒問道。

「叫說了算的人來見我。」

芳兒頓了頓，到門口叫了丫鬟來低聲囑咐了兩句。辛情趁機倒退著走到床邊，拽了銅鉤下來，然後笑瞇瞇地坐在床邊等著。

那老鴇角色的女子來了，見了她左手茶杯碎片，右手銅鉤都對著自己的脖子，她臉色變了變，但是馬上鎮靜地問道：「妳要幹什麼？」

「這裡妳說了算？」辛情一笑，「我說，我要見說了算的人。」

「這裡我說了算。」女子說道：「我告訴妳，妳就算死了，也會被送到……送到那兒。」

「我好怕死啊，不過有妳們這些美人陪著也好，大家到地下做姊妹，黃泉路上還有個照應。」辛情說道：「看來妳不知道我要見誰。」

「這裡我說了算。」女子說道。

「妳？妳和奚祁說得上話嗎？」辛情說道：「妳一個小角色就不要逞能了，讓妳上級來。」

門口傳來一聲媚笑，辛情立刻覺得骨頭都酥了，這笑聲……還好她不是男人，否則可能會化成一攤水。看向門口，一個絕色美人笑著現身。

「要見我？」美人飄了進來，在桌邊坐下，一揮手，芳兒等兩個人都退下了，「真是個美人兒，難怪皇帝惦記。見我什麼事？」

「我不想去奚祁身邊。」辛情說道。

「我也不想送妳去啊，可是拿了人家的錢財不替人家辦事，以後我怎麼在江湖立足？妳也體諒我一下嘛，再說，都是在皇帝身邊做妃子，南朝還是北朝有什麼差別？況且妳現在已經不得北朝皇帝的寵愛了，難得南朝皇帝還惦記妳，人往高處走的道理妳肯定比我還明白，與其在北朝住冷宮，何不去南朝皇帝身邊做大紅人呢？」美人兒盈盈一笑。

「沒興趣。」辛情說道：「就算在北朝冷宮裡老死，我也不想去奚祁身邊。」

「可是，待在仇人身邊，妳睡得著嗎？」美人兒忽然說道：「北朝皇帝以為妳跑了，所以殺了妳義父……妳還要回去嗎？」

辛情一愣，就這麼一剎那，那美人兒欺身過來，輕鬆點了她的穴道，笑著拿下她手裡的東西，然後一把推她倒在床上，摸了摸她的臉，「我可是答應把妳毫髮無缺地送到南朝的，妳可別讓我食言。」

「拓跋元衡真的殺了老爹？」辛情雖身不能動，口還是能言的。

美人兒妖媚一笑，「我說著玩的，誰知道妳當真了。」俯下身仔細看看辛情，「妳呀，白白擔了蛇蠍的罪名了。美人兒，我好心提醒妳，奚祁的後宮比拓跋元衡的兇險許多，拓跋元衡寵妳維護妳，事事睜隻眼閉隻眼，可是奚祁不一樣，他無情。」

「貓哭耗子，別跟我假慈悲！」辛情說道。

「呵呵，我越來越喜歡妳的性格了，如果不是南朝皇帝要妳，我還真想把妳留在身邊解悶呢！」美人兒輕輕劃她的臉。

「不用遺憾，沒準兒哪天奚祁也讓人送妳去他那兒呢！到時候我就可以給妳解悶了。」

「呵呵，奚祁沒看上我，否則我一個女人家放著錦衣玉食的生活不過，非要在江湖上刀口舔血地過日子啊？」美人兒說道：「可惜了，從此以後，我們不能相見了。」說著輕蹙娥眉，一副西子捧心狀。

「真是可惜！妳以後要小心啦，人在江湖飄，早晚要挨刀，小心腦袋，要是和脖子分家就可惜了這副皮囊。」辛情笑著說道。

那美人兒也笑了，拍拍她的臉，「我會小心的。妳也小心，以後別惦記這個惦記那個，妳惦記誰誰就會倒楣的。」

「從今以後我只惦記妳。」
「我也會想妳的。」美人兒起身，搖曳多姿地走了。
辛情嘆了口氣，翻了個白眼。這美女蛇果然厲害。難不成她一定要去奚祁身邊了？嘆氣。拓跋元衡看來真是不想搭理她了，丟了這麼久就草草搜查過一次，要是能讓他找著——除非她被豬綁架了。
忽然又想起美女蛇的話，真真假假難辨，老爹和魚兒到底有沒有出事？
芳兒進來了，看她一眼之後一動也不動地站著。
「妳不給我解開嗎？」難道讓她體驗植物人的生活？
「上頭的命令，除了吃飯喝水如廁，妳只能這樣躺著。」
「這樣躺久了會生褥瘡的。」
芳兒沒理她。
過了一會兒。
「我渴了，我要喝水。」辛情說道。
芳兒倒了水來，扶起她喝了，又放倒。
又過了一會兒。
「我渴。」
芳兒又重複了動作，如此過了七八次，辛情終於不說渴了，那一壺茶都給她喝了。
「我水喝多了。」
芳兒看她。
「妳總不會想要我尿床吧？」
芳兒瞪她一眼，過來解開她的穴道，帶著她出門，「別動心思了，沒用。」

辛情笑了笑，「知道，不過我這人有個毛病，自己不舒服也絕不讓別人好過。」

在廁所，辛情蹲了近半個小時。兩腿發麻地出來，芳兒冷笑了下。

到了晚飯時間，芳兒給了她自由，辛情便慢慢一粒米一粒米地吃，成功地拉成了一個時辰。吃完了芳兒剛要動手，辛情馬上說道：「吃完飯馬上就躺會胖的，妳們總不想送貨上門的時候，人家以為妳送了頭豬敷衍了事吧？」

芳兒沒理她。

「妳們這麼對我是不是代表害怕啊？我一個手無縛雞之力的女人，用不著這樣吧？」

芳兒走過來，手一動，辛情便只能當啞巴了。

「聒噪。」芳兒冷笑著說了兩個字，一邊站著去了。

辛情轉轉眼珠，這回她是徹底沒辦法了。算了算了，睡覺吧，閻王要她三更死，不會留她到五更。死就死吧，閻王殿也有閻王殿的過法。

半夜，辛情醒了，黑暗中睜著眼睛看立在床邊的黑影。可惜口不能言，就算是來殺她的，她也只能保持沉默。黑影俯身，辛情皺眉，採花大盜？果然，她被抱了起來，出了房門，藉著走廊上的光，辛情看黑影蒙著黑布的臉，眼睛很熟悉。

他也低頭看她一眼，微微皺眉，腳下加快了速度，幾個閃躲之後，輕盈地飛出青樓，順著人家的屋頂繼續前行。辛情只覺得耳邊「呼呼」的風聲。她這個角度雖然看不到電視裡那種「樹木迅速向後退去」的場景，但是這風聲應該也可以證明速度吧？仍舊盯著蒙面人看，如果沒猜錯，是蘇豫。辛情稍稍放心，終於有個認識的人來救她了。

跑了很久，到了一處樹林中，沒有月光，沒有影子，黑得壓抑。疾行了一會兒，他停了下來，片刻之後又開始疾行，只不過這次沒飛多遠就有一個妖媚的聲音笑著說道：「跑了這麼遠，歇一會兒吧，等找著馬再趕路不遲。」

辛情認得那個聲音，是美女蛇。美女蛇來了，她還跑得掉嗎？而且聽口氣，似乎很熟稔，他們是什麼關係？窩裡反還是什麼？正想著，身子一麻就什麼也不知道了。

再醒來，睜開眼睛，眼珠轉了一圈。這是月影台，她的床。轉了一圈又回來了，這場競賽看來是以拓跋元衡的勝利告終的。可是比賽過程是怎樣？她這個導火線竟然被忽略了，連看比賽的機會都沒有。

馮保的臉忽然出現，辛情和他對視。

「娘娘，您醒了。」馮保的聲音裡沒有特別的喜悅。辛情以為他會像電視裡演的一樣，一跳三尺高，老淚縱橫地說「娘娘，您可醒了，老奴這就去稟告皇上」之類的呢。

「今兒初幾了？」辛情坐起身。

「回娘娘，今兒初六了。」

「初六？我這一覺睡到初六了？」辛情動動脖子，在青樓的時候老鴇說過「三天」，現在初六，她又睡了三天？怎麼沒睡死過去？

「娘娘，老奴這就傳太醫來。」

「站住！」辛情揉揉脖子，「我不是自己走回來的吧？」

馮保頭更低，聲音也低：「娘娘，此事……」

「知恩圖報，你想讓娘娘我忘恩負義？是誰帶我回來的？」

「回娘娘，是寧王殿下。」

「哦，寧王。他回京了？」

「寧王爺還在宮中，說還有些話要問娘娘。」

「馮保，晚上在升蘭殿準備宴席，我要答謝寧王。」辛情吩咐道。馮保忙去了。

升蘭殿。

拓跋元弘在殿中已等候了近兩刻鐘，辛情還沒來。他之所以沒走，是有些疑問要問清楚，回去還要答覆。

「真是不好意思，讓寧王殿下久等了。」身後傳來辛情的聲音，拓跋元弘慢慢地回頭，卻有一霎那的發愣。辛情只穿著普通的藕荷色布衣，未全乾的頭髮也沒有挽上去，只是隨意披在身後，臉色有些病態的白。

「不知娘娘為何賜宴？」拓跋元弘收回目光。

「賜宴說不上，我不見你，你不也等著問我問題嗎？」辛情說著，自己也坐下了，「你們都下去吧！」辛情吩咐宮女太監們。

「是，確實有些問題還要向娘娘請教。」

「你問之前，能否先告訴我一件事？」她是被噩夢嚇醒的。

「娘娘請講。」

「我義父和妹妹沒出什麼事吧？」辛情盯著他。

拓跋元弘本來略低的頭馬上抬起來：「妳怎麼知道？」沒用敬語。

辛情只覺眼前的一切都晃了起來，忙抓住桌邊閉上眼睛，過了一會兒才覺得不轉了，自言自語道：「這麼說是真的……」然後看向拓跋元弘，「拓跋元衡真的殺了富老爹和魚兒？」聲音惡狠狠的。

「富平的死只是意外，他們父女去廟裡上香，剛下過了雪，富平不小心從臺階上滾落摔死了。富魚兒也受了傷，不過沒有傷及性命。」拓跋元弘頓了頓，接著說道：「不管別人怎麼說，妳都不該懷疑皇兄。以皇兄的性子，他若要殺富平會告訴妳，不會偷偷摸摸。」

「意外是什麼時候？」意外？哪裡有這麼多意外？水上跑了那麼多年沒淹死，到了這裡忽然就摔死了？沒有說服力。

「十一月十一。」

「真巧，那一天我也差點意外被刺客殺死。寧王，你還說這是意外嗎？」辛情冷聲問道。

「刺客？有人要刺殺妳？」拓跋元弘的口氣有些意外。

「沒錯，難道你沒聞到這升蘭殿裡飄著血腥味嗎？當時，這桌子底下的地方橫七豎八躺著好多死人，升蘭殿的地毯都泡在血裡了。」辛情看著拓跋元弘，「連你也不知道嗎？看來在宮裡還真算不得什麼大事。」

拓跋元弘沉思片刻，「這件事朝中沒有一點風聲，如果本王都不知道，恐怕就沒人知道了。」

「那我義父的死就真的被當成意外了？」

「皇兄已下令厚葬了富平，也派人保護富魚兒，只是……富魚兒不久之後忽然失蹤了。」

「失蹤？恐怕又是意外吧？只是不知道是誰這麼恨我，連他們都不放過。」辛情暗自攥著拳頭。

「這件事還在查，早晚會有結果的。」

「好，我等著，在我還沒成為意外之前，希望會有結果。現在，輪到你問了。」魚兒失蹤應該是蘇豫做的，那麼他那些日子的有話要說，應該就是想告訴她老爹死了。

「劫走妳的人是誰？」拓跋元弘的問題讓辛情愣了一下。

「你這麼問，我倒是不明白了，難道說，我是被扔在了宮門外，然後被寧王您帶回來的？」她的記憶只在樹林中聽到美女蛇的聲音為止，然後直接快轉到月影台了。

「不，我們是在溫泉鎮外一家農戶中找到娘娘的。」

「農戶？」辛情的聲音中有驚訝。從樹林到農戶，這是個什麼樣的移動過程？

「難道娘娘一點印象都沒有嗎？」拓跋元弘看著她的眼睛，有些不信任。

辛情搖頭，「從大年夜被帶走到回來，我只有一天是醒著的，其餘五天都是活死人。」

「五天？」拓跋元弘臉上是毫不掩飾的驚訝，「娘娘可知道今天是什麼日子？」

「我問過馮保，他說今兒是初六。」辛情說道：「怎麼，不對嗎？」

「初六沒錯，可是不是正月初六，是二月初六。」

「二月？」辛情第一反應就是她竟然當了三十幾天的活死人，太過分了，「你的意思是我在宮外一個多月？」

「娘娘真的不知道嗎？」拓跋元弘恢復了鎮定，口氣中有疑問。

「妳覺得我像假裝？」辛情冷笑了一下，「我若不是活死人，就算用爬的一個月也夠爬出很遠了，還會等著你們抓我回來這個鬼地方？」

「娘娘清醒的那一天都見了些什麼人？」

「老鴇，打扮得像野雞一樣的老鴇，說要讓我為她賺銀子。」

「老鴇？本王不以為一間小小的青樓妓館有膽子有本事劫皇妃，娘娘沒發現什麼異常之處嗎？」

「寧王，我還不至於笨到人家說什麼信什麼的地步。不過，你以為有膽子有本事劫皇帝女人的人會那麼容易被人看穿猜透？除了那老鴇，就只一個丫鬟看著我。」真是很混亂很詭異的一件事，難道美女蛇們真的一點痕跡都沒留下？

「憑娘娘的機敏，難道真是一點消息都沒探聽出來嗎？」

辛情扯出個哂笑，「呵呵，承蒙抬舉。不過，我並不關心她們是誰，我只在乎她們會不會放我走。只可惜，她們聰明得很，故意告訴我富老爹被殺之事讓我一時分心，怕我再尋死，她們就乾脆讓我變成活死人了，你說我能知道什麼？」有本事就自己去查，她樂得看熱鬧。反正她的日子又要不好過了，不如大家一起不省心。

「如此說來，娘娘也定然不知道為何身處農戶家中了？看來，娘娘這一個多月的日子要成為祕密了。」

辛情慢慢喝了口酒，說道：「哪有永遠的祕密？總有一天會真相大白的，就像我義父的意外，我想只要花時間和力氣去查就會知道真相了，你說呢，寧王？」

「已查過了，確實是意外。」

「那升蘭殿的刺殺也是意外了？我若意外死了，是不是也就厚葬了事了？」辛情晃晃酒杯，「早知道拓跋元衡要我死，我何必不聽話呢？」

「我不明白娘娘的意思，聽誰的話？」

辛情笑了：「你想知道？那好，做個交易，你告訴我我義父意外的祕密，我就告訴你，如何？」

「此事並無祕密。」拓跋元弘說道。

「呵呵，寧王，你是好心還是故意？沒有祕密？沒有祕密拓跋元衡為何將此事瞞著我？不想讓我難過，還是覺得我義父的死微不足道？還有，我就算是失寵被發配到這溫泉宮，我總是右昭儀的名分，刺殺我這樣的事竟然沒有一點風聲，是拓跋元衡要我死嗎？他既然想我死，何不趁著這個機會將我直接在宮外殺了？還師出有名。我現在活著，是你寧王下不去手而抗旨，還是拓跋元衡根本不想我死？」

「既然妳明白，就該知道有些事是不能深究的。」

辛情盯著拓跋元弘看了幾秒鐘，「謝寧王提醒，這一杯謝謝你。」

「娘娘是否誤會了臣的意思？」

「誤會也好，不誤會也罷，總之我心裡明白就好了。寧王，你還有什麼要問的？」辛情笑著說道。

「娘娘失蹤之前，溫泉宮有三位侍衛先後告假離開，直到現在亦未回來銷假。娘娘可覺得有什麼不對的地方？」

「你的意思是說我指使的，我自導自演了一齣被綁架的好戲？」辛情笑了，「有道理，也說得過去。可惜，不是我安排的，你猜錯了。」

「這話要皇兄也相信才行。」

「不管信不信，他還捨不得讓我死，這就夠了。」

「我只能告訴妳，凡事小心。」拓跋元弘起身，將杯中的酒喝了，「謝娘娘賜宴，臣告退。」

「你怕我？」辛情端著酒杯起身走到拓跋元弘身邊，「你這樣的男人也會害怕蛇蠍嗎？」

「妳喝多了！」

「我？」辛情笑了，「我再喝都不會醉的。」

拓跋元弘無語。

「你可以走了，寧王爺。回去還要你編個好藉口呢。」

拓跋元弘的身影在殿門前消失，辛情收了笑意，端著酒杯坐在桌邊。

馮保等人進來伺候，見辛情正一口一口地喝著酒。

「娘娘！」馮保小聲叫道：「娘娘，喝多了酒，明兒會頭疼。」

「不喝多了，怎麼壯膽住在這個鬼地方！」辛情抬頭看他，「馮保，你聞到血的味道了嗎？甜絲絲的，有點腥腥的。」

「娘娘喝多了，老奴這就服侍娘娘回去歇了。」馮保招招手，馬上就有宮女過來了。

「不用了，我還是住在升蘭殿吧！」

第二天，辛情問馮保這一個多月來，溫泉宮可有什麼人員變動，馮保說蘇青等三名侍衛離宮未歸，派人去找卻查無此人，此外沒有任何變動。辛情聽了不做聲，只點了點頭。

過了十來天，京城裡沒有任何人來，也沒有任何消息，似乎寧王這一趟根本沒來過，右昭儀被綁架出宮也根本沒發生過。溫泉宮的人行為舉止也都與年前無異，偶爾辛情會覺得自己被綁架出宮其實是她假想出來的，根本沒發生過。可是，「蘇青」存在過，代表這一切發生過。

辛情開始沉默，歌舞也不看了，每日在蘭湯裡泡著。如此又過了半個月左右，馮保終於忍不住開口勸她。

「娘娘可是心裡不快？」出了這麼大的事，皇上都不下旨接右昭儀回去，看來皇上很介意，可能從此以後右昭儀真的要老死溫泉宮了。

「是啊，不痛快，憋得慌。」

「娘娘保重，老奴以為，皇上既派了寧王來，可見對娘娘的重視，許是近來國事繁忙，所以皇上無暇下旨接娘娘回宮，還請娘娘寬心。」馮保委婉措辭。

「是嗎？你覺得本娘娘還有回宮的那一天嗎？」辛情似笑非笑地看馮保，「我看是沒那一天了，這溫泉宮說不定就真是我右昭儀的墳墓了。」

「娘娘切不可這樣想！」馮保忙說道。

「好了好了，聽天由命吧，日子該怎麼過還得怎麼過不是？」辛情懶懶地從溫泉裡起身，宮女伺候她穿衣服，「好久沒看歌舞了，悶得慌。馮保，去傳歌舞，本娘娘今晚不醉不休。」

馮保疑惑地看了看她才躬身去了。

京城裡依然沒有動靜，辛情卻恢復了以往歌舞宴樂的生活。

柒之章　左右昭儀

到了四月初，辛情有些懶懶的，懶得泡溫泉、懶得動，連飯也懶得吃，聞到魚腥味就乾嘔個不停。馮保著急找了太醫來看，卻說沒什麼問題。馮保有些慌，送走了太醫，他小心翼翼地走回來，垂著手說道：「娘娘，最近天氣熱了些，難免會有些不舒服，不過，娘娘只要放寬心，再過些日子，老奴相信……」

「相信什麼？」辛情睜開眼睛掃了他一眼，「別瞎指望了。」

「是，娘娘！」馮保馬上說道。

「馮保，給我拿點酸梅來，嘴裡沒有味道。」辛情說道。馮保馬上出去了。辛情起身，宮女忙拿了衣服在旁邊伺候著。辛情只披了件貼身的袍子就下了床，「小東西呢？」

「回娘娘，朵兒出去了。」宮女回答。

辛情點點頭，這小東西最近出去得很勤，難道是碰見情投意合的貓了？

正想著，波斯貓輕輕躍過高高的門檻進來了，走著直線到了辛情身邊。

「小東西，跑哪兒鬼混去了？」辛情彎腰抱起牠，「一天比一天野，早晚你會變成一隻野貓。」

波斯貓用牠的綠眼睛看了辛情一眼，然後又蜷著了。

「敢情你還有意見？小東西！」辛情拍牠。

「娘娘，再過幾天就是端午節了，按宮中規矩……」馮保剛說到這兒，辛情揮了揮手，「按規矩辦就好了，這些小事也來問我，不如我自己做這個總管了。」

「是，娘娘。」

端午節在馮保的安排下進行得有聲有色，溫泉宮各處都是艾草香撲鼻，宮女們又準備一大堆的蘭花扔到了蘭湯裡讓辛情沐浴，辛情出浴的時候還笑著說：「最近吃得多了，肚子上都長肉了，再胖下去可就沒法看了。」此後每次泡溫泉，辛情都要攆了所有人出去，直到穿好了衣服才讓人進來收拾。說是不好意思給人看，還一改平時的飲食習慣，每日都要讓準備些酸辣菜色。

到了五月中旬，忽然有一天，一隊人馬進了溫泉宮，說是皇帝和左昭儀要來溫泉宮避暑。聽到這個消息，辛情便現出焦急的神色來，說這些日子吃胖了，要是皇上看見她這個樣子一定不喜歡，馮保忙安慰她說：「娘娘和以前一樣，並沒有胖。」辛情卻執意減少了飲食，還延長了泡溫泉的時間，泡完了便練瑜伽，雖然剛開始動作有些僵硬，扯得胳膊腿都喀喀作響，但是過了幾天已好多了，走起路來都覺得輕快許多。十日之後，果然更見窈窕。

辛情那段時間心血來潮，特別喜歡黑色的衣服，尤其是像波斯貓皮毛一樣光滑的黑色綢緞，所以讓人縫了許多布口袋一樣的泰國沙麗，浴巾一樣圍在胸前，白皙瘦削的肩膀和胳膊就露在外面，這樣的口袋有個好處，看不出腰身。出殿門的時候她就加上一條黑色的紗披著，步子輕輕的，和波斯貓朵兒差不多。

日盼夜盼，終於有打前站的太監來說，皇帝已到了圍場行宮，明日午時便可抵達溫泉宮。

深夜，皇家圍場行宮，一處高臺之上立著一位白衣飄飄的仙女。

「愛妃怎麼到這兒來了？」拓跋元衡問道，仙女輕巧地回身，臉上淡淡的，輕輕一福，「皇上。」

「夜晚天涼，愛妃身子單薄，還是進殿的好！」拓跋元衡攬住仙女的肩。

「是，臣妾知道了。」仙女淡淡一笑，隨著拓跋元衡下了高臺進殿去了。

剛進了殿，沒多大一會兒，外面似乎有雜亂之聲，拓跋元衡臉一沉，「何事吵嚷？」

太監忙出去問了，沒一會兒躬身進來。

「什麼事？」拓跋元衡冷冷地看他一眼。

「啟稟皇上，是……」太監欲言又止。

「說！」拓跋元衡的聲音又冷了點兒，仙女輕輕拍了拍他的手。

「啟稟皇上，溫泉山有火光，似乎是溫泉宮走水。」

「走水？」拓跋元衡的聲音大了些。

「皇上，也許是看錯了，奴才這就派人急赴溫泉宮。」太監說道，轉身出去了。

「廢物。」拓跋元衡說道。

「皇上不必心急，溫泉宮守衛侍者極多，就算走水也不會有事。」仙女輕聲勸慰道。

「嗯，愛妃所言有理。時候不早了，愛妃有孕在身，早些歇了吧！」拓跋元衡說道。

仙女點點頭，宮女們忙小心過來服侍她，等她躺下了，拓跋元衡走到她床邊看了看，「愛妃歇著吧！」

仙女淡淡笑了，「臣妾就不起身恭送皇上了，皇上恕罪。」

「愛妃不必多禮。」拓跋元衡說道，然後出去了。宮女們小心關了殿門，吹熄了幾盞燈。

拓跋元衡信步來到高臺之上，溫泉山火光離了十幾里路都看得到。

溫泉宮。

來來往往的侍衛太監宮女們都忙著救火，升蘭殿的火勢卻控制不住，火勢正向後面的升平殿蔓延，一時之間叫喊聲令人震耳欲聾。

沒人注意到忽然多出來的二十幾個騎著馬闖進來的人。

為首的明黃袍子躍下馬背，隨手抓住一個太監：「右昭儀呢？」

那個太監一時嚇呆了，反應過來之後慌忙跪下，手裡還拎著水桶，「皇上，奴才不知。」

「混帳！」太監被一腳踢飛。

這回大家終於看到這個一臉怒氣的皇帝了，齊刷刷地跪地，口稱萬歲。剛才的震天聲響竟然一下子鴉雀無聲，只有嗶嗶剝剝的大殿木頭燃燒斷裂的聲音。

「右昭儀在哪兒？」拓跋元衡陰冷的眼神掃過所有人，看向那已快坍塌了的升蘭殿，這是辛情的宮殿。

「啟奏皇上，右昭儀娘娘在月影台。」說話的是馮保，他是溫泉宮的總管，理應指揮宮人救火。他的話音剛落，拓跋元衡大步走了，二十幾個人都鴉雀無聲跟著他走了。馮保擦擦額頭上的冷汗，忽然想起來忙叫道：「救火！」眾人這才回過神來，震天的喊聲又一次響起。

拓跋元衡進了月影台大殿卻不見一個人，連宮女都不在。手一揮，二十幾名侍衛悄無聲息地分散各處去找人了。沒多一會兒，一個侍衛悄無聲息地回來，「啟奏皇上，娘娘在觀月臺。」

拓跋元衡點點頭，匆忙出了大殿，往觀月臺去了。

高高的觀月臺上也立著一個人，穿著看不清腰身的口袋，長長的頭髮和肩上的黑紗隨風飄得高高的，正低著頭說話。

拓跋元衡放輕腳步，慢慢走上觀月臺。她一無所知，還在低頭對著懷裡的貓兒說話：「看到沒？這世上最好看的就是火！呵呵，可惜，你這個小畜生又懂什麼呢？」頓了頓，「小東西，我們一起跳下去，鳳凰涅磐，浴火重生，呵呵……」

「辛情！」拓跋元衡叫她。辛情笑著回頭，卻不說話，一臉的妖氣。

「到朕身邊來。」拓跋元衡說道。

辛情站在觀月臺的邊上，再半步就掉下去了。

「你怕我掉下去摔死？」辛情笑著問道。

「是。」拓跋元衡說道。

辛情笑了，妖妖媚媚地笑。

「可是，這樣的日子……還不如死了痛快……」話音未落，向後退了一步，身子馬上後仰，張著雙臂像黑蝴蝶一樣翻飛下去，留給拓跋元衡的是一臉妖媚的笑，和她扔下地的黑色波斯貓。

當辛情被接住的時候，她知道這回接住她的不是蘇豫。

「娘娘請小心。」他的聲音低沉，輕輕將她放在地上。

「寧王爺，我又欠你人情了。」辛情笑著說道。

「娘娘不必客氣！」拓跋元弘說道。

「寧王？」說話的是趕來的拓跋元衡，口氣中帶著驚訝。

「臣弟聽聞皇兄深夜離宮，放心不下，因此帶人前來護駕！」拓跋元弘的口氣恭敬。

「嗯，八弟有心。」拓跋元衡說道。

「既然皇兄聖駕平安，臣弟告退了。」

拓跋元衡點了點頭。

等拓跋元弘帶著人退下去，拓跋元衡冷著臉看看辛情，轉身向正殿走去，辛情便跟著。回到月影台大殿，拓跋元衡仍是一臉陰沉。

「朕真想殺了妳。」聲音低沉陰冷。

「那就動手吧，這樣的日子也沒意思。」辛情笑著說道。波斯貓朵兒優雅地跑向辛情，辛情俯身抱起牠。

「妳放的火？」雖是問句，卻是肯定的語氣。

「是啊，那殿裡的梁上掛著好幾個鬼，每天晚上瞪著眼睛看我，空氣裡都是血腥味兒，我不喜歡，所以乾脆一把火燒了，乾淨。」辛情平淡地說道。

「放肆！」

「這溫泉宮不是為我建的嗎？我也不過燒了一間房子而已。」辛情抬頭看了看他陰沉的臉，又低頭撫摸波斯貓。

「恃寵而驕！」

「呵呵……」辛情笑了，「寵？也是，這麼華麗的墳墓也算是種寵愛，呵呵……」

「辛情，妳永遠都不知道自己錯是不是？」拓跋元衡直視她，眼神陰冷。

辛情笑著看他，「我現在知道錯了。」她錯了，她不應該惹拓跋元衡生氣，那樣老爹就不會死了。

「哼！」拓跋元衡冷冷地哼了一聲，「以後，朕不會放縱妳。」

「是！」辛情漫不經心。

「朕會讓寧王護送妳回京。」拓跋元衡說完，起身向殿外走。

「恭送皇上。」辛情說道。看著拓跋元衡的背影，辛情冷冷地笑了。

當夜，拓跋元衡離開溫泉宮回到圍場行宮，走之前下了一道旨意，說溫泉宮不甚走水，打擾了皇帝避暑的好心情，因此決定不來了。另外，右昭儀雖身體大有起色，但重建升蘭殿怕還是會有影響，因此特命寧王護送右昭儀隨駕回宮。

最高興的人不是辛情，而是隨她前來的宮女和太監們，所有人都在興高采烈地收拾東西。辛情看了心煩，便抱著朵兒出去了。

又來到觀月臺，風吹來的陣陣煙味傳進鼻孔，嗆嗆的。升蘭殿、升平殿已成了焦黑的廢墟。辛情冷笑。

「何必用這種方法達到目的。」身後有人說話。

「不然寧王爺覺得我該用什麼方法？女人是禁不起時間的。」她是拓跋元衡的蛇蠍，當然不能哭哭啼啼扮可憐讓他想起她。

「皇兄一直沒有忘了妳，讓妳回宮不過是早晚的事。」

「那早一天不是更好嗎？」辛情說道：「早一天便可以多做很多事情。」

「辛情，妳不應該存這種想法。」

「為什麼？」辛情回頭看他。

「妳眼中的戾氣會出賣妳，皇兄並不是糊塗人。」

「呵呵呵……」辛情笑了，「寧王爺，你一而再再而三地提醒我，我真的要還不起你的人情了。」慢慢走到拓跋元弘身邊，「你想我怎麼還？」

「妳又何必？只要妳真心悔過，皇兄會待妳如前。」

「悔過？我好好的日子弄到現在人不人鬼不鬼，為什麼我還要悔過？笑話！」辛情扯扯嘴角，慢慢走下觀月臺，「明天又要你護送我回去了，呵呵，我們真是有緣分，送我來的是你，送我回去的也是你，呵呵……」

拓跋元弘看著她的背影，搖了搖頭。那個曾經踩著水洗衣服的女人，再也看不到一絲影子了。

回去的路上，辛情很安靜，偶爾和拓跋元弘打個照面，臉色也是平靜得很，眼神裡也少了戾氣。

他們的隊伍並沒有太快，一直跟在拓跋元衡的御駕隊伍後面，可是拓跋元衡卻沒有讓辛情隨御駕在他身邊的是他的左昭儀。

晚上，辛情的儀仗停在了野外——因為拓跋元衡駐蹕驛站。

草草吃過晚飯，辛情下了馬車透氣，馮保帶著兩名宮女跟著她。

「馮保，什麼時候到京？」

「回娘娘，明日黃昏即可到京。」他們的右昭儀終於回來了，也算他沒有白白伺候。

「哦，這麼快！」辛情自言自語說道。

「是，娘娘！」

「回吧！」辛情往回走，碰見了拓跋元弘，略略點了點頭過去了。

果然第二日黃昏時分，儀仗進了京都，從紅綃帷幕向外看，還是不熟悉的街道，還有人頭攢動的百姓。辛情忽然笑了笑，一把掀開車側的簾子，讓自己的容貌暴露於人前。果然有了一陣小小的騷動。辛情很快就放下簾子，回到車內笑了。明天全京城都會知道她右昭儀的傾國傾城了。

進了宮門的那一刻，辛情仔仔細細地看了看宮門，也許下次再從這裡出去就是躺在棺材裡了。

換了軟轎回到鳳凰殿，鳳凰殿裡燈火通明，宮女太監們都在殿外侍立等候。進了殿，那顆夜明珠一樣亮著，東西的位置都沒有變。辛情站在殿中央四處環顧，少了樣東西，「千羽和千尋呢？」

「啟奏娘娘，千羽和千尋……」一個小太監囁嚅著不敢說話。

「死了？」她的兩隻鸚鵡。

「娘娘恕罪，娘娘走後，千羽千尋飲食少進，奴才想了許多辦法，可是……」小太監都快哭了。

「算了算了，兩個小畜生罷了，死了就死了吧！」辛情揮揮手，放下懷裡的波斯貓，「這個來了，那兩個怕也活不長，早死是牠們的福氣。」

「謝娘娘恩典，謝娘娘恩典。」小太監跪地磕頭。

「都出去吧，娘娘我累了，要睡了。」辛情說道，馮保忙叫了宮女服侍，一時間鳳凰殿人影來回走動，忙忙碌碌。

辛情確實很累，卻睡不著。睜著眼睛看巨大的幔帳，波斯貓朵兒依舊在她枕邊。朵兒忽然輕叫了一聲，辛情轉頭看牠，發現牠似乎有些緊張，轉轉眼珠，辛情翻個身，將波斯貓抱在懷裡，閉上眼睛，仔細聽動靜。

有輕輕的腳步聲到了床邊，辛情沒動，裝睡。等了好半天，腳步聲又輕輕地走了，辛情睜開眼睛笑了。

回宮第二天，辛情被馮保早早叫起，說要去向皇帝、皇太后、皇后行禮問安。辛情點頭，規規矩矩換上黑色的禮服，頭上的釵環簪飾也都一應按制準備停當。辛情帶著人先去太華殿，端著肩膀走在路上。她目不斜視，不想讓那一座座看起來像是陵墓的宮殿影響心情。到了太華殿，拓跋元衡剛剛下朝不久，還穿著明黃的龍袍。

辛情緩緩跪下，「臣妾給皇上請安。」

「平身吧！」拓跋元衡坐著未動，只是揮了揮手。

「謝皇上！」辛情邊說著邊站起身，低頭站著。

「若無事先去慈壽殿和顯陽殿請安吧！」拓跋元衡說道。

「是，臣妾告退！」辛情仍舊低著頭，緩緩轉身往外走，嘴角是一絲不易察覺的淺笑。

到了慈壽殿向太后請安，太后老太婆的臉上沒有什麼表情，以禮相對，便讓她出去了。到了顯陽殿，皇后卻是親切得很，直問她身子好些了沒。辛情笑著謝過了，又說了會兒廢話，告辭出來。

回到鳳凰殿，辛情換了衣服剛剛坐下，就有太監進來回話，說皇上賜宴。辛情點點頭說知道了，又問還有誰赴宴，然後攆了太監宮女們出去，說要歇一會兒，讓他們到時候再來叫她。

快到午膳時分，宮女們進來服侍時卻見辛情已穿戴好，正悠閒地坐在桌邊。

「睡不著就起來自己換了衣服，時辰差不多了吧？走吧！」辛情起身，宮女太監們馬上跟上。

賜宴的地點是在一處水榭，四周水面正鋪滿了或粉或白的荷花。

赴宴的女人們辛情認識的不多，心裡想著她這個前浪不知道什麼時候會死在沙灘上。正想著，皇后雍容華貴地來了，親切地對著辛情笑了笑，辛情回禮。

「妹妹多禮了。」皇后來到她身邊笑著說道。

「應該的。」辛情也笑。旁邊的妃嬪們都向皇后行了禮。正在這時，太監的一嗓子「皇上駕到」，把女人們的注意力都吸引走了，齊刷刷地轉身向那邊去了，拓跋元衡懷裡擁著一個仙女。

這女子比蘇朵還美，而且是不食人間煙火的那種美，真是當得起「閉月羞花」幾個字，不由得多看了兩眼，卻見那美人對著自己淡淡一笑，辛情立刻覺得自己的心跳直奔一百八，看來美人這種生物的殺傷力絕對是老少男女通吃。辛情也衝著她笑了。

太監宮女們引著各位鮮花入座，辛情坐在右手邊第一位，她對面是仙女左昭儀。辛情知道這飯局一向都是戰場，根本不可能消停地吃吃喝喝，只是不知道時隔這麼久，當年針對她的赫連夫人如今已收斂了許多，不知道還有誰來點這個火，又有誰來扇風。

「皇上，今兒賜宴不只單單是為了賞荷花吧？」果然喜歡點火喜歡熱鬧的人總是有，辛情看過去，不認識的新人，很囂張。那新人也在拿眼睛輕輕掃過她。

「愛妃以為為了什麼？」拓跋元衡的心情不錯。

「當然是右昭儀娘娘病癒返宮，皇上高興。臣妾們今兒可是託了右昭儀娘娘的福呢！」辛情暗笑，原來換來換去的人不過是換了副皮相罷了，這新人就與當年的杜嬪相近。

「我看皇上高興的還不止這一件，左昭儀娘娘懷了龍嗣，可是又添了一樁大喜事呢。」又有人說道，辛情沒心情看了，明白了，這是煽風點火要讓她們左右昭儀火拚，只不過做得太過明顯，懶得理會，乾脆不發一言，輕啜一口酒，然後淡淡掃一眼說話的兩人，再朝她們微笑一下。

眾女人見左右昭儀根本不接話，也自覺無趣，氣氛立刻就有些尷尬。

「各位妹妹說的都在理，其實只要各位妹妹們和睦相處，大家都好好的，咱們皇上自然天天都高興。」說話的是皇后。

妃子們有了小臺階都一溜煙兒地跑下去了，順著皇后的話往下說。辛情抬頭看看，仙女左昭儀對她淡淡一笑。

女人們散開看了一會兒荷花，笑了一會兒青蛙，又都重新歸座，文雅優美地吃吃喝喝，辛情暗笑，女人們的表演天分看來在這種地方會發揮到極致——雖然評審只有一個流氓男人。有些餓，辛情拿起象牙筷子，夾了一小塊肉慢慢咀嚼，肉的味道還不錯，忽然快速放下筷子，左手輕掩嘴角，像是吃到了噁心的東西，然後嚥了嚥口水，不好意思地端起杯子喝了一口壓一壓，整個過程不過幾秒鐘。

「娘娘，這菜的味道不好嗎？」一個美人兒說道。

「還好，可能有些吃不習慣，讓各位看笑話了。」辛情說道。感覺到上方的冰冷視線，辛情裝作不知道，小口小口地喝水。

因為辛情的這一整套惹人遐思的動作，拓跋元衡的臉色便不好看了，妃子們當然也跟著陰天了，所以好好的賞荷花的宴席草草就散了。

回到鳳凰殿，辛情爬到床上，輕輕摸了摸肚子，笑了，還真是有點熱。睡了一個下午之後，用過晚膳，快關宮門了，辛情讓馮保傳一位太醫入宮，說是身體不舒服。馮保雖有疑惑，但也不敢問，派人去太醫院傳太醫了。等太醫來了，辛情遣退所有人，殿內只剩她和太醫兩人。

「不知娘娘鳳體哪裡不適，可否讓微臣為娘娘診治？」太醫跪地問道。錦帳裡一點動靜都沒有。

「沒有哪裡不適，太醫高姓大名？」錦帳裡傳來辛情的聲音。

「回娘娘，微臣馮益。」

「馮太醫在太醫院多少年了？」辛情慵懶的聲音。

「回娘娘，微臣蒙祖蔭，二十歲起已在太醫院供職，如今已三十二年了。」馮益小心答道。

「三十幾年可真是不容易，給多少娘娘瞧過病了？」

「這……微臣記不清楚了。」馮益的腦門開始冒冷汗，這麼多年的經驗，若有娘娘這樣東拉西扯的一定就不是正經看病了。

「那麼，在你的診治之下有多少皇嗣出生，又有多少沒出生？」

「回娘娘，皇嗣關係重大，從來都不是一個太醫單獨看脈，所以……」所以就算有冤死沒出生的，也不能都算他一個人頭上。

「這麼說，你一個人說了的事不一定可信囉？」辛情帶著笑意。

「是，娘娘，後宮娘娘們若有孕，按例是要四位太醫看過之後才能確定。」

「這樣啊，明白了。」錦帳裡有了動靜，辛情下了床，來到太醫面前，「馮太醫請起吧！」

馮益起身，目不敢斜視。

「娘娘既然沒有不適，微臣告退了。」馮益馬上說道。

「馮太醫，打春天起我就時時犯噁心，還常吃不下飯，到了上個月才好些，這幾日又不知怎麼了，馮太醫覺得是什麼症狀？」辛情隨意坐了，手無意中放到肚子上，然後驚覺了什麼似的，將手放在桌上，袖子正好遮住肚子。

「娘娘可否讓微臣看脈？」

「看脈？在溫泉宮太醫已看過了，也開了方子，說是心火。」辛情說道，然後忽然掩住嘴角，忙喝了口茶水。

「這……微臣也只能看過脈之後才能確定。」馮益不著痕跡地看了看辛情的肚子。

「算了，不必看了，你下去吧！」辛情忽然變了聲音，臉上也冷若冰霜。

「娘娘……」馮益有點愣。

「本娘娘說不用看了，你下去吧！」辛情說道，馮益跪安，辛情又補充了句：「今日之事，本娘娘不想第三個人知道，包括皇上。」

「是，娘娘！」馮益答應著，匆忙走了。

他前腳出去，馮保後腳就進來了，看辛情一臉冰霜也沒敢問什麼，只是讓宮女們伺候她歇息了。

雖說事情辦得隱祕，可是自從這馮益來過之後，女人們像是要和她劃清界線似的一個都不來，只拓跋元衡晃過來兩次瞪她，也不說什麼，也不調情，也不留宿，似乎就是為了瞪她來的。辛情去請安卻被總管太監軟軟地擋了回來，慈壽殿那裡也是擋駕，只有顯陽殿還有些好臉色，只不過皇后的眼睛也是有意無意地總是瞟向她的肚子。

辛情每次回到鳳凰殿，臉色就更冷一分。

某一天晚上，辛情梳洗完要休息的時候，馮保拿了個小小的紙包呈給她。

「什麼仙丹妙藥？」

「娘娘身體不適，老奴特意尋了藥方私自抓了藥來給娘娘，希望娘娘鳳體早日康復。」

辛情打開那個紙包，是和上次一樣的小藥丸。

「你認為本娘娘用得著？」辛情的臉上是讓人猜不透的不動聲色。

「是，老奴斗膽，認為娘娘用得上。」

辛情直直地看了馮保好一會兒才笑著說道：「你果然忠心。只不過，我現在不想用。」然後有意無意地摸了摸肚子，臉上微露笑意。

「娘娘，恕老奴斗膽。」馮保撲通跪下了，「娘娘離宮之事雖然皇上命寧王秘辦，可是天底下沒有不透風的牆，老奴這些天冷眼看來，似乎此事已……娘娘此時就算真有了龍種也難說清楚，所以老奴……」

「出去！」辛情冷聲說道。

「娘娘，請娘娘三思！」馮保仍跪地不起。

「出去！」辛情又說了一遍，馮保才起身退了出去，邊退還邊搖頭嘆氣。

等他出去了，辛情摸摸肚子，笑了。

從那天起，辛情便藉口病了，不去向拓跋元衡、太后、皇后請安，而且不見任何來探望的人，鳳凰殿的宮女太監們也基本不用，服侍她的是跟著去溫泉宮的兩個宮女，越發搞得神祕。馮保每日長吁短嘆，當著辛情的面有時候也不掩飾，辛情這時候便似笑非笑地掃他兩眼。

這天辛情正睡著午覺，忽然被一嗓子「皇上駕到」嚇醒了，笑著起身，光著腳就下了床，來到殿門口，頭髮散亂，衣衫不整，見拓跋元衡身後跟著諸多的人，皇太后、皇后和一群不太熟悉的美人兒。

「臣妾見過皇上、太后、皇后娘娘。」辛情福了福身，「這麼多人來看望臣妾，怎麼擔當得起？」

「右昭儀娘娘還是小心鳳體的好！」有一個美人兒說道。

辛情冷冷一眼看過去，她低了頭閉了嘴。

「太醫！」說話的是皇后。

馬上就有四名太醫進到殿中，其中就有那個馮益，還有給她看過脈的花鬍子老頭向拓跋元衡跪地行了禮，拓跋元衡又瞪了她兩眼，聲音冷得像冬天被雪埋過的鐵：「給右昭儀請脈。」

辛情一一掃過那些女人，她們臉上是得意地笑。

「又不是懷有龍種，何須四位太醫？」辛情不緊不慢地說道。看到拓跋元衡緊握的拳頭。

「妹妹還是讓太醫看看，皇上和太后也好放心哪！」皇后說道。

「放心？承蒙皇后抬舉了，只是不知道您說的放心是放什麼心啊？」辛情說道。

「自然是妳的身體。」皇后的聲音仍是端莊的，不緊不慢的。

辛情變了臉色，「身體？皇后此話可有所指？」

「妳在溫泉行宮這麼久，剛剛回來難免有些水土不服，近些日子聽說妳常常不舒服，又不讓延請太醫，皇上和太后娘娘放心不下，所以特意宣太醫來給妹妹看看。」

「原來如此，真是謝皇上厚愛了。」辛情笑了。

宮女們又要搬屏風放錦帳，辛情揮了揮手，「不用了，在這兒看得清楚。」然後看看拓跋元衡，「請恕臣妾無禮了。」然後慢步到桌邊坐了，手腕隨意抬起放在桌上，「不是請脈嗎？」

四位太醫看看拓跋元衡的臉色，小心翼翼地來到桌邊，一一看過脈，然後臉上都現了驚色。

「怎麼樣？」拓跋元衡的臉更陰沉了。

四位太醫撲通跪地，「啟奏皇上，右昭儀娘娘鳳體無恙，沒有……」然後說不下去了。

辛情自己摸了摸手腕，笑著起身，「沒有什麼？沒有龍種對不對？」

此話一出，在場的人只有拓跋元衡的臉色稍微好看了一點。

「怎麼可能？」不知道是誰的聲音，很小的聲音。然後辛情發現女人們都在看她的肚子。自己笑著摸了摸肚子，然後回頭叫馮保拿刀來，馮保一驚，還是忙著去拿了來，辛情拔出刀，「原來各位是看著我這個肚子有猜疑，早說嘛！」輕聲笑了，然後在女人「啊」的驚叫聲中，把刀橫著劃向自己的肚子。

無數細羽在鳳凰殿中飛舞，不少都點綴在了女人們的頭上，看起來俏皮了許多。

「妳——」皇太后驚訝的聲音。

「臣妾一直都有個氣血不調的毛病，這麼多年也沒好，在溫泉宮的時候，太醫說拿個羽毛枕綁在肚子上可以保暖，或許有些幫助，我試了試，還真是好用得很。」辛情笑著說道：「各位若也有一樣的毛病，可以試一試，只是不知道是不是適用所有人。」

「既然妹妹沒事就最好了。」皇后笑著說道：「右昭儀沒事，皇上和太后娘娘也可以放心了。」

「哼！」有人哼了聲，辛情沒看到是誰。

「皇上、太后，留下太醫給妹妹好好調理，咱們就先回吧，不打擾妹妹休息了。」皇后說道。

「且慢！」辛情笑著來到馮益面前，「馮太醫，本娘娘不是說，不過是小毛病不要驚動了皇上和娘娘嗎？你怎麼把本娘娘的話當耳邊風呢？這麼一來，本娘娘欠了多大的人情啊！」

「娘娘，微臣沒有說，娘娘明察。」馮益的汗流到了臉上。

「沒說？你的意思是我鳳凰殿的人自嬌自貴到處宣揚了？算了，說了就說了，你也是一片好心，這個人情本娘娘慢慢還！」辛情笑著說道：「馮保，重賞。」

馮保忙進去拿了幾樣東西出來，每一樣都是不多見的寶貝。四個人顫顫巍巍地接過東西，跪地不敢起。

「都退下！」拓跋元衡說話了。太后雖不滿他的口氣，但是也無可奈何，帶著女人們走了。她們走了，辛情笑趴在地毯上，偶爾吹口氣吹起幾根羽毛。拓跋元衡在一邊沉著臉看她。

「笑夠了？」拓跋元衡咬牙切齒。

「無聊的日子終於有些樂子了！」辛情收了笑，坐在地毯上。

「朕該殺妳。」

「你捨不得，呵呵……」辛情又笑，然後站起身撲進拓跋元衡懷裡，雙臂環上他的脖子，『即使有了美若天仙的左昭儀，你還是捨不得殺我，是不是？」

拓跋元衡沒有推開她。

第二天馮保伺候辛情用早膳，辛情沒見著波斯貓便問馮保，馮保說早起還見著了，馬上派人去找。

「不必找了，該回來的時候就會回來了。」辛情說道，想了想，「馮保，你是哪裡人？」

「回娘娘，老奴是犺州人氏。」

「哦，家裡還有些什麼人啊？」

馮保「撲通」跪在地上，「娘娘，老奴自知前些日子冒犯了娘娘，娘娘若生氣，就懲罰老奴一人吧！」

辛情親自扶了他起來，「想多了，馮保。你服侍我一直都盡心盡力，凡事以娘娘我為重，我感激還來不及，怎麼會有罰你的念頭？只是，你一心為我，我若不為你做些什麼，心裡過意不去。」

「為娘娘效力是老奴的本分。」馮保這才略略放心。

「本分是沒錯，但是做到你這個分上，本娘娘若不給你些回報，那就是我的不對了。馮保，你家裡還有什麼人？」

「回娘娘，老奴因為天災，七歲時便被賣給人伢子，人伢子貪圖二十兩銀子將老奴送入宮中，老奴家中當時只有一個兄長和一個妹妹，這麼多年過去了，老奴不知道他們還是否在世。」

「不曾派人尋找嗎？」

「回娘娘，老奴也曾託人尋找，可惜這些年一直沒有音訊。」馮保的口氣有些傷感。

「你兄長叫什麼名字？」

「回娘娘，老奴兄長名馮德。」

「我知道了，我會派人找到他們。」

「老奴謝娘娘體恤，從今以後，老奴定為娘娘盡心竭力，死而後已。」馮保激動地跪下。

「起來吧！」辛情說道。馮保又謝了才起身，眼中難掩老淚。

拓跋元衡重回鳳凰殿，重新免了辛情的跪拜之禮，表面上似乎又恢復了她右昭儀當年的無限風光。只有辛情知道，拓跋元衡現在不殺她，恐怕只是因為還沒有完全馴服她罷了，等到她柔順那一天，就是她的死期了。

沒幾日，太醫馮益被發現自縊於家中，後宮當時來看熱鬧的好幾個美人兒也都不見了蹤影——來給辛情請安的人中根本見不到了。

辛情現在喜歡穿紅衣服，鮮紅的、暗紅的、絳紅的、緋紅的、桃紅的、夕陽紅的、西瓜紅的，林林總總的紅色放滿了櫃子，連嘴唇都常常是紅的，每次她和左昭儀站在一起，就像一仙一妖。沒過多久，辛情不小心聽到宮女們在背後說仙妃、妖妃，自己樂了半晌，這後宮就是個異界，仙妖人鬼各路人馬的狂歡地和墳墓。

辛情去慈壽殿請安，太后稱病不見她，顯陽殿也是一樣的藉口，辛情暗笑，去了兩次之後，便和拓跋元衡撒嬌說自己不招太后和皇后待見，拓跋元衡免了她去兩宮行禮，此後來鳳凰殿請安的人多了也勤了，只有左昭儀沒有來過，辛情也沒有去拜訪過。

天慢慢地冷了，辛情哪裡也不去，躲在鳳凰殿裡，每次泡完澡，都會懷念溫泉宮的蘭湯，冬天在裡面泡著簡直是人間最大的享受。拓跋元衡在鳳凰殿過夜的時候非常多，辛情知道那是因為他的仙妃肚子大了無法侍寢，等到他生日前後，仙妃的孩子就該落地了。辛情對這個孩子沒有任何敵意，偶爾聽到宮女們小聲說翔鸞殿的那位又得了什麼賞賜，辛情都會默默地祈禱讓這個孩子平安來到世上。

她與這個地方的女人們本不該為敵，甚至應該同情她們，可就是因為她曾經溫暖如父親的老爹死了，而且死不瞑目，這筆帳不可以不算，起碼要殺人者償命。辛情常常告訴自己，只要該死的人死了，她是不會濫殺無辜的。只不過她也常常想，如果該死的人都死了，她活著還有什麼意義，她也會是兇手，她也該死。於是便時常幻想著自己怎麼死去，自己死去會不會有人傷心。

冬天來了，鳳凰殿裡時常有女人們的歡笑聲，是辛情在宴請妃子們，她們見拓跋元衡重回鳳凰殿，自然更是迫不及待地來巴結，種種好話便成了辛情每日調劑生活的小佐料。

有一天下大雪，辛情忽然想起富老爹和魚兒第一次來宮裡的情景，穿戴好衣服，帶著兩個宮女到了耀德殿，這個時常空著的殿此刻也沒什麼人，辛情站在門口，似乎還能看見老爹和魚兒焦急等待忐忑不安的樣子。

「老爹、魚兒，我來了！」辛情心裡默默說道，走到那椅子上坐了，呆呆地看著地面。

坐了大半天，過了午膳時分，宮女們也不敢提醒她，只陪著默默地站著，卻見辛情忽然起身往外走。

「娘娘，您要去哪兒？」宮女們跟出了耀德殿，發現辛情走的方向不是回鳳凰殿。

「燒香！」辛情說道，去燒一炷香拜祭老爹。她們離去了，一道身影從殿下柱子後走了出來，看著她們遠去的背影嘆了口氣。

辛情在奉安殿燒完香，回到鳳凰殿的時候，拓跋元衡已經來了好一會兒了，褪去了斗篷，辛情過來跟拓跋元衡請安，卻見拓跋元衡盯著她看。

「怎麼了，皇上？」辛情笑問。只見拓跋元衡起身來到她面前，伸手將她睫毛上的小水珠輕輕擦掉。

「還真是個水妖，冬天也帶著水！」

「玩笑話您還記著。」辛情笑著說道。水妖？她要是水妖，她會淹沒這座宮殿，讓一切都蕩然無存。

「妳不希望朕記著？」拓跋元衡低了頭看她，眼神裡看不出什麼情緒。

「臣妾只希望您記著我的好。」

「朕都記得。」拓跋元衡拉了她坐下。

「臣妾感恩不盡。」辛情笑著說道。

拓跋元衡捏了捏她的臉，笑了。

半夜，辛情睡著，她身邊的男人醒了，看他身邊的女人。她常常從他懷裡翻出去，剛開始他以為她是故意的，可是看了這麼多次，他明白這只是她的習慣，她真正睡著的時候是蜷成一團的，抱著胳膊，擺出防備的姿勢，而且她很容易驚醒，只不過一旦醒了，對著他便是一臉的嫵媚和堆出來的笑容，雖然美麗但卻刺眼。這是他後宮之中唯一沒有馴服的貓，所以他一直捨不得殺她，或者將她真正打入冷宮，他想看看什麼時候她能被他馴服。

盯著她看了好半天，她少有的居然沒有醒。他收回視線，閉上眼睛。就在他閉上眼睛沒多大一會兒，旁邊的女人「呼」的坐了起來，拓跋元衡沒睜開眼睛，只是留心聽著動靜。她坐著沒動，坐了半個多時辰才輕輕地躺下，背對著他。拓跋元衡睜開眼睛轉頭看她，卻見她把自己用被子嚴嚴實實地包起來了。

第二天辛情用過早膳之後，去向拓跋元衡請安。

「愛妃氣色不好，不舒服？」拓跋元衡盯著她看。

「皇上，臣妾想求您一件事。」辛情低著頭。

「說！」

「臣妾想把老爹送回江南安葬，還請皇上恩准。」辛情夢見老爹說這裡很冷。

「富平已入土為安，何必再遷葬？」

「人死了都圖個落葉歸根，他生前我沒有辦法幫他達成心願，希望死後可以替他做到。」

「准奏！」拓跋元衡想了想，「這件事朕派人去處理，愛妃不必擔心。」

「謝皇上！不過，臣妾想在遷葬之前去拜祭！」

「准！」拓跋元衡痛快地答應了。

辛情謝了恩，匆匆走了。回到鳳凰殿，命馮保等準備儀仗，找了件純白的衣服帶著，出了宮門，除了儀仗之外，還有拓跋元衡派來的幾十個黑衣侍衛和禮部的一些官員。

出了城門向西郊行進，隊伍加快了速度，走了許久，轎子才停了下來，馮保過來請她下轎，說是已到了地方。辛情點頭，換了純白的衣服下轎，放眼望去，白茫茫的一片，幾座不小的墳頭看起來像是放大的饅頭。

「娘娘這邊請。」馮保扶著她來到一座墳前。

墳是圓形的石墳，看起來很有氣勢。墳前一塊丈餘高的石碑，只四個字「富平之墓」。

辛情看著墳，鼻子一酸，她寧可躺在裡面的是她。

香燭供品等早已備好，墳前也擺好了厚厚的蒲團，侍衛和太監宮女們遠遠地靜靜地垂首侍立。

辛情跪在墳前磕了頭，卻不起身，馮保忙躬身過來小聲說道：「娘娘以尊跪卑，泉下人會不得安寧。」

辛情抬頭冷冷看他一眼，馮保忙低了頭。

又跪了一會兒，辛情起身，馮保忙過來扶著，「娘娘，要開墳移棺，娘娘還是迴避的好！」

「不，我要看著！」辛情說道：「動手吧！」

禮部官員不知道嘟囔了些什麼，似乎還有個巫師神神鬼鬼地念了些什麼咒語。辛情就面目冰冷地站在一邊看著他們掘墳，等墳被挖開，露出了巨大的剝了漆的黑色棺木，辛情握緊了拳頭。

「開棺！」辛情輕輕說出兩個字。

「娘娘——」馮保和一干人都驚訝，皇上的意思是移棺遷葬，這右昭儀卻非要開棺……

「開棺！」辛情重複道。開了棺她，才知道老爹是怎麼死的。

馮保揮了揮手，侍衛們忙去了。因為棺木材質較硬，所以開棺著實用了些時間，辛情就冷冷地站在那兒等著、看著。

棺木裡只有森森白骨和已經爛得差不多的幾塊華貴布料。

「老爹，對不起，今天才送你回鄉。不過，回了江南，以後就不會這麼冷了！」辛情將布料拿開，仔細審視一遍之後，低頭一塊塊拾起骸骨，馮保和侍衛們都愣住了。愣愣地看著辛情將骸骨細心地包好，像是對待容易破碎的工藝品。

「馮保，這件事派幾個得力的人去辦，敢給我出一點岔子就自己看著辦。」辛情吩咐道。

「是，老奴明白，娘娘放心。」

「走吧，去老宅看看！」辛情說道。

到了老宅，大門緊閉一片淒涼，進了院子，人去屋空，厚厚的雪上連一片葉子也沒有。推開屋門，森冷的氣息撲面而來，家具上是厚厚的灰塵。那一屋子的晦暗，與辛情一身潔白格格不入。

辛情的鼻端似乎聞到了絲絲血腥味。各處仔細看了看，命馮保將富老爹生前的遺物全部燒了。魚兒那個簡簡單單的梳妝盒裡，還放著當年在水月城她給魚兒買的胭脂。辛情看了看，放進袖中。

出了院門，辛情沒有回頭。

回到皇宮，辛情藉口曾離屍骸太近，恐有不潔，不能侍寢，將拓跋元衡擋駕。沒過兩天，又讓馮保拿了千兩白銀到安國寺為富老爹念往生經，自己在鳳凰殿穿了純白衣裙吃素。

十二月的一天，剛剛用過早膳，太華殿就有太監傳旨說是皇帝召見。辛情換了衣服，帶著人去了。

拓跋元衡在偏殿正用早膳，讓辛情在一邊坐了等著。

「愛妃今日陪朕去護國寺上香！」拓跋元衡用過早膳跟她說話。

「臣妾遵旨。」

護國寺是皇家寺院，規模大得不得了，平日根本不准平民百姓進，只有大年初一到十五才准百姓入內燒香，所以他們來的這個時候，偌大的護國寺裡沒有香客，只有和尚。和尚們此刻正從廟門口排到大雄寶殿，垂首，雙手合十。

拓跋元衡帶著她到大雄寶殿燒了香，被住持請到了禪房，小沙彌恭敬地端了茶上來。

「大師，一切可都準備好了？」拓跋元衡喝了口茶。

「是，皇上，菩薩金身已雕好，只差皇上和娘娘的畫像。」住持恭敬地說道。

辛情抬頭看拓跋元衡。畫像？難道要把她供起來？

「傳畫師吧！」拓跋元衡揮揮手，門外候著的畫師立刻躬身進來了。拓跋元衡轉頭看辛情，笑著說道：「愛妃辛苦些，很快就畫完了。」

辛情笑著點頭。

畫師的助手幫忙展開了好長一幅畫卷，小心翼翼地開始畫。辛情的肩膀快要端麻了的時候才畫完，拓跋元衡看起來也有些累。兩人起身到畫卷前，工筆人物呢，還挺像她的。只不過現在畫卷上只有兩個立著的人，背景一片空白，看起來倒是不怎麼好看。

「畫得不錯，愛妃以為如何？」拓跋元衡笑看她。

「好！」辛情簡單說道，只是他讓人畫了這東西幹嘛？顯示對她的寵愛嗎？金枝慾孽裡玉瑩和嘉慶的畫像，聽嘉慶的意思，那可是很少人才能有的榮幸，不過人家是畫在風箏上了，他們這個也要做成風箏放飛了？

「啟奏皇上，這背景要如何畫？」畫師問道。

「山水，帝妃出遊。」拓跋元衡說道，畫師忙答應了。

「皇上和娘娘現在是否先去看一下？」住持問道。

「不必了，畫像畫完之後，朕和右昭儀再來。今兒時候不早，朕先回宮了。」

「是，老納恭送皇上、娘娘。」住持恭敬地親自開了禪房的門。

辛情與拓跋元衡共乘御輦，拓跋元衡攬著她的肩膀，辛情偎在他胸前。

「朕已命護國寺為富平超渡。」

「謝皇上。」超渡？冤死的人超渡有用嗎？老爹的肋骨是斷的，應該是被人活生生弄斷的。

「富魚兒雖未找到，不過，愛妃不必擔心。」

「皇上，不必浪費時間找了，也許魚兒也不在了。」不回來會活得長久。

「那怎麼行？妳就這麼一個親人了。」

「呵呵，他們算臣妾哪門子親戚，不過是萍水相逢互相照應了一年罷了。」辛情笑著說道。不是親戚都因為她被害得家破人亡了，要是親戚……也許會更慘。

拓跋元衡只看了看她頭頂，沒言語。

回宮之後，拓跋元衡去了翔鸞殿，辛情回了鳳凰殿，剛一進門，馮保就跪地磕頭。

「怎麼，門檻太高了？」辛情隨意褪了斗篷。

「老奴恭喜娘娘。」馮保的聲音裡都透著喜悅。

「畫像的事？」辛情看他一眼，接了宮女端來的熱茶。

「是，娘娘。後宮之中有此殊榮的，只娘娘一人，而且依老奴所見，皇上是要將畫像繪於石窟之內流傳後世。」

「石窟？」辛情不解，畫個像貼石窟裡？她是沒有什麼佛教知識的，所以不能怪她不懂。

「娘娘，護國寺後山有多處石窟，是開國以來皇族中人陸續出資所開以供養菩薩，並將自己和親族的畫像繪於石窟之內以求流傳百世，但是開國以來從沒有帝妃同窟共繪之舉，這可是娘娘天大的榮幸。」

「這樣啊！」辛情扯了扯嘴角，這就像是跟國家最高領導人合影，然後拿回去膜拜是一個道理。

「是，所以老奴才要恭喜娘娘！」

辛情不感興趣，起身歇著去了。馮保在後面微微搖了搖頭，他們娘娘這個脾氣好像又犯了，好不容易重新得回了聖寵，她似乎又當沒事人了，真是讓他頭疼。

出了趟門回來，辛情有些不舒服，讓馮保傳太醫來，指名要那位花白鬍子的老頭。馮保告訴她，那是太醫院的院判，姓盧。辛情點點頭，說：「這位太醫人品好，既是院判，應該醫術也是一等一的。本娘娘最怕庸醫，以後就傳他來給本娘娘看病吧！」馮保忙答應去了。

盧太醫來了，還是一臉不苟言笑，給辛情看了脈說無妨，只是著了些涼。辛情讓人重賞，命人抬開屏風，「盧太醫果然醫術高明，醫德也好，難怪皇上跟我誇你。」

「皇上謬讚。娘娘若無他事，微臣告退。」盧太醫恭敬說道。

「留步，我有事要問你。」辛情遣了人出去，只留馮保在旁。

「娘娘請講。」盧太醫花白的鬍子又隨著他眉毛的集合動了動。

「別緊張，盧太醫，我不過是要向你請教些醫藥上的事。」辛情笑著說道。

「娘娘若是玉體不適，儘管傳微臣來，但是醫藥之事，娘娘是外行，微臣實不敢告訴娘娘。」盧太醫很有原則。

「盧太醫，我又不是要去害死人，你不用緊張。」辛情親自到桌邊倒了茶給他，「我聽說盧太醫有個孫女也快到了出嫁的年齡，不知道有沒有許人家？」

「娘娘，微臣孫女年紀尚小，微臣不想讓她太早出嫁。」

「哦，這樣啊！我前些日子還和皇上說給她賜婚呢，皇上讓我留意著，不過，既然你這麼說，還是等等吧。」

盧太醫躬身，「微臣知道娘娘定為當年的事惱臣，但是臣問心無愧，若娘娘以微臣家人相脅，請恕微臣無禮，定會請皇上主持公道。」

「盧太醫果然剛正，不過，盧太醫，你認為到了皇上面前就一定還你公道嗎？」辛情冷笑，「這宮裡每年都有冤死的人，皇上還了幾個公道？哼，你孫女……我是記在心裡了，她以後過什麼樣的日子……就看你這個做爺爺的疼不疼她了。」

「娘娘為何苦苦相逼？微臣為娘娘看脈不過是奉命行事，娘娘何苦與微臣過不去。」盧太醫的脖子梗著。

「這個原因你應該明白吧？我不想解釋。我想說的是，我不想害死人，只是迫不得已，所以要請你幫忙。你若幫了，大家好過，不幫……我就不知道在皇上耳邊吹什麼風了……」

盧太醫沉默良久，「娘娘肯定不會要人性命？」

「當然。」辛情笑了，「你不必急著答覆我，回去好好想想再說，反正我近些日子心裡不舒服，要傳的太醫多了。」

「微臣明白。」盧太醫答道。辛情讓他退下了。

又過了兩天，辛情又傳不同的太醫來看脈，各有賞賜不提。

一日，盧太醫忽然求見，說是奉了旨意給各宮娘娘請平安脈。請過了脈，盧太醫和辛情又說了會兒其他的話，辛情親自從櫃中拿了幾樣東西給他，說都是女孩家的東西，回去給盧小姐權當玩物了。

快過年了，宮裡又開始喜氣洋洋起來，後宮諸多事物本來是要皇后親自料理的，可是皇后病了，料理了幾日，實在支撐不住，拓跋元衡便下旨右昭儀暫時攝行六宮事務。

對於這個過年，辛情實在沒多大的興趣，不過她這個人的毛病就是對上頭交代下來的任務一定要盡善盡美地完成，不能授人話柄。因此，先讓馮保給她講了講禮儀，熟記於心之後，傳來各宮各殿的總管太監訓話。這後宮本來就特產牆頭草，她右昭儀與皇帝同去護國寺之後，那些草就都倒到這邊來了，這些草的頭頭兒們自己更是倒得厲害。

傳完了這些人，辛情帶著人親自到各宮探視拓跋元衡的花兒朵兒草兒鶯兒燕兒，果然親自看一遍印象就是深刻，以前那些想不起來的、對面不相識的，現在都認得了——對面看過才知道眼睛原來都是會說話的。

看過之後，挑了幾個特別的送給拓跋元衡當點心，拓跋元衡倒是沒什麼，這些女人們的眼睛看到她可是都亮了起來，似乎她是茫茫大海中的導航燈塔。

這天用過早膳，辛情帶著人去顯陽殿看望皇后，皇后的臉色不是很好，玉手似乎是慣性地放在了胸口的位置。

「皇后娘娘可好些了？」辛情一臉的坦然和關切。

「好些了，這些日子，妹妹妳代哀家受累了。」皇后說道。

「皇后娘娘可別這樣說，前些日子我病了，也是蒙您關照，這人情我都不知道怎麼還，這點累實在算不得什麼。只不過，我年輕，出身又不好，哪裡能管得好後宮這麼大攤子事兒，等皇后娘娘鳳體康復重掌後宮，恐怕就要費些時間調理了，到時候娘娘您可不要怪我把後宮管得失儀失度啊！」辛情見著皇后的眼睛裡一閃而過的小火星。

「不會，感謝妹妹還來不及。」

「既如此，臣妾就不打擾娘娘休息了，您好好調理著，可別著急上火，這身子可是大事。」

「多謝妹妹關心，後宮的事就要妹妹多費心了。」

「是！」辛情起身，又囑咐了宮女太監們一定好生伺候著，有什麼不好趕緊回報。

等她走了，皇后摔了手裡的茶碗。

出了顯陽殿，辛情又去了太華殿，卻說拓跋元衡去了翔鸞殿。辛情想了想，帶著人往翔鸞殿來了。

翔鸞殿沒有鳳凰殿大，而且除了左昭儀，配殿中還住了四位有名份的美人兒，辛情去的時候，她們正在主殿中圍著拓跋元衡和左昭儀說笑。

她進去，笑聲停了，都看她。

「看來我來的不是時候。」辛情微微一笑。

「姊姊言重了。」左昭儀沒有起身，因為拓跋元衡拉著她的手。
「有事？」拓跋元衡問道。
「本來是有事，看皇上您的意思是不讓臣妾說，那臣妾改天再來回好了。」辛情笑著說道。
「就妳事多，說吧！」
「臣妾是來訴苦請辭的。」辛情微微一笑。
「為何？」拓跋元衡瞇了眼看她。
「臣妾也想像左昭儀妹妹這樣過些安心日子啊，您讓臣妾暫理後宮，臣妾見皇后平日也沒怎麼繁忙，以為也沒什麼事，所以好玩兒就答應了，誰知道這些日子下來，臣妾才知道有多難，每日操心費力也就罷了，還不落好，想想皇后娘娘平日也夠難的。現在臣妾自知資質有限，實在不敢再暫理下去了，皇上您還是換人吧！就當心疼臣妾，也讓臣妾過幾天您疼著的日子。」辛情笑著說道，說完了發現美人兒們都用鄙視的眼光看她。當然不是很明顯，也許是她被害意識比較強。
「雖不盡善盡美，但也差強人意！」拓跋元衡說道。
「您看看，我就說不落好吧！」辛情笑著看拓跋元衡，「皇后娘娘看起來好了許多了，我看不如還是讓皇后來管，臣妾在一旁當個使喚的，給娘娘跑跑腿就行了，雖還是落不著好，也不用背著所有的不好。」
「哦？皇后好到可以重掌後宮了？」拓跋元衡問道。
「臣妾看著氣色可是好多了，說話也有了底氣，您要是不放心就問問太醫好了。」辛情說道。
「下去吧，朕知道了！」
辛情笑著告退，臨走前瞥了眼左昭儀的肚子，不知道她對那個孩子是否期待。
深夜，鳳凰殿。

辛情泡在大木桶裡閉著眼睛，最近每天都累死了，只到了這個時候還能消停會兒。

「馮保！」辛情叫道。馮保馬上出現在紗簾外。

「娘娘有什麼吩咐？」

「皇后的病差不多該好了吧？」辛情狀似無意地問道。

「回娘娘，這恐怕得問太醫。」

「哦，是啊，得問太醫才知道。」辛情站起身，披上衣服走出紗簾，「明兒你去趟太醫院問問，皇后病了這麼久也該好了。」

「是，老奴明白了。」

第二天，鳳凰殿。辛情看看眼前的三位太醫，嘆了口氣。

「怎麼？皇后的病如何了？」

「回娘娘，皇后娘娘本無大礙，不過是調理失當，再過幾日當可痊癒。」太醫說道。

「調理失當？」辛情笑了，「也是氣血不足？呵呵，倒是跟本娘娘一個毛病。」

三位太醫哆嗦了一下。

「昨兒怎麼回的皇上啊？」

「微臣等不敢欺瞞皇上。」

「這麼說，我們的皇后娘娘要重掌後宮了？」辛情笑著問道。

「這……是，娘娘。」

「真是有勞你們了，皇后娘娘重掌後宮，本娘娘可輕鬆了。」辛情笑著，招招手叫來宮女，「重賞。」

「微臣等不敢！」太醫們忙說道。

「不敢？」辛情挑挑眉毛。

「微臣等謝娘娘。」太醫們說道。

「好了，都出去吧！皇后娘娘的病，你們要費心了。」辛情吩咐道。

「微臣的本分。」太醫們又齊聲說道。

當日下午，馮保偷偷告訴辛情，顯陽殿換太醫了，辛情聳聳肩，「看了這麼久都不好，當然該換。」

果然沒幾日皇后的病大大的好了，辛情便去拜見。皇后拉了她的手坐下。

「娘娘果然是大好了，天大的好事！」辛情笑著說道。

「託妹妹的福！」

「妹妹可沒做什麼，要說託福，您是托了太醫的福。」

「庸醫！」皇后口氣輕輕的。

「俗話說神仙也有打盹的時候，何況太醫不過是肉身凡胎，看得不對症也是難免的。就像臣妾上次，虧了是四位太醫，否則臣妾可要冤死了。」辛情笑著說道：「好了，反止您也大好了，以後仔細些就是了。」

「妹妹說的有理。」

「您大好了，臣妾可要偷懶了，前幾天就跟皇上請辭過，皇上說您沒有大好沒答應，這回好了，臣妾這就找皇上回話去，以後這受累的事還是您擔著的好！」辛情笑著說道。

「妹妹這是怎麼說呢，如今後宮，只妹妹妳和左昭儀位分高，還能幫哀家一把，左昭儀可巧又有了身子，妹妹妳也就只能勉為其難了。」

「可不敢！您自己瞧瞧吧，可別怨臣妾！」辛情笑著：「皇后娘娘先歇著吧，臣妾這就去回皇上。」

告辭出來，辛情一臉笑意，正巧碰見從太醫院回來的顯陽殿副總管，他恭敬地給辛情行了禮，側身等辛情過去了。

到了太華殿，拓跋元衡正忙著，太監說皇上說有事晚上再回。辛情便回鳳凰殿了，只不過那一天凡到鳳凰殿奏事的都被擋在了門外。

晚膳前拓跋元衡來了，看辛情滿臉笑意，他看了看她，「什麼高興的事？」

「皇后娘娘大好了，臣妾高興！」

「假話！」拓跋元衡很直接地說道。

「真話！沒一句比這句真了！」辛情笑著說道。

「今兒要回什麼事？」拓跋元衡褪了斗篷坐下，拉了她坐在他膝上。

「上回的事兒啊！皇后好了，臣妾自然要功成身退了，否則，把自己累得半死不活，還讓人家說三道四，何苦來著。」

「朕下午宣太醫問過，皇后身子沒有大好，不過，既然妳不願意，也只好委屈皇后了。」

辛情趴在拓跋元衡肩頭，手指頭繞著他的頭髮，故意媚聲說道：「臣妾謝謝您心疼。」

「算計皇后？」

「不是算計，是小小的回敬而已。皇后在臣妾臉上抹了一大把灰，還要招人一起來看，生怕臣妾丟的臉不夠，臣妾一想起來心裡就堵得慌，氣不順，所以，她病著就讓她忙一忙，受受累。」辛情貓一樣瞇了眼睛。

「還不是妳故意裝神弄鬼的招她看？別玩過頭。」拓跋元衡捏她的臉。

「沒有皇上默許，臣妾怎麼會這麼容易就騙到她。」辛情笑著說道，想了想繼續說道：「不過，打這兒臣妾明白了一件事。」
「什麼事？」拓跋元衡似笑非笑。
「臣妾身邊有皇上的眼睛時刻盯著，是不是?臣妾費盡了腦筋裝神弄鬼，居然騙不了您……」
「小伎倆。」拓跋元衡笑著說道。
「皇上，這事若是真的，您怎麼對付臣妾？」
拓跋元衡看她一眼，然後湊近她耳朵，小聲說道：「若是真的，朕就殺了妳。」
辛情誇張地拍了拍胸口，「還好，臣妾沒有對不起皇上。」
拓跋元衡順勢咬了她耳朵一下，「不過，妳覺得朕會給妳對不起朕的機會？」
「臣妾不知道，皇上的心思誰猜得著啊？」辛情笑著說道。他知道很多事，現在逗著她玩兒。混蛋。
第二天，拓跋元衡下了道旨意，讓右昭儀「協理」後宮。
不過雖然頂著「協理」的頭銜，辛情卻事事不做主，有人來請示只叫問皇后去。這些人便來來回回地跑。沒過兩天，皇后到了鳳凰殿，氣色好得很，端莊優雅地坐了。
「娘娘事務繁忙，今兒怎麼還有空到臣妾這兒來？」辛情笑著問道，髮絲凌亂，眼神嫵媚，衣衫不整。
「皇上讓妹妹協理後宮，妹妹卻偷懶不肯幫哀家的忙，所以哀家親自來請了。」
「皇后娘娘，皇上是心疼您才這麼說的，而且怕是皇上不知道臣妾的斤兩，以為臣妾可以為皇后分憂，可是臣妾心裡有數，強撐著這麼多天沒出醜已是難事了，可不敢再下去了，要不可裡子面子都丟了。」辛情笑著說道。
「妹妹謙虛了，哀家看後宮這些日子更加井井有條了，以前哀家太忙以致於忘了安排一些妃子們侍寢，妹妹可是比哀家想的周到。」皇后微笑。

「應該的，雨露均霑嘛！而且承歡的人多了，龍嗣也好開枝散葉啊！」

「妹妹真是賢慧。」

「不敢，皇后母儀天下，誰敢稱賢慧二字！」

「好了，就別說這些客套話了。」皇后笑著說道：「既然皇上讓妹妹協理後宮，妹妹還是不要推脫的好，也算幫哀家的忙了。」

「您都抬出皇上來了，臣妾不敢抗旨，只不過臣妾自知能力有限，前些日子也和皇上說過，給您跑跑腿就成了。」

「妹妹肯幫忙就最好了！」皇后起身，「該做主的事妹妹就定下來吧，不必事無巨細都讓回本宮。」

「是，恭送皇后娘娘。」

等皇后走了，辛情換了衣服，告訴太監宮女，若有人來回話不必攔了。

這一天因為有太監來說其宮中份例的絲錦羅紗內庫不肯足量支給，辛情便讓人傳了專管這一庫的太監來問話。

「長秋殿的絲錦為何不足量支給？」

「回娘娘，這是歷年來的傳統。」太監答道，理所當然的樣子。

「傳統？傳統是規矩嗎？」辛情挑了挑眼皮，輕聲問道。

「這……回娘娘，奴才接手絲錦庫已是這個傳統了。」

「好，把內庫總管給我叫來！」辛情吩咐道。馬上就有人去了。

等了半盞茶的功夫，一個肥頭大耳的太監來了，辛情故意讓他跪著不准起，自己慢悠悠地喝茶，直到那一盞茶喝涼了才問道：「這宮中絲錦的配給是誰說了算？」

「回娘娘，這……是按祖制。」

「按祖制？除了絲錦，這宮中日常所用都是按祖制配給是吧？

「是，娘娘。」

「我問你，你可知道你掌管的內庫有多少東西是不按祖制配給的？」

「回娘娘，內宮所需之物一向是按祖制配給，奴才等並不敢擅違祖制。」

辛情點點頭，「那麼，若有不按制的，你怎麼說？」

「娘娘，奴才不明白娘娘的意思。」

「不明白？少給我揣著明白裝糊塗！據我所知，祖制雖有，這些年來卻是按『傳統』配給的，而這個傳統應該就是得寵不得寵的分別吧？」辛情笑著看他。

「回娘娘，奴才也不過是循例。」

辛情拿杯蓋一下子一下子地敲杯子。

「循例？誰給你的權利？」辛情扔了茶杯到他面前，滾燙的茶水濺了到處都是，「這後宮之中無論得寵與否都是主子，怎麼可以給你們這些奴才輕賤了？你們做得過了吧？平日裡背後不敬，各位主子看不見聽不見也就算了，主子的東西你們也敢剋扣，找死嗎？」

「娘娘明察，奴才等絕無中飽私囊之事，扣下的東西也都在庫中，並未少了分毫。」太監忙說道。

「未少分毫？」辛情笑了，「這麼說你們是故意輕賤主子了？其心可誅啊！」

太監忙磕頭，「娘娘，奴才等若有半分輕賤主子的心一定天打雷劈。」

「不必天打雷劈，皇上給你們個痛快，你們就知道厲害了。」辛情冷笑，「給你兩天時間，把各庫剋扣的明細給我報上來，若有一絲隱瞞你可小心了。」

「敢問娘娘，皇后娘娘可曾同意？」

「那麼，你就去問問皇后吧！」辛情笑著說道：「皇后若同意，本娘娘就撤了你，皇后若不同意——本娘娘自然無話可說，你們就繼續循例輕賤主子吧！」

「奴才多有冒犯，奴才這就去辦！」太監擦了擦汗。

「下去吧！」辛情揮揮手讓他走了。

他走了，辛情讓馮保額外給了長秋殿太監許多賞賜，說辛苦他了。那太監謝了恩恭敬地出去了，出了門口小心拭了拭額頭的汗。

結果沒兩天，內庫剋扣的東西就全部補齊送至各宮了，馮保在外走了一圈回來，笑著對辛情說：「娘娘，現在各宮的主子們可都念著娘娘的好呢。」

辛情笑了笑。群眾基礎是很重要的——這是多年革命前輩們的寶貴經驗。

東西發放完了，辛情去和皇后商量了一下，十庫總管撤了七個。

這件事之後，皇后的鳳體又違和了，因此一直到過年都是辛情「協理」後宮事務。

大年三十，辛情也忙得很。拓跋元衡帶著大隊人馬又去祭天，後宮這幫女人和不男不女的人便都留給她料理。就算很忙，她仍是早早地帶著人去慈壽殿和顯陽殿拜了兩塊活牌位，然後才回到鳳凰殿坐鎮指揮。因為連日會有大宴，所以雖然早早就吩咐了御膳房準備，仍是不敢掉以輕心，這天又特意派了人去御膳房察看。

中午拓跋元衡在太極殿大宴群臣，後宮之中皇后為首，侍宴慈壽殿，許多老太妃和失寵已久的妃子們都來向皇后和辛情問安，稱讚兩人此次懲治內庫的做法實在是大大的英明，皇后面上雖有笑意，眼角卻是冰冷。

午宴過後，辛情回了鳳凰殿歇一會兒，衣服換了一半就有太監慌慌張張地跑來說皇后娘娘心痛如絞快要昏厥了，辛情一面匆忙往顯陽殿去，一面吩咐將太醫院當值的太醫全部傳到顯陽殿，又派人去太華殿回奏。

到了顯陽殿，皇后臉色蒼白地躺在榻上，周圍是圍著的宮女太監，見辛情來了忙讓出路來並跪地行禮，太醫們早已在榻邊給皇后診治。

「怎麼回事？皇后娘娘好好的，怎麼會忽然昏厥？」辛情將太醫一個個掃過去，又一個個掃過宮女太監，「這些日子是誰給皇后診治？」

一個太醫跪倒她面前，「是微臣。」

「皇后的症狀往日可曾有過？」辛情問道。

「回娘娘，皇后這些日子一直有些頭暈目眩，偶爾心痛，不過經臣用藥已緩解了許多。按微臣的推算，娘娘這幾日本該好些了，卻不曾想……」太醫一頭冷汗。

「不曾想什麼？」一個帶著冷冷的聲音插了進來，包括辛情在內都忙向他請安。

「皇、皇上，微臣實在不知皇后娘娘何以忽然至此，請皇上明察。」太醫哆哆嗦嗦。

「來人，關起來。」拓跋元衡冷聲命令道。

「且慢！」一個微弱的聲音阻止了太監們的行動，「扶我起來！」宮女們忙七手八腳地扶著皇后坐了起來。

「皇后覺得如何？」拓跋元衡來到榻邊坐下。

「皇上，此事與溫太醫無關，請皇上饒了他。」皇后聲音微弱，身體軟綿綿的，但是仍勉力坐著。

「這麼說皇后知道原因了？」拓跋元衡問道。

「臣妾不知，只不過，前些日子臣妾病了許多日子不見起色，後來還是換了溫太醫才有了好轉，此次復發也是溫太醫盡心竭力，所以臣妾認為就算事出有因也不該在溫太醫身上，還請皇上明察。」皇后聲音無力，嘴唇都咬白了。

她這話一說完，在場的人就偷偷看了看辛情。

「前些日子是誰為皇后診治？」拓跋元衡陰冷的眼神掃過太醫。

兩個太醫挪跪到他面前，哆嗦著說道：「是微臣。」

「為何你二人診治皇后纏綿病榻，溫太醫接手便立有起色？」

「皇上明察，微臣實在不知。」兩人更加哆嗦。

「不知？」拓跋元衡瞇了眼睛，「拖出去。」

「皇上，既然三位太醫都曾為皇后診治，太醫院中當存有三位太醫所開藥方，拿來比對一下就知道誰對誰錯！若是兩位有錯，致皇后鳳體不癒，皇上再治罪也不遲！」辛情說道，很在理的說法。

「去！」拓跋元衡揮手，馬上就有兩個太監飛奔而去。

滿殿鴉雀無聲，壓抑得很，大冬天的，三位太醫滿腦門的冷汗。

等兩個太監飛奔趕回來，呈上了三疊藥方給拓跋元衡，拓跋元衡讓其餘幾位太醫看了。

「怎麼樣？」

「啟奏皇上，從藥方上來看並無任何差錯，何太醫、齊太醫與溫太醫所開之方雖不相同，但生薑瀉心湯與甘草瀉心湯都是益氣和胃、消痞止嘔之良方，這藥方之上所用藥量也都與太醫院醫術記載相符，因此，依微臣所見，何、齊二位太醫並沒有用錯藥。」院判總結發言。

「既然藥方沒錯，為何皇后前次纏綿病榻良久，溫太醫接手便立見起色？」拓跋元衡冷聲問道，眼神掃了一圈，「負責熬藥、進藥的都給朕傳來。」

忙有太監又飛奔著去了，這次帶回來的足足有十個人，殿內的氣氛更加緊張了。

在拓跋元衡的龍威之下，這幾個小太監嚇得跪地直磕頭，忙稟明了情況。聽完了，大家都有點不知所措。

按他們的說法，藥草需是三位兩位太醫一起看過、秤過，然後交給熬藥的太監。熬藥的太監是三人一組，不管何時至少兩人同在藥罐旁邊，而進藥的時候是兩位太監一組直接送到顯陽殿的。也就是說，除非兩個人合謀，否則一個人是無法在另一雙眼睛的注視下偷梁換柱或者加些東西進去的。這十個人全部都信誓旦旦地說自己沒有動過手腳。

「皇上，算了，反正臣妾也沒什麼了，今兒是過年，還是不要追究了。」皇后說道。

「皇后放心，朕會查個水落石出。」拓跋元衡安撫皇后。

「臣妾謝皇上，只不過，皇上，已過了這麼久查起來怕也難了。再說……」話還沒說完又一陣噁心，宮女們忙輕拍了她的背，端了水給她漱口。

忽然那個老頭子太醫問道：「微臣斗膽，敢問娘娘中午吃了些什麼？」

「盧院判，哀家中午在慈壽殿侍宴，你不要胡說。」皇后的聲音大了點。

「皇上，娘娘，微臣不是說有人在食物中下毒，只是有的時候食物若相沖，人吃了也會中毒，所以微臣才有此一問。」盧太醫誠惶誠恐地說道。

「院判，屬下所開甘草瀉心湯已囑咐了宮人，切不可給娘娘食用豬肉、魚類。」溫太醫忙說道。

「盧院判，哀家並沒有吃這些東西。」

「娘娘可曾記得還進了什麼？」

皇后搖頭，「哪裡會記得這許多。不過是午膳時右昭儀說小野雞子湯不錯，略略嘗了些，不過，大家都嘗了，應該不是這湯的事。」

「啟奏皇上，娘娘剛剛還進過兩塊右昭儀娘娘送來的山核桃糕。」馬上有人跟上稟告。

「娘娘，山核桃與野雞肉一個時辰之內不可同用。」盧院判說道。

拓跋元衡便看辛情，辛情微微一笑，「盧院判，這個你倒是不用擔心，午膳已過了一個時辰了。再說，本娘娘也吃了，還不是好好的？」

「如此，便是娘娘所進其他膳食相沖，不知娘娘還進了些什麼？」盧院判問道。

拓跋元衡叫了佈菜太監宮女來問，都說記不清楚了，拓跋元衡的臉色便冷了幾分。

「皇上，微臣倒是有一法，只是對娘娘不敬。」盧院判說道。

「說！」拓跋元衡說道。

「皇上，若讓娘娘服用藜蘆散可致嘔吐，如此便可知娘娘午膳都進了些什麼。只是娘娘此時鳳體虛弱，怕是不適宜。」盧院判說道。

「盧院判，哀家受得住，若真如你所言，這些東西不吐出來怕是更不好。」

「如此，微臣得罪了。」盧院判忙叫了一個太醫院的小太監來吩咐他回去取些藜蘆散來。

等到藜蘆散取來，宮女們早準備了溫水伺候皇后服了，等了一盞茶的功夫皇后才吐了出來。辛情覺得噁心，轉過頭去了。

然後那一群太醫便在一邊細細察看，良久才過來回拓跋元衡的話。

拓跋元衡、皇后、辛情和一屋子的人都盯著太醫看。

「如何？」拓跋元衡冷冷地問道。

「回皇上，微臣等以為皇后娘娘是午膳誤進了膳食所致，並不關太醫的事。」盧院判說道。

「誤進了什麼這麼厲害？」拓跋元衡皺眉。

「皇上，醫理上南瓜和鹿肉同食易致中毒死亡，萬幸的是，皇后娘娘近日胃口不濟進量較少，所以得以平安無事。」

「鹿肉？」皇后微微皺眉。

「臣妾也吃了些鹿肉，太后說是嫩得很，大家都嘗了嘗，皇后娘娘忘了？」辛情說道。

「妹妹提醒，哀家倒是想起來了。」皇后看向皇帝，「這事是臣妾自己不小心，臣妾以後用膳多加小心就是了。」

「平日是誰伺候皇后用膳？」拓跋元衡冷掃一眼。

幾個太監宮女跪倒，「是奴才（婢）。」

「全部遣出顯陽殿。顯陽殿的總管一併撤掉。」拓跋元衡說道。

太極殿的大總管馬上吩咐人將這些人都帶了出去，至於如何發落就不知道了。

「皇后好好養著吧，後宮的事右昭儀妳再受累一陣子。」拓跋元衡吩咐。

「是！」辛情恭敬。

「有勞妹妹了。」皇后端莊。

「出了這樣的事，皇后實在不必說『有勞』，臣妾擔不起。還好，總算水落石出了，否則臣妾不只白出力，恐怕還要生受一個『心懷不軌』的罵名呢，以後還要多向娘娘請教。不過，您現在病著，還是等您好了再說吧。您先養著，臣妾就先告退了。」

辛情說不打擾皇后休息便出去了，迎面碰到許多來顯陽殿探視的女人，辛情說皇上和太醫都在，顯陽殿忙得很，各位還是稍後再去的好，於是女人們便都點頭回去了。下午又有許多的事情，所以直到「年夜飯」大宴都沒有女人們去看望皇后。

大年夜，拓跋元衡又在霄游苑的正德殿大開宴席，後宮、諸王、權臣等等都來了，陪著拓跋元衡一起守夜。因為皇后鳳體「違和」缺席，她右昭儀又在「暫攝」後宮，所以人們對她的恭敬態度實在是很讓人賞心悅目，心情愉快。連一向不待見她的太后都說後宮這些日子在她的料理之下更見條理，處事也更公允，太皇太妃們都去跟她誇獎右昭儀的心地好呢。

太后既然這樣說了，老太妃們自然要錦上添幾朵小花，辛情只恭敬地說了句：「娘娘們過獎了，替皇上、皇后娘娘分憂是臣妾的本分。」

老太婆們便又誇她有禮識度。拓跋元衡帶著似笑非笑的表情看她，辛情便朝他嫵媚一笑。

過了子時也沒有散的意思，拓跋元衡只讓宮女太監仔細伺候了左昭儀回翔鸞殿了，辛情想了想，起身到了拓跋元衡和太后面前，說帶著姊妹們去陪皇后說說話，拓跋元衡點頭，太后也同意，辛情便帶著拓跋元衡的花草鶯燕們往顯陽殿來了。

顯陽殿燈火通明卻寂靜無聲，剛到了顯陽殿門口，一個太監帶著太監宮女們忙過來請安。辛情看看他的衣服：「喲，當了總管了？」

「是，蒙娘娘恩典，皇上命老奴料理顯陽殿。」太監說道。

「可別辜負了皇上的期望！」辛情說道：「皇后娘娘好些了？進了藥沒？」

「回娘娘，皇后娘娘進了藥好多了，不過太醫囑咐要靜養，所以娘娘沒到子時就歇了。」

「我倒忘了這碴兒了，只惦記著和娘娘們來探望皇后娘娘，既如此，我們就不打擾娘娘了，讓她好生養著吧，等娘娘有力氣了我們再來。」辛情轉身笑著對鶯鶯燕燕們說道：「是我沒考慮周全，累得各位跟著我白跑了一趟，皇后既歇了，咱們還是回吧！」果然坐久了還是要活動活動才好，胳膊腿活動開了，心裡也跟著舒坦。

於是各位又都囑咐了那太監讓好生照顧皇后娘娘，然後又浩浩蕩蕩回正德殿了。守到凌晨，雖還有歌舞燕樂，不過老太太們都受不了了，集體告辭走人了。她們走了，氣氛反倒熱鬧起來，那歌舞也慢慢地非正式化了，千嬌百媚風情萬種的妙齡女子們，在大殿的地毯上如盛開的百花。

辛情這些日子勞心費力，即使面前這些生動的花兒也不能提起她的精神了，於是便微微低了頭，打算小憩片刻。

「娘娘，皇上叫您呢！」馮保躬身上前到她身側小聲說道。辛情抬頭看過去，拓跋元衡正看著她。

「皇上有什麼吩咐？」辛情起身笑著問道。

「坐朕身邊來！」拓跋元衡說道，辛情轉轉眼珠，然後輕移腳步到了拓跋元衡身邊坐下了。

「愛妃累了？」拓跋元衡很小聲地問她。

「是啊，您心疼臣妾，讓臣妾也回去歇了？」辛情笑著問道。

「不心疼！」拓跋元衡笑著喝了口酒，把她攬進懷裡，帶著酒氣在她耳邊小聲說道：「回去跳舞給朕看。」

「不跳！」辛情小聲乾脆地回絕。

「妖精！」拓跋元衡笑著說道。

辛情沒答話，精神了便看人，一道放肆的視線不期然與她相對，辛情扯出個嫵媚的笑，轉移視線仍舊回去對著拓跋元衡。

直鬧到天邊微微有了些亮色，拓跋元衡才命散了，等妃子、諸王、權臣們行了禮退下了，辛情也起身，「臣妾也告退了。」被拓跋元衡一把拉著跌進他懷裡，「陪著朕，妖精！」

「大年初一，臣妾還有好多事忙呢！」

「愛妃忙好朕的事就行了。」拓跋元衡捏捏她的下巴。

「皇上，後宮三千佳麗還忙不好您的事？」辛情真誠地假笑。

「朕只要妳這個妖精忙。」

「您可真是不心疼臣妾！」辛情坐在他腿上，手搭在他肩膀上，「您哪怕把心疼左昭儀的心分給臣妾一分……唉！」

「不高興了？」拓跋元衡撫摸著她的臉，「妳這個妖精，性子哪怕有一分像左昭儀……」

「臣妾現在就是有十分像她也晚了，臣妾老了！」辛情故意嘆氣。

「年輕著呢，還能為朕誕育皇子。」拓跋元衡一臉正經的表情。

辛情臉色微變，低了頭不說話。

「您這是什麼意思？」算舊帳嗎？

「別跟朕裝不懂！」拓跋元衡抱著她到了正德殿後的暖閣，在榻上抱著辛情和衣而眠。

過了一會兒。

「又算計什麼？」拓跋元衡閉著眼睛。

「算計生了兒子有什麼好處？」

「哼！」拓跋元衡拍她，「朕自然給妳好處！」

「您許給左昭儀什麼好處了？」辛情笑著問道。

「後宮中只有妳這個妖精敢跟朕談條件！」拓跋元衡捏著她的下巴，「這是妳欠朕的皇子。」

「那……臣妾有什麼好處？」

「貴妃。」拓跋元衡說道。

辛情搖頭。

「妳要當皇后？」拓跋元衡眯了眼睛。

「這貴妃是您老早以前許給臣妾的，臣妾不說您說話不算數就是臣妾賢慧了，哪裡算得上什麼好處。」辛情笑著說道。

「妳要什麼？」拓跋元衡直視著辛情。

「不是臣妾要什麼，是皇子要什麼。」辛情也看拓跋元衡，她還沒打算給拓跋元衡生孩子，不過既然他提起了，她當然也要防備一下，先講好條件比較不吃虧。她可不想生了一個孩子之後，一點安全保障都沒有。

拓跋元衡想了想說道：「將來繼承朕皇位的只能是最優秀那一個，所以朕不能現在就答應妳什麼。」

「臣妾也不過是說著玩的。」辛情笑著說道。既然這樣，她還是不生了，雖然她不愛拓跋元衡，但是真有了孩子，她想她是會愛那個孩子的，畢竟那將是她唯一的血親，所以她會拚了命去護他周全。

「辛情，朕不是說著玩的！」拓跋元衡的聲音冷了冷。

「可是，皇上，這皇子可不是說生就生的出來的，呵呵……」辛情說道：「您那麼多女人，到現在也不過才五個皇子，臣妾怕是沒那麼大福分。」

「妳又想惹朕生氣？」拓跋元衡使勁抱緊了她，勒得辛情的骨頭都疼了。

「臣妾是實話實說。」像小蜜蜂一樣勤勞採蜜的拓跋元衡只有五個兒子，看來勞動付出和收穫也不是總成正比的。

「愛妃放心，愛妃的福分一向大得很。」拓跋元衡在她耳邊吹氣，「有朕寵著妳，愛妃要多大的福分都有。」

「臣妾謝謝您的恩典。」

「妳這個妖精，沒一句真心的話。」

辛情笑了。

「皇上，您最會的就是冤枉臣妾。」辛情笑著撒嬌。

「哼，朕何時冤枉過妳？」拓跋元衡捏她的鼻子，「說話從來不憑良心。」

「您的意思，臣妾還是忘恩負義，不記得您的好了？」辛情的手來回撫摸著拓跋元衡衣領上的白狐毛。

「妳說呢？」拓跋元衡閉了眼睛假寐。

「呵呵，那您打算讓臣妾怎麼賠罪呀？」辛情聲音柔了柔。

「為朕誕育皇子，剛才已經說過了。」拓跋元衡沒睜眼，所以沒看見辛情一臉冷笑。

「皇子啊……皇上，要不，咱們打個賭！」他不答應她的孩子繼承皇位，她還是不要生了。

「算計到朕頭上了？」拓跋元衡睜眼看她，「賭什麼？」

「讓臣妾生也行，不過……」辛情故意停下不說，只是媚眼看拓跋元衡。

「說！」拓跋元衡認真地看她。

「您如果半年內不近女色，臣妾就生一個皇子；您如果一年不近女色，臣妾就生兩個，賭嗎？」辛情笑著問道。

「為什麼？」拓跋元衡眯眼。

「當然要皇上養精蓄銳，這樣生出的皇子才聰明健康，臣妾可不想兒子是人家的殘羹剩飯！」

「殘羹剩飯？新奇！」拓跋元衡哈哈大笑，「憑什麼以為朕會和妳賭？」

「不賭就算了，皇上那麼多皇子也不差這一個，臣妾也無所謂。生了皇子還要操心費力，臣妾沒那個能耐。」辛情一副無所謂的口氣。

「朕跟妳賭！」拓跋元衡眯著眼睛，「只要妳心甘情願為朕誕育皇子。」

「呵呵，您可別勉強，畢竟吃慣了葷腥忽然要吃那麼長時間的素可是有點難！」

「這一點愛妃不必擔心。」拓跋元衡也笑，笑得辛情有點七上八下。

「皇上，除了不近女色，也不能近男色和貌美的太監！」辛情眨著眼睛媚笑。

「朕不喜男色！」

「這個……呵呵……」辛情但笑不語。長時間不見女人，母豬都賽貂蟬了，何況這個還是天天在貂蟬堆裡摸爬滾打的。

「妖精！」拓跋元衡用力拍了拍她的背。

辛情在拓跋元衡懷裡睜著眼睛偷笑，他還真是想讓她生啊，雖然他撐不到一年，不過起碼幾個月是沒什麼問題的，她還有幾個月的時間去做一些事情。

「皇上，打賭就從今天開始如何？」

「好！」拓跋元衡閉著眼睛答道。

睡了小半個時辰，拓跋元衡起身，辛情也忙跟著起身，宮女太監們一字排開，井然有序地服侍拓跋元衡梳洗，辛情便立在一邊看著。

「愛妃，下午陪朕去護國寺。」

「是，臣妾遵旨。」辛情笑著說道：「那臣妾就先告退了。」

「愛妃忙去吧！」拓跋元衡看著她，笑著說道。

辛情轉身往外走，剛出了暖閣的門就見一個太監慌慌張張地往裡跑，彷彿沒看見她一樣，辛情心情好，所以也不計較，帶著人繼續走。出了正德殿，拓跋元衡帶著浩浩蕩蕩的人急匆匆從她身邊過去了。

回了鳳凰殿沒一會兒，有太監說是左昭儀不小心動了胎氣，皇上正在翔鸞殿罵太醫呢。辛情笑了，也帶著人去翔鸞殿探視了一番，趁著拓跋元衡的火氣，撤了翔鸞殿的總管太監。

（未完待續）

聰慧犀利小娘子VS冷面腹黑貴世子，
一部皇商嫡女的生存奮鬥史！
藥窕淑女（全十冊）2012年05月上市

葉雲水的皮膚本就白，又有柳葉眉、挺翹的鼻子、塗上胭脂的小嘴，看起來就像是一個瓷娃娃，甚是好看。

「早前瞧著就是個俊的，今兒做了新娘子，更是又漂亮又喜慶。」朱夫人與葉雲水見過，對她印象頗深。

葉雲水只是抿嘴笑，看著更像畫兒裡的人了。

正調侃著，葉姜氏帶著葉倩如和葉雲蘭來了。

花兒和畫眉忙沏茶倒水，葉倩如站於一旁遠遠看著，嘴抿成了一條縫兒。葉雲蘭則是上前眼睛一眨不眨地看著葉雲水，稚嫩地讚嘆道：「大堂姊真漂亮！」

葉雲水笑著讓葉雲蘭坐一邊，也招呼著葉倩如，「過來坐坐。」

葉倩如有些扭捏，卻也依著在一旁坐了。她的婚事也快定了，對一切都抱著新奇，不由得仔細地瞧著。

前頭鑼鼓喧天的熱鬧，便知是迎親的隊伍來了。

葉雲水是世子側妃，也算是娶妻，按說為了區別於世子正妃的婚禮，有些規矩是可以省的，莊親王府卻道是太后親自指的婚事，規矩省不得，於是就瞧著葉雲水這婚事比旁人家娶正妻還熱鬧幾分，除了一身嫁衣的顏色不是大紅的之外。

「大姑娘，快著吧，已經來接人了！」門口的丫鬟急急來報，葉雲水跪地向葉張氏磕了個頭，便被罩上了紅蓋頭，手裡塞了個蘋果，並告訴她不能吃，不能掉地上，要拿穩了。

葉張氏忙召喚二老爺進來，他今兒的任務就是把葉雲水背上喜轎。禮應由兄長或叔叔背，可葉蕭飛比葉雲水小，便抓了二老爺葉重功行這差事。

葉雲水趴在葉重功的背上，聽著劈里啪啦的炮仗聲，眾人恭賀的喧雜聲，一時間只覺得震耳欲聾，什麼都聽不清，什麼都來不及想，她就被塞入了喜轎裡。

坐在轎中，聽著秦穆戎對各方賀喜的謝辭，心中的感覺很複雜。不知為何，她每次見秦穆戎都有些發自內心的害怕，許是當初那兇狠的目光讓她的心裡留下了陰霾，卻不是一時就能揮得去的。

心中正琢磨著，喜轎已被抬起來，一百二十八抬紅漆嫁妝排了好幾條街，鑼鼓嗩吶聲、鞭炮聲更加的密集。

許久，喜轎才落下，嗩吶、鞭炮聲再度響起，好似要把這天翻個個兒般。

莊親王府這邊的全福夫人扶著葉雲水下轎，另一邊喜綢牽在秦穆戎手中。葉雲水隨著旁人的指使，遵著規矩跨過擺在地上的一道又一道的坎兒，最後在堂上行禮完畢後，就被送入了洞房。

前院宴請賓客，喧鬧聲不斷，葉雲水坐於床上不能動彈，折騰了一日未進食，真是有些餓了。

瞧著葉雲水不自在地亂動，畫眉悄悄地問：「主子是不是餓了？」

葉雲水搖頭，「忍著吧。」即便餓也不急於這一時。

畫眉偷偷塞一塊點心給她，葉雲水連忙吃了。

不一會兒，秦穆戎身著吉服進來了，聽腳步聲和說話聲，後面似是跟了不少人。

「世子爺快揭了蓋頭，讓我們瞧瞧新娘子！」不知是哪位女眷笑著道。

「是啊，可是太后親自指婚的，早就想見一見呢！」

蓋頭被掀了開，面前黑壓壓的，全是瞧著她的人。大多是女眷，沒有一個認識的，葉雲水連忙把頭低了下去，本就塗了胭脂的臉這會兒更紅了。

「恭喜世子爺喜得美嬌娘！」不知是哪位夫人說的，那語氣1讓葉雲水聽得有些刺耳。

眾人又寒暄恭賀了幾句，便是由兩位全福夫人引著二人喝合巹酒，舀一口蓮子百合粥，這成親的儀式就算是結束了。

自始至終，葉雲水都沒敢抬頭看秦穆戎，她感覺到秦穆戎在打量她。

屋內的人陸續退了出去，花兒和畫眉也有些緊張地站在旁邊，低眉順眼的，不敢有半分逾越的舉動。秦穆戎叫了他的丫鬟進來，伺候他更衣後就出去應酬賓客，把葉雲水又留在了喜房之中。

「妳們二人叫什麼名字？」葉雲水瞧著秦穆戎這兩位伺候的丫鬟都是端莊溫婉，姿色上佳的人兒，彩青和彩鳳那倆丫頭跟這二位是沒法比的，幸好自己打發了沒有帶來，否則定是要丟人現眼了。

「回葉主子的話，奴婢叫紅棗，她叫綠園。」說話的是紅棗。

葉雲水點了點頭，讓畫眉拿了兩個荷包來，「初次見，莫要嫌棄。」

每個荷包裡都是一個小銀元寶。

紅棗和綠園也沒推託，跪下謝恩了。

「紅棗，勞煩妳帶我這幾個丫鬟下去吃些東西。」畫眉和巧雲四個怕常去解手不能隨身伺候著，硬是跟葉雲水一樣滴水未盡。

「大姑娘莫操心奴婢們。」畫眉急道。

紅棗道：「葉主子莫惦記，周管家早已吩咐下來，飯菜都給各位姑娘留著了。」

葉雲水這才安心地點了點頭。

屋內的席面上擺著雞鴨魚肉，葉雲水卻只能瞧著，心中哀嘆還不如蓋著蓋頭的時候，眼不見心不煩。這會兒瞧見卻不能吃，反倒更餓了。

不知過了多久，秦穆戎才闊步走了進來，渾身帶著濃重的酒氣。有位嬤嬤進來在床上鋪了白綾後，便退了出去。

「給我預備水，我要沐浴。」秦穆戎的聲音很平淡，卻帶著一股旁人不得違逆的霸氣。

紅棗和綠園得令而去，花兒和畫眉有心想退出去，卻還不知道葉雲水是不是需要她們在這裡伺候著，正猶豫時，就瞧見葉雲水偷偷打著手勢，示意她們退下。

花兒和畫眉未敢走遠，便在外間候著。

屋內只剩下秦穆戎和葉雲水，葉雲水幾乎能聽見自己的心跳聲。

不知何時，感覺面前忽然出現一人，葉雲水猛抬頭，對上秦穆戎那雙探究的眸子，不禁嚇了一跳。

「妳怕我？」秦穆戎輕挑劍眉。

葉雲水不知如何回答，待看到秦穆戎那調侃的目光，心裡把自己恨了個透。心道，他不過是個二十出頭的年輕人罷了，妳居然被他嚇著了，真沒出息！

心裡這般想著，臉上不自覺流露出一絲賭氣的神色，正巧被秦穆戎瞧在眼裡。

這時，紅棗和綠園前來回稟，沐浴的水已準備妥當。

秦穆戎擺手讓她們退下，對著葉雲水說道：「妳來伺候我沐浴。」

葉雲水一怔，秦穆戎已朝著淨房而去，她只得在後面跟上，只是身上的喜服還未換下，沉重而拖沓，讓她走路的時候磕磕絆絆，甚是麻煩。

秦穆戎到了淨房半天，才瞧著葉雲水拖著喜服走進來，不由得皺了眉頭，低聲罵道：「蠢女人！」

葉雲水一愣，這可是秦穆戎第二次罵她蠢女人了，便知他是在說自己沒有換下衣服。

心中氣悶，又不是她不想換，而是不知道這喜服什麼時候才能換下，又沒人特意來說，而花兒和畫眉幾個自是不知道的。

葉雲水忍著氣，將喜服上的掛飾褡褳全都褪下，頓時輕省不少。

秦穆戎張開自己的手臂，瞧著葉雲水。這次葉雲水機靈了一些，麻利地上前幫他寬衣，只是每脫一層，她的臉上就多添幾分紅暈，直到剩下褻衣、褻褲的時候，手有些遲疑起來，動作也越發的緩慢，就像是對著個刺蝟似的，無從下手。

「快點兒。」秦穆戎不耐地催促。

葉雲水咬著牙，轉到了秦穆戎的背後，心裡卻道：前世醫學院裡屍體都瞧過了，活的人不也一樣嗎，都是一樣的……

想著，閉著眼將秦穆戎的最後一層衣物褪去，當她再睜開眼時，映入眼簾的卻是一條扭曲如爬蟲，斜慣整個後背的傷疤。

葉雲水瞧著那傷疤發呆。

當初情急用鴨腸絞成絲線縫的傷口，如今那線還在，爬在秦穆戎的後背上。

她的嘴角揚起一絲苦笑，這古代醫療的確落後，居然沒有人想到傷口癒合後要將線拆掉。隨即再想，便釋然了。連葉重天這太醫院的醫正都只是在前代醫正手劄上見過酒精消毒的法子，沒見過縫針也不算稀奇了。

就在葉雲水出神時，秦穆戎已經步入偌大的浴桶中，此時正扭頭看著葉雲水，眉頭緊皺，「還不過來？」

葉雲水想要說傷口的事，可見秦穆戎不耐的神色，又把話給憋了回去，上前拿起刷子，幫他擦洗身體。當然，依舊是低著頭。

秦穆戎在打量她，瞧她擦洗得認真，嘴角翹起一抹得意。

葉雲水忽地覺得身上一涼，再一瞧那喜服卻在秦穆戎的手上，而她只著褻衣、褻褲站在浴桶邊。

她有些惱，將嘴抿成了一條縫，圓潤的眉頭也緊在一起，顯然是在生氣，又是在隱忍。

秦穆戎的興趣更濃了，直接將她撈進浴桶，又把她身上的繁瑣扔了出去。

葉雲水迅速背過身去，伏在浴桶邊瑟瑟顫抖。不知是羞惱，還是氣憤，只覺得臉上如發燒般滾燙。不慎碰觸到秦穆戎的腿，就像是觸電一樣，連忙縮了回來。秦穆戎卻大剌剌地坐在浴桶中，留給她的空隙越發的小，這個男人太過分了！

葉雲水此時早已忘記了她之前告訴自己要討好這個男人的想法。之前只惦著與王府內的女人們角力，與劉皎月的對抗，卻忘記了，她們的爭的其實是爭秦穆戎這個男人。

她雖然告誡自己想要在王府站住腳就要取得秦穆戎的信任，取得他的歡心，可卻從未想過如何爭取，更是把要跟秦穆戎同處一室、同睡一床，甚至是如眼下同處一個浴桶的事給忽略了。

直到她進了喜房時，也只是想著今後該如何如何。幫秦穆戎寬衣見到那道駭人的傷疤時，也只想著當初的事，竟忘了秦穆戎要對自己做什麼了。兩輩子為人，第一次遇到這樣的情況，她怎麼能不害怕？不羞惱？這羞是必然的，而惱，更多的是惱她自己忘記了最重要的部分。

葉雲水伏在浴桶邊大口大口地喘氣，秦穆戎瞧著她的冰肌玉背，聞著她身上淡淡的竹葉香，不由得起了興致，不再任她像是將頭扎在土中的鴕鳥般自欺欺人地躲避，大手一攬，將她整個人拽入了懷中。

葉雲水覺得腦子這會兒不夠用了，渾身就像是煮熟的蝦子一樣又紅又燙。秦穆戎一手環在她的腰上，另一隻手將她頭上的珠釵全都拔去，一頭秀髮瞬間散落，披散下來。青絲如涓，更添幾分嫵媚。

葉雲水能感覺到秦穆戎湊近她耳邊的呼吸，感覺到他滾燙的胸膛，感覺到他的變化，這曖昧的溫情惹得她一顆心狂跳不止，越想讓自己平靜，心臟跳得越快。

一雙大手在她身上輕撫，本是旖旎之時，葉雲水突然笑了。

「咯咯咯……啊！」她猛地用手捂住嘴。

那雙大手忽然停下，秦穆戎把葉雲水扳過來面對著，目光似是在詢問她為何發笑？

葉雲水覺得丟臉丟大了，不是她想笑，而是真的忍不住。

「婢妾……好癢……」葉雲水指了指秦穆戎覆在她大腿上的手，她的腿特別怕癢，別人一碰便笑。她都快把嘴唇咬破了，仍是沒忍住笑。

她那羞得幾欲出水的臉，因忍笑而咬得殷紅的唇，如蚊蚋般的鶯聲燕語，在在都激發了秦穆戎的慾望。

「嘩啦！」秦穆戎霍地起身，抱著她邁出浴桶，闊步朝寢房的床而去。

「爺，你後背的傷口……」葉雲水忽地想起這事，便想暫時扯過來緩和緊繃的神經，秦穆戎卻朝著她的屁股拍了一巴掌，疼得她的眼淚差點兒流下來。

「蠢女人，給我閉嘴！」

葉雲水洩氣了，她知道自己將要面臨什麼，不禁苦笑，逃避有何用，根本就躲不了。索性放鬆心情，靠在秦穆戎懷裡。

秦穆戎感覺懷中僵硬的身體忽地放軟，嘴角揚起一抹滿意。

被放在床上，還未等她準備好，就有個沉沉的重量壓了上來。

雖是告訴自己要放鬆，可她還是害怕。秦穆戎的吻霸道地落在她的身上，每一處都留下紅紅的吻痕。葉雲水忍不住呻吟出聲，秦穆戎倒吸了一口涼氣，再度壓了下來。

「嘶……」第一次的疼痛讓她感到窒息一樣的難受，痛得掉下淚來，而那個霸道的男人卻沒有半點兒憐惜的意思，反而越加猛烈。

葉雲水咬牙忍著，連嘴唇都咬出了血。秦穆戎吻去那血珠，放緩了節奏。

提著的一口氣終於鬆了下來，她看到了他目光中的調侃，心裡恨得牙癢癢的，突然起了個壞心思，待他再度衝撞之時，便一口咬上了他那厚實的肩膀。

疼痛似是更加刺激了秦穆戎的慾望，兩個人的角逐終究以葉雲水落敗而告終。

疲累襲上心頭，她不知自己是如何睡去的。眼角帶著未乾的淚痕，粉嫩小臉佈滿了雲雨後的紅暈，小嘴更是抿成了一條縫，好似在控訴著秦穆戎的霸道。

秦穆戎瞧著她，嘴角揚起一抹輕笑。他對這個女人的感情很複雜，連他自己都說不出為何不肯對她溫柔些。

秦穆戎將她拉進自己的被窩裡，似是感覺有人觸動她的身體，葉雲水驚醒，待一看是秦穆戎，便又躺下，認命地隨他折騰，她實在太累了。

秦穆戎有些氣惱，剛生出的憐憫之意消了下去，葉雲水這消極怠工的模樣觸怒了他的神經，他氣得將她扔出自己的被子。葉雲水本是在溫暖的被窩中熟睡，忽地被扔出來，身體不由得打了個寒顫。恍恍惚惚的，本能地朝著熱源靠去，挪進了秦穆戎的被窩裡。

秦穆戎瞧著那攀上自己腰間的小手，忽然愣了，這女人……

漾小說 36

梨花雪後 上

國家圖書館出版品預行編目資料

梨花雪後 / 東籬菊隱 著. -- 初版. -- 臺北市 :
麥田, 城邦文化出版 : 家庭傳媒城邦分公司發行,
2012.04-2012.05
面；公分. --（漾小說；36）
ISBN 978-986-173-742-3（上冊：平裝）

857.7 101001931

作者 東籬菊隱
繪圖 游素蘭
責任編輯 施雅棠
副總編輯 林秀梅
編輯總監 劉麗真
總經理 陳逸瑛
發行人 凃玉雲
出版 麥田出版
城邦文化事業股份有限公司
104台北市中山區民生東路二段141號5樓
電話：（886）2-25007696 傳真：（886）2-25001966
發行 英屬蓋曼群島商家庭傳媒股份有限公司城邦分公司
104台北市中山區民生東路二段141號2樓
客服服務專線：（886）2-25007718；25007719
24小時傳真專線：（886）2-25001990；25001991
服務時間：週一至週五上午09:00~12:00；下午13:00~17:00
劃撥帳號：19863813；戶名：書虫股份有限公司
讀者服務信箱：service@readingclub.com.tw
麥田部落格 http://blog.pixnet.net/ryefield
香港發行所 城邦（香港）出版集團有限公司
香港灣仔駱克道193號東超商業中心1樓
電話：852-25086231 傳真：852-25789337
E-mail：hkcite@biznetvigator.com
馬新發行所 城邦（馬新）出版集團【Cite(M) Sdn. Bhd.(458372U)】
11,Jalan 30D/146, Desa Tasik, Sungai Besi, 57000 Kuala Lumpur, Malaysia.
電話：（60）3-90563833 傳真：（60）3-90562833
美術設計 洸譜創意設計股份有限公司
印刷 鴻霖印前數位整合股份有限公司
初版一刷 2012年 03月29日
定價 250元
ISBN 978-986-173-742-3